오 상류에
오 하류에
나의 삶과 죽음이네

완 간 개 정 판

만 인 보

고 은

萬
人
譜

24/25/26

창비

일러두기 • 014

만인보 24

봉정암 새벽 • 017
아침이슬 • 019
수월을 찾아서 • 021
청자 베멜레트 리 • 023
그 어부의 취중경전 • 027
두 상좌 • 029
노승의 유언 • 033
무당 언년이 • 035
팔만대장경의 밤 • 038
피난 행각 • 041
경허 마누라 • 044
그 소경들 • 047
23세 수좌 • 049
사제간 • 051
형제 • 053
김수온 • 055
우마선사 • 057
비구니 본공 • 058
합천경찰서장 • 060
바꿔주기 • 062
고암 • 064

쉰두살 정월 초하룻날 • 066
남한산성 • 069
무문관 별칙 • 072
더덕 향기 • 078
최견일 • 080
최치원 • 084
칠성암 노승 • 087
원효의 어머니 • 088
소경 우진수 • 091
진덕여왕의 마지막 • 093
그 두 사람의 수작 • 095
표훈사 • 098
이별시 한편 • 101
고려 혜월 • 104
그들 몇몇 • 106
방동화 • 108
기황후 권세 • 113
구자수 영감 • 116
도의 • 119
장보고의 바다 • 123
누이 연실 • 126
미녀 이소사 • 129
책귀신 • 130
멋지더니라 • 132
합환시 • 135

독살이 희만선사 • 137

좌부인 우부인 • 139

극락암 경당스님 • 141

사색 신선로 • 143

승랑 • 146

신라 비구니 옥타 • 148

기순이 할아버지의 꽃 • 151

운부 • 152

화엄종 갈대 • 155

이학해 • 157

혜공 수작 • 160

개성 쇠귀할멈 • 162

박팽년의 자손 • 165

도헌 • 167

학시사 • 169

내기 • 172

공녀 • 174

뜬눈 • 176

소실 덕금 • 179

법광(法狂) 불하스님 • 183

어느 일생 • 185

갯놈 정진이 • 187

용담 • 190

쌍화점 • 192

석두대사 • 194

정여립 일가 • 196

임종 • 198

허총 • 199

서암 • 201

오승윤 • 202

김춘추의 귀국 • 203

구십 노승 • 206

주영춘 목사 • 208

이름 꿈 • 212

주먹 전도 • 214

봉옥주 • 217

함허득통 • 221

풍월 • 223

반동들 • 226

무명승 서서 죽기 • 229

아침 인사 • 232

서포 • 234

후손 세 사람 • 239

공옥순 • 243

서찰 육개월 • 245

고아 명국이 • 248

무명승 • 249

박춘담 • 251

태평 윤씨 선산의 어린 미라 • 253

취미수초 • 254

고구려 미천왕 • 256

행원 • 258

고봉스님 • 261

울음 • 262

등불 문답 • 265

팔달암 마당 • 267

회당선사 • 269

거물 공비 • 271

혜암 • 273

삼십리 밖 아내한테 • 275

경허의 형 • 278

백성욱 • 280

사냥꾼 대 끊기다 • 283

애주검 • 285

혜숙 • 287

단신 월남 • 289

가난한 제자들 • 291

좌탈입망(坐脫入亡) • 293

의원 신필우 • 295

상사병 • 298

기영숙 • 300

석보스님 • 301

장수한약방 • 302

어느 후신 • 305

칠석이 • 308

만인보 25

묵언 10년 • 313

96세 할머니 박씨 • 314

봄날 • 316

발해 무명선사 • 318

해동 풍경 • 320

그 새끼돼지 • 325

문세영 • 327

다시 도의 • 329

그 며느리 • 332

정휴스님의 아버지 • 334

율곡 이이 • 337

야여문 • 340

최초의 창씨개명 • 342

도선 • 344

8월 15일 • 346

금우스님 • 348

무공 • 350

삼년상 • 351

설석우 • 353

이별가 • 356

사치 • 357

어느 해서 • 359

박제가 • 361

허수아비 옷 • 363

원담 • 364

마의태자 • 365

만공의 상당법어(上堂法語) • 368

칼국수 스님 • 370

구미호 • 372

보부상 임자동의 한쪽 다리 • 374

가야산 효봉 법어 • 378

차근호의 잠꼬대 • 380

매국노 조중응의 두 부인 • 383

회광 • 384

이대의 • 386

1893년 만공 23세 • 389

신라 당나귀왕 • 390

허풍선이 • 393

다시 운부 • 396

김상덕 • 399

두 진인 • 402

그 스님 • 405

웃음의 집 • 407

죽란시사의 한 사내 • 410

어린 세자 세자빈 • 413

무상 • 415

호박잎 담배 • 417

일주문 • 419

백초월 스님 • 421

어느날 박용래 • 423

제산선사의 뱃노래 • 425

사랑은 시작이다 • 426

진묵 • 429

그 오누이 • 431

선물 • 434

세월 • 437

춘성 • 438

빗소리 • 441

일찬당 • 442

고무신 • 444

우두암 • 446

낮닭 • 448

인제 산골 • 450

혜적 • 453

봉익동 대각사 • 454

태호 • 456

혜월 • 458

삭발 • 460

다산의 마음 • 464

설법 입적 • 467

엉긴 날 • 469

허허허 • 471

두 번의 결혼식 • 474

헛소리 한바탕 • 476

어느 사자(師資) • 478

지홍 • 480

한수 영감 소실댁 • 482

그 할아버지 그 손자 • 486

영규 • 489

어느날 • 491

정수일 • 493

원각사 • 496

애꾸눈 오복녀 • 498

홍임이 • 501

어느 마지막 • 503

도선 귀국 • 505

전두환 • 508

수박 • 510

장난 • 512

주고받기 • 513

벽송 • 515

장하인 • 517

기와스님 • 520

장원심 • 521

새댁 옥분이 • 523

장이두 • 525

고봉 • 530

원각사 기방 • 533

두 전사 • 537

까막섬 • 539

두 중죄인 • 542

양익 입적 • 544

선화 • 547

금산사 정행자 • 549

총각 • 551

법장과 혜인 • 553

인오당 • 555

두 처녀 • 558

어느 며느리의 한숨 • 561

통도사 범종 • 565

귀산과 추항 • 568

포장마차 중얼중얼 • 570

네수좌 • 573

여섯 도둑 여섯 부처 • 574

환봉노장의 밥 • 576

그 노장의 말씀 • 577

북 치는 날 • 579

윤달봉이 • 581

혜인의 전생 • 584

상걸이 왕고모 • 587

허백명조 • 589

명월 홍금 • 591

설사 • 593

진정 • 597

결의 • 600

친일승 몇대 • 603

편양언기 • 605

운수승 김시습 • 609

공상 • 612

원적암 입적 • 614

금화 • 617

성암 • 619

어느 사자(師資)의 시작 • 622

후시미의 시 두 편 • 625

향곡 • 627

북관 수월 • 629

연 날리는 날 • 632

만암 입적 • 635

동과 서 • 637

어느 태몽 • 640

세 일초 • 643

나옹 • 645

평범 • 647

혜근 • 650

길 • 653

채하봉 아래 • 655

서산의 석왕사기(釋王寺記) • 656

원측 • 658

이십릿길 • 661

만인보 26

그만하면 되었네 • 667

돌아온 마쓰이 오장 • 669

인가 • 673

경주 최부자 • 675

딱따구리 노래 • 678

우길도 사당 • 681

입산 • 684

걸어가는 경전 • 686

검은여 • 687

어린 수일이 • 689

남색 사자 • 691

기숙이 여사 • 694

떡 노래 • 696

두 사내 • 698

살다라스님 • 703

큰언니 상회 • 705

백수광부 타령 • 707

몽설당 • 709

수덕사 귀신 • 711

사릉 • 713

중목사 • 715

신미대사 • 718

뒷모습 • 721

늙은 마부 • 724

튀기 니나노 • 725

목격전수(目擊傳授) • 728

달의 형제들 • 730

색동옷 • 732

친(梣) • 734

여승 묘전 • 736

우는 보살 • 738

박순근 • 740

인동이 • 742

그 스승과 그 제자 • 744

처영 • 746

탕평채 • 749

기향(棄香) • 753

말복날 • 755

벽암의 행서 • 757

뱃삯 5전 • 760

조선 후기의 먹돼지 • 763

놋대야 놋요강 • 765

노승 인각 • 767

멍텅구리 공덕이 • 769

내 친구 현중희의 소원 • 771

견훤 • 773

상언 수좌 • 775

마지막 인사 • 777

소남주 타령 • 779

제산당 • 782

금선대 • 784

임대수 • 786

백파 기일 • 788

종달새 소녀 • 791

부설 • 792

자장 • 795

김제남 • 798

원광 • 800

부자 2대 • 803

고구려 도림 • 804

어느 임종 • 806

어떤 사진 • 807

나룻배와 사공 • 811

결의형제 • 813

이찬갑 • 816

각초 • 818

자화장(自火葬) • 820

한글창제의 첫일 • 822

뗏목다리 밑 • 824

한 노승의 그림 • 826

요세 • 827

괴괴한 집 • 829

벽암각성 • 831

진감 태몽 • 834

어린것들 • 836

허웅보우 • 839

그 탁발 노승 • 842

한 소년대장 • 844

윤석구 • 846

중바위절 • 849

김순례의 회고 • 850

진표 • 853

연심(戀心) • 856

무업 수좌 • 858

세 을나 • 860

일도 수좌 • 864

미련 곰 노장 • 866

새 금오 • 868

무덤 이야기 • 871

세 번 시집간 아낙의 어느날 • 873

대유 • 874

사미 오충이 • 876

혼길 • 878

금산사 밑 • 879

문순득 • 881

한 석공의 꿈 • 884

일생 • 887

혜봉 영전 • 891

의주 • 894

불필 • 896

이상춘 • 898

하얀 강아지 • 900

홍월초 • 902

중얼중얼 • 905

벽암동일 • 907

다신전(茶神傳) • 909

일지암 • 911

꽤 공평 • 914

미륵세상 • 917

운허용하 • 920

하산 • 923

남매 • 924

투문놀이 • 926

변설호 • 930

그 엄마 • 932

어느 좌탈입망 • 934

개안(開眼) • 936

다시 고암 • 938

먹뱅이 • 940

건봉사 만일회 • 941

개구멍 • 944

포옹 • 946

어느 구도(求道) • 947

삼인분 • 952

임수길 • 954

해설 | 김용직 • 958

인명 찾아보기 • 969

일러두기 ———

　완간 개정판 『만인보』 24·25·26권은 초판본(창비 2007)에 저자의 개고분을 반영하였
습니다.

만
인
보

24

萬
人
譜

봉정암 새벽

설악산 대청봉 밑
봉정암
한 나라 안에서
가장 높은 곳
봉정암

그 아래에서 눈뜨고
아스라하여라
그 위에서 눈감고
아스라하여라

오두발광 일절 오지 못한다

한번 올라오면
내려가지 말라
한번 내려가면
올라오지 말라

첫눈 내린 11월 3일
새벽 세시

열두살 아이
십우행자
그 아이의 도량석(道場釋)

높디높은 소리 하늘 얼음 소리
정구업진언 수리수리 마하수리 수수리 사바하……
어둠속 별들 떨어진다

정구업진언 수리수리 마하수리 수수리 사바하……

저 아래 천길 벼랑 아래
이틀 전 추락사 시체
그 시체의 쓸모없는 고막에 들리는 소리

저 아래 저 아래 저 아래 저 아래
인제
인제 지나
홍천
홍천 지나
양주
양주 지나
서울 동대문구 이문3동 하숙집
한국외국어대 베트남어과 3학년
김서옥의 꿈속으로 들리는 소리 아스라 아스라하여라

어린아이 십우행자의 온몸 정구업진언 수리수리 마하수리 수수리 사
바하……

아침이슬

쉰 기침소리 나오셨습니다
이른 아침 묘시(卯時) 전
벌써 인복이 어머니께서는
아래뜸 고래실논에 가 계십니다
곱게 빗은 낭자머리 시집온 듯 새로 단정하셨습니다

우북우북 자라난
나락 잎새
손 베일 서슬
나락 잎새
그 나락 잎새 끝
푸른 이슬방울들 털어
연신 바가지에 담으십니다

논두렁길 삼베 치맛자락 다 젖어
순 벙어리가 되셨습니다

그렇게 털어 담은 이슬바가지
조심스러이 들고 돌아가
인복이 먹일
인삼죽을 끓이십니다

벌써 6년짼가 7년째인가
누워 있는 아들에게

봄에는 참꽃이슬 할미꽃이슬
여름에는 나락이슬
가을에는 국화이슬 단풍이슬 받아다
인삼죽
닭죽 끓이시고
심지어는 징그러운 뱀도 잡아다
푹 고아내 약물을 내십니다

이승의 지성이 저승의 무정이신지

끝내 그 인복이 폐병 끝 눈감았습니다
그 인복이 어머니 고씨
인복이 무덤에는
한번도 발걸음을 하지 않으셨습니다
어머니의 마음이야
숫제 낮 박새 밤 소쩍도 없는 거기가 무덤이셨습니다

수월을 찾아서

금강산을 떠났다
원산
함흥
길주
회령
갈대 욱은 강 쉬이 건너선 나루
국경수비대가 바랑을 후닥닥 뒤져보았다

두만강 건너

간도땅 나자구(羅子溝)
송림산
허술한 단칸 화엄사
거기 수월 계셨다
나무 한짐 지고 내려오는
수월 계셨다

거기 찾아간 원명 수좌
지게 진
수월께 큰절을 드렸다

어디서 왔는고
금강산 석두스님 아래 있다 왔습니다
어서 가세

배고플 테니 밥 먹으러 가세

사흘 동안
원명은 아무것도 묻지 않고
수월도 아무 말도 하지 않았다

흐음 그랬을 터이지 그랬을 터이지

떠나는 날
짚신 두 켤레 받았다 원명은 나중의 효봉이라

남녘에는 하마 꽃소식 있겠지

청자 베멜레트 리

독일 이름 청자 베멜레트 리
한국 이름 이청자
5·16 군사정권의 장학생
5·16 장학금을 탄 여학생
그녀가
1964년 서독으로 건너가
어느새
서독 헤쎈 독일어가 익었다
그녀의 젊음과 함께
그녀의 아름다움과 함께 농익었다

박정희정권의 인재였고
서독정부의 인재였다
서독 상류층 베멜레트의 아내가 되었다
도이치방크 감사가 되었다

1973년 한국의 석유파동이 일어났다
여기서 파산 저기서 철시
여기서 자살
저기서 도망
세상은 한숨 가득 폭음 가득
박정희정권
유신정권 경제위기
그 위기 탈출에

청자 베멜레트 리가 있었다
지난날의
5·16 장학생 이청자가 있었다

박정희의 밀지(密旨)를 가지고
서독에서 동독으로
동독에서 소련으로
소련에서 북한에 이르렀다
다짜고짜 평양의 김일성에게 갔다
북의 석탄을
남이 사들이겠다는 것
북의 석탄을
중국 석탄으로 꾸며
서해 공해상에 싣고 나오면
남의 해군이 밀수선 적발이라는 이름으로
인천에 들여오겠다는 것

이 극비임무를 정밀하게 마쳤다
박정희의 신임을 받았다
김일성의 신임을 받았다
조국을 위해
한국의 잔 다르크가 되었소
조국의 운명에
동무의 헌신이 필요하오

서해 난바다
북의 석탄배가 와서
남의 선경 최종현의 석탄이 되었다 감쪽같았다

그녀는 서독으로 돌아갔다

이어서 그녀는 리비아 카다피를 찾아가
동아의 대수로 공사를 따냈다
세월이 이런 비밀사업과 함께 농익었다

박정희 죽고
전두환
노태우 물러간 뒤
김일성 가고
김정일 온 뒤
북의 개항합영법안(開港合營法案)을
그녀가 만들어주었다

그 김일성 도당
그 빨갱이 도당 때려잡던 시대에도
남과 북 그 누구도 모르게
박정희와
김일성은 내통하였다

그 무장간첩 밀파하면서
그 무장간첩 소탕하면서
남과 북 아무도 모르게
김일성과
박정희는 내통하였다

세상이여 먹은 것 잘 넘겨라 세상의 밤이여 잘 속여라

그 어부의 취중경전

어찌 내가 돛을 올린다 하는가
바람이 올리신다네
어찌 내가 배를 저어간다 하는가
바람이 저어가신다네
어찌 내가 노래한다 하는가
저 구름이 보내신다네
어찌 내가 고기를 잡는다 하는가
이 바다
이 바다 용왕께서
좀 주시는 것 받아올 따름이라네

나 왔수
한 주전자 주시우

보소 보소
어찌 내가 술을 산다 하는가
이 주모께서
한 주전자 내리신 것이라네
자 한잔 받게나
명년 흉년이면
명후년 풍년이니
명년 걱정 놓아버리게나
꽁치거나
대구거나

갈치거나
올 풍년은
명년 흉년이니
너무 좋아라 하지 말게나

어찌 내가 취한다 하는가
술나리께서
술나리께서
나를 좀 신선으로 만들어주시는 것이라네

엇 취한다

두 상좌

1919년 3월 1일
식민지 10년 만에 터진
조선민족의 분노더라
조선의 원한이더라

만세
만세
만세더라

하룻밤에 만든 종이 태극기를 들고
빈 몸으로 뛰쳐나가
만세더라 죽은 것들 살아나더라

서울 파고다공원에서
조선팔도
경향각지로
종이 태극기 휘날리더라
만세소리 퍼져가더라 펄펄 살아나더라

이 3·1운동 독립선언서
서명자 33인 중
불교 승려 2인
백용성과
한용운

그들이 1년 반 동안 3년 동안
서대문형무소에 갇힌 동안

그들의 상좌
백용성의 상좌 동산
한용운의 상좌 춘성

한달에 한번 함께 면회더라

춘성은
인찰지(印札紙) 꼰 것을
간수 몰래 창틈으로 받았더라
나와서 펼쳐보니
놀라워라
조선독립이유서가 빼곡히 씌어 있더라
그것을 상해로 보내어
대한민국 임시정부 기관지
독립신문에 실었더라

이런 춘성과 동산이
함께 면회 갔다 와
함께 도봉산 망월사에 가
좌선삼매에 들더라

잘 때도
앉아 졸더라
스승이
차디찬 옥방에 계시니
어찌 우리인들
편히 누워서 잘 수 있으랴

앉아서 자고
앉아서 깨어나더라

천도교 손병희는 사식 먹고
백용성
한용운은 관식 먹고
감옥 밖
망월사 젊은 객승
동산
춘성은 오후불식(午後不食)이더라

만세소리
1년째
2년째
만세소리 사라져가더라

중국으로 건너가

중국 만세소리 퍼져가더라
월남으로 건너가
월남 젊은이 뭉쳐내더라
동양 만세더라 여기저기 살아나더라

노승의 유언

아무래도
오늘 내가 갈 모양이여
자네도
자네도
자네도
지금 젊을 때가 공부의 때라
나같이 늙어빠지면
힘 빠져
공부도 뭣도 다 글러
부디 공부 좀 허여
공부에는
극악(極惡)
극독심(極毒心)을 품어야 허여
잘 때 눈뜨고
공부할 때
이 악물어

아무래도
내가
어디로 갈 모양이여

경(經)도 내버려
조주무자(趙州無字)도 내버려

저 아랫마을
술집 노파한테 찾아가
내 안부인사 전해주어
그 노파가
내 조실(祖室)이었어 허허

잘들 있어

오늘 저녁 청계산 산수암
노승 일곡당 입적

무당 언년이

어릴 때 부른 그대로
언년아
언년아
그것이 이름이 되어
하언년

신색(身色) 좋기로 소문난 하씨 일가
여긴가 저기던가 첫여름 꾀꼬리 같은 딸내미
하언년

어찌 이다지도 눈이 부시던고 코가 아리던고
그네 복사꽃빛 낯 달걀 낯
백설 같은 덜미 목덜미
월색 같은 머리 가르마
물앵두 입술 불앵두 입술
머루눈 눈 속 천길
깎아 박은 콧나루
아흐 그네 숨결 암암하고 유수(幽邃)하여라

그 언년
누가 데려가노 어느 놈이 데려가노
그 언년
꽃가마 타고
시집가더니

시집살이 엿샛날
웬일인가
웬일인가

서방 잡아먹은 년이라고 당장 쫓겨나

울 데도 없이
실성하여
실실 헛소리 내다가
신병앓이
온몸 사시나무 떨어대었다
시집 쫓겨난 뒤
친정에도 못 가고
방 한칸 얻어
이 소리
저 소리 읊조리다가

다시 서방 얻어 살기 시작하였다
혹은 구박당하고
혹은 죽고
혹은 버림받아
죽은 서방
산 서방 서른 명이 넘더니
마흔 명이 넘더니

지독한 서방복이라

쉰일곱번째 얻은 사내가
그중의 착한 서방
참깨 쏟아지고
들깨 쏟아지는 금실이라

이제 신내린 몸
점을 쳐
액을 막고
난을 막아주었다
굿판을 차려
원혼을 달래어 보냈다

굿하는 날
서방은 북 지고 작두 지고 가고
만신(萬神) 언년께서
치맛말 걷어올리고
얼씨구 뒤따랐다

과연 천하제일 강산이로고 늦게 늦게 온 음양 홍복(洪福)이로고

팔만대장경의 밤

1950년 6월
이현상의 빨치산은
삼팔선을 탔다
태백산맥을 탔다
소백산맥을 탔다
소백산맥 속리산 일대
크고 작은 전투를 능수능란으로 벌였다
소백산맥 덕유산을 탔다
가야산을 탔다
가야산 해인사를 한입에 삼켜 접수

조실 효봉
주지 효당과 대중을 접수

이현상이
효당에게 소원이 무엇이냐고 물었다
당신들이 하루빨리
이곳을 떠나는 것이라고 감히 대답하였다
왜 그러느냐
당신들이 이곳에 있으면
미군 폭격이 있을 것이다
미군 폭격으로
팔만대장경 경판
다 재가 될 것이다

그 때문이다

다음날
이현상의 빨치산 가야산을 떠났다
지리산을 탔다

팔만대장경 아슬아슬 살아남았다

또 하나
한국 공군의 가야산 토벌 폭격명령이 떨어졌다
공군 대령 김영환
그 폭격명령을 목숨 걸고 거부

팔만대장경 아슬아슬 살아남았다

또 하나
선객 1백여명을 이끄는
해인사 가야총림 조실 이효봉한테
후퇴하는 인민군 일곱 명이
해인사에 들이닥쳤다

쌀 내놓아라
그러지 않으면 그대를 죽이겠다
그대 죽이고 이놈의 절을 다 태워버리겠다

하자
자네들의 장군이 진작에
나더러
팔만대장경을 잘 지켜달라는
부탁을 했거늘
자네들의 행패
내가 보고할 터

그렇게 하여 팔만대장경 살아남았다

효봉은
총림을 두고
가야산을 떠났다
가야산 팔만대장경이 아슬아슬 살아남아
떠나는 효봉 일행에게
손 흔들었다

또 오게

피난 행각

1951년 1월
그 새해인지 묵은 해인지 모를 겨울
한반도 전체가 얼어붙은 피난행렬이었다 지옥이었다
지옥은 찬란했다
북에서 남으로
남에서 더 남으로 남으로
피난행렬이 이어졌다 찬란했다

산중 승려도
남으로 남으로
피난 행각이 이어졌다

저 속리산에서
대전으로
전주 남원으로
순천으로 하동으로
서른두 명 비구 비구니의 행렬이 이어졌다
영암 비구가 앞장
고봉 비구가 맨 뒤에 섰다
그 가운데 서른 명이 이어졌다
걷고 걸었다
비구니 아홉 명도
뒷줄에서 고봉선사의 법문 들으며
단내 삼키며 걸었다

어라 지옥이 극락이었다 찬란했다

여래께서
사십여년 걸어가셨지
길 가다가 태어나셔서
길에서 깨닫고
길에서 가르치셨지
길에서 주무셨지
이번 피난길 여래의 길 아니고 무엇이뇨 어찌 이 지옥이 곧 여래의 길
아니더뇨

이런 법문 듣고
젊은 비구니 성우가 소가지 없게 환희 넘쳤다

가다가 지치면
빈집에 들어가
이 방은 비구들 차지
저 방은 비구니들 차지
빙 둘러앉아 선정에 들고

가다가 해 저물면
빈집에 들어가
광목천 치고

이쪽저쪽에서
쭈그려앉아 잠을 청했다

가다가
떡 받아 떡장사
엿 받아 엿장사
그것도 아니면
반야심경 외워서
보리 한홉 얻어왔다

앞장선 영암선사
가난에서 도(道)가 온다 지옥에서 극락 온다
이런 법문 하며 제법 호탕하게 웃음 쏟았다

걷고 걸었다
걷고 걸었다

하동 진주 마산 김해에 이르렀다
남부 동해안에 이르렀다
동해안 동백섬 바다 찬란했다
누가 외쳤다

뭍길 다하니
바닷길 열리도다

경허 마누라

경허
끊어진 핏줄 이어냈도다
선정(禪定)의 핏줄 이어
선정의 꽃 화들짝 놀라
이 산
저 산에 피어났도다

이제 나 없애버리자꾸나
이제 경허
내버리자꾸나
버린 삼태기가 되자꾸나
다 닳아빠진
숫돌이 되자꾸나

청일전쟁 뒤
평양 8만이 1만 5천이 되어버렸도다
다 죽었다
다 죽고
여기저기 귀신 형용 살아남았도다
다섯 집 중
네 집이 없어졌도다
되놈이 쑥대밭 만들고
왜놈이 쑥대밭 만들고
그것으로 모자라

도적떼가 쑥대밭 만들었도다

이런 평양 지나며
경허가 경허를 버렸도다
경허를 잊었도다
경허를 몰랐도다

압록강 기슭
강계에 이르렀도다
강계군 종남면 한전동
김탁의 집 행랑방에 머물렀도다
그 김탁
상해로 망명길 떠나고
경허야 갑산으로 떠났도다

삼수갑산
그 갑산 웅이면 도하리
난덕산 밑
감자밭 조밭
날이 날마다 영하 30도 추위
거기로 갔도다

승복 벗고 머리 길렀도다
수염 길렀도다

경허 버리고
박난주가 되었도다

거기 두 아이 과부를 마누라로 삼았도다
글방 차려
화전민 아이 넷을 가르쳤도다
하늘천 따지도
가갸거겨도 가르쳤도다
밤에는 과부의 식은 몸 뜨거웠도다

옥수수술 좁쌀술이면
어느새 철딱서니 하나 없이
흥얼흥얼
또다시 대낮 마누라 불러 뉘었도다

비가 올라나
눈이 올라나
방구석 어둠 썩 좋아라

마누리 감창
썩 좋아라
자진모리 썩 좋아라

어디에도 경허 자취 온데간데없도다

46

그 소경들

1945년 8월 15일 저녁
서울 종로거리
광화문거리에는
태극기가 나타났다
일장기를
태극기로 고치거나
백지에
태극기를 그려 들고 나왔다

태극기가 물결쳤다 만세소리가 물결쳤다

서대문형무소 문이 열렸다
전차를 타고
인력거를 타고
도라꾸를 타고 갇혔던 사람들이 풀려나왔다

아무하고나 악수하고 부여안았다
아무하고나 인사하였다
해방이었다 해방은 그때가 시작이고 절정이고
그때가 끝이었다

황금정 네거리에
소경들이 떼지어 나왔다
소경들의 만세소리가 물결쳤다

소경들의 눈이 떠졌다 눈 흰자위가 떠졌다
보이지 않아도 보였다
보여도 보이지 않았다
세상은 암흑이 아니라 빛이었다
소경과 소경이 서로 얼싸안았다
몸뻬 입은 여자 소경들이 서로 얼싸안았다

보이지 않아도 보였다
보아도 보이지 않았다
또 보이지 않아도 보였다
빛이었다

이런 해방의 날
황금정 네거리 일본인 신발가게 주인
이시하라 사부로오는
도수 높은 안경을 벗고
맨눈으로 거리의 태극기 물결을 어지러이 어지러이 떨며 바라보았다

23세 수좌

감히 스물세살에 법상(法床)에 오르다
그 이름 아무도 모르다

금강산 내금강 장안사
장안사 위 지장암

산하대지(山河大地)여
산하대지여
무슨 일로
네가 나를 청하였는고
네가 청한 것은
내가 아니라
내 허깨비였으니
오늘 일은 금강산 일만이천봉도
못 숨기는 허깨비였으니
이를 어찌할 것인고

탕
탕
탕

다음날 새벽
그 귀때기 새파란
스물세살 법사

어디로 사라지다

땅그랑 풍경소리만 남겨지다
그가 남긴 한 장 낙서

광행(狂行)이라 미치광이 노릇이라
걸행(乞行)이라 거지 노릇이라
각설이 놀이라
영아행(嬰兒行)이라
젖먹이 밥상 올라
똥싸기
천진행(天眞行)이라
실로 1천년 이래
한자락
걸침 없이 비 오는 날 흠뻑 젖어 비 맞는 노릇이라 우귀행(雨鬼行)이라

사제간

노승이 돌 위에 앉아 있습니다
청년승이 거기에 왔습니다

어떻게 살아야 하겠습니까
사슴이 옹달샘 바라보듯 살아보게나
참 좋겠습니다 하지만 저는
저는 좀 다르게 살고 싶습니다
어떻게 살고 싶은가
옹달샘이 사슴 바라보듯 살면 어떨까요
참 좋겠구나 나도 그렇게 살고 싶구나

노승이 돌 위에서 벌떡 일어났습니다
오늘부터 네가 내 스승이로다
내가 네 제자로다
청년승이 설치(雪齒)를 다 보이며 기뻐했다
어허 내 첫 상좌가 생겼구나

그들을 지켜보는 호랑이가
저쪽 언덕에 있다
노리는 것이냐
그냥 바라보는 것이냐

어서 주둥이 열어라
호랑이가 네놈들 바라보듯 살고 싶은가

네놈들이 호랑이 바라보고
깜짝 놀라듯 살고 싶은가

형제

1950년 8월 야간전투
별도 없고
벌레소리도 없어졌다
오직 육박전의 비명과 절규와 노호일 뿐
충북 단양 죽령 비탈
적과 적일 뿐

그 적과 적의 백병전투에서 형제가 부딪쳤다

박규철
박용철

철아
형

황해도 신암에서 자라
해방 뒤 어찌어찌
형 규철이 남으로 와 국군
아우 용철이 북에 남아 인민군이었다

분대장이 외쳤다

이 새끼야 어서 모가지 쳐라 어서 찔러

10년 뒤의 밤
지난날의 격전지
죽령 일대
무지무지한
벌레소리 울부짖고 있었다

김수온

뒷날 서거정 강희맹과 함께
문장 3가(三家)라 칭송받은 김수온
세종 집현전 학사 김수온

어느날 세종이 말하였다

과인이 이뻐한 놈은 아기일 때의 시습이고 어른일 때 수온이었다

장원급제하니 임금이 쌀 20석을 내렸다
세종이 아끼고
수양대군
안평대군이 섬기던 김수온
육경(六經) 해박 사장(詞章) 수려한 김수온
유학일지나
그윽이 불학을 마음에 두었다
공맹과 정주(程朱)만이 아니라
순자 묵자에도 기울었다

세종 만년 외유내불
세조 외불내불의 시대

형은 산중에 있고
아우는 궁중에 있었다
세종과 세조 불법

형의 불법에 아우의 불법이 시절 만발의 화음을 냈다

과연 망건 쓴 고개 끄덕끄덕일 만하구나
암 이쯤은 되어야지
이쯤은 되어야 하고말고
세간과
출세간 그것 말이야

우마선사

아직 소는 올 생각을 하지 않는데
벌써 말은 와버렸구나
쿠르르르
쿠르르르

한밤중
어디로 가자 하며
발을 구르느냐

한놈은 너무 늦고
한년은 너무 이르다
누구의 등을 타고 엉덩춤 추랴

소도 말고
말도 말고
저기 저
나귀야
네놈은 웬놈이야

쿠르르르
쿠르르르

꿈속 말발굽 재촉 모르는 척하고
꿈속 나귀 부르는 철없는 우마(牛馬) 선사 볼만하여라

비구니 본공

해인사 조실 효봉 말하시기를

삼선암 본공(本空)
예삿사람 아니다

한번 서 있으면
사흘을 그대로 서 있다

묘관음사 향곡 말하시기를

본공
큰 그릇이로다

한번 앉으면
이레 날밤 그대로 앉았다

팔공산 동화사 조실 석우 말하시기를

본공
과연 본공 비구니로다
과연 본공 비구니로다 억!

한번 걸어가면
몇백리 강물이 함께하더라

본공의 제자 선행
선행의 제자 명성으로 이어지니
그 집안 내력 위로 마른번개 구름 일더라
아래로 잉어 숨은 잔물결 일더라

합천경찰서장

1944년 해인사 주지 임환경
합천경찰서 순사에게
두 손에 수갑이 채워졌다
그 수갑 찬 손으로
홍제암 사명대사 영정을 들어라 하였다

팔십릿길

해인사 일주문에서
합천경찰서까지 영정 들고 그렇게 걸어갔다
길가에 구경꾼들이 불어났다

무슨 죄인가
무슨 죄인가
해인사 주지가
무슨 죄를 저질렀는가

일본인 합천경찰서장은
유치장에 환경과 영정을 함께 가뒀다

사명대사는 누구인가
임진왜란 승병대장이 아니던가

일주일 뒤

해인사 주지는
사명대사 영정 들고
오던 길 팔십리를 걸어서 돌아왔다

합천경찰서장은
통영경찰서장으로 영전

그곳에서 한산도 이순신 위패를
조선인 청년 시켜 깎아 없애버렸다

이순신이 누구인가
임진왜란 조선 수군통제사가 아니던가

통영경찰서장
더이상의 영전 없이
불면증 악화로 곧 세상 하직

뒤이어 일본의 무조건 항복이 왔다

바꿔주기

당나라 방거사(龐居士)는
양주지사 무릎을 베고 죽어 몸을 바꿨다
오대산 금강굴
은봉선사는 서서 죽었다

신라 무루는
대궐에 들어가
왕비 공주 내궁 대중에게
법화경 설하고 나와
대궐문 밖에서
허공에 떠오르며 죽었다

고려 일연은
상좌들과
이 얘기 저 얘기 나눈 뒤
방으로 들어가
방석에 앉아서 죽었다

조선 소요태능(逍遙太能)

장성 갈재 백양사 수좌인바
묘향산
금강산 서산에 귀의
서산의 게송을 받았다

그림자 없는 나무 베어다가
물속의 거품 다 태워버렸네
우습구나 소를 탄 사람이
소의 등에서 소를 찾는구나

이 뜻 모르고 살다가
나이 마흔쯤
스승을 다시 만나
이 뜻 뒤늦게 깨쳤다

그런데 소요태능께서
여든다섯에
제자 새일(賽一)에게 게송을 내리니
지난날 스승으로부터 받은 게송
전 2구
후 2구를 바꿨을 따름

우습구나 소를 탄 사람이
소의 등에서 소를 다시 찾는구나
그림자 없는 나무 베어다가
물속의 거품 다 태워버렸나니

무릇 알 만하여라 이 무슨 장난이런고 이 무슨 소식이런고

고암

바람 잠이 든 물이므로
고요하시다
고암(古庵)
바람 잠인지
바람 잔 물인지 몰라

그 바람 멀리 가니
그 물 깊기도 한가보구나

1967년
괜히 종정에 추대되었구나
1972년
다시 종정에 추대되었구나
1978년
다시 종정에 추대되었구나

괜히 그런 종정 노릇으로
바람 깨웠구나
물 깨워
물소리 들렸구나

젊은 날
짚신 하나 잘 삼으셨구나
길 가다

짚신 닳으면
짚신 삼아 신고
길 갔다
그렇게 길 가고 길 오고
어느새 삼천리를 거푸 돌았구나

그때가 썩 좋았어

삼매선정
단지 속의 해와 달
시원한 바람 일어나니
이내 가슴속 일 없구나

그때가 좋았어

한밤중에 섬돌 신발들
아무도 몰래
다 닦아놓았구나
다음날 아침
그 신발 신는
1백 대중
한걸음 한걸음이 새롭구나

그때가 좋았어

쉰두살 정월 초하룻날

이제부터
임자와 나는
남으로 삽시다

정월 초하룻날 해혼(解婚)의 날이었다

키 작은 영감
키 작은 아낙

이혼은 아니고 해혼이라 하여
이제부터 한방을 쓰지 않는 날이 시작되었다

제기럴 이혼이 아니라 해혼이라

그 영감은
혼자서도 이불 없이 잔다
그 영감은
혼자서 나무 널판 위에서 잔다
그 영감은
하루 한끼를 먹는다

공자가
석가가
노자가

그리고 조선 서북의 기독교가
함께 우거진다

새해 첫날 인도의 간디와 간디 마누라
오랜 별거 그대로
그도 해혼의 날이 시작되었다

젊은이들 만나도
그렇습죠
그렇습죠
하고 고개 끄덕여주는 영감

일제 때 평북 정주 오산학교 교장 때
키 큰 학생 함석헌의 스승이 된 이래

그의 오묘한 진리놀음의 스승이 된 이래

맨하늘에도
하느님이 가득 차 있어

그렇습죠
그렇습죠

그러나 내친 마누라의

빈방
거기는
가득 찰 것이 없었으니

그렇습죠
그렇습죠

남한산성

저 신새벽 캄캄한 남한산성을 아시나요
석양머리 불타는
저 남한산성을 아시나요

병자호란 그때
청나라 군에 쫓기고 쫓겨
상감마마
남한산성으로 올라가
단추 없는 동저고리 바람으로
몇달을 버티는 동안

피잉
피잉
화살 날아오는 날들

피잉
피잉
불화살 날아오는 밤들

어디에 먹을 것 남아 있으리오
임금의 수라상마저
임금 호위군이
성 밑 풀밭 뒤져
들쥐와 참새 잡아다가

그것으로 수라상 차려 올린 아침이었다

이런 판에
나라의 산길 들길 누비던
등짐장수 봇짐장수 삼천육백명 떨쳐일어나
여기저기서
보릿섬 져나르고
쌀섬 져나르고
저 남녘 영광굴비도 한 두름 져날라
임금의 수라상에 허위단심 올렸다

그런 등짐길
청나라 군병에게 들켜 목 잘려 죽어갔다

남한산성을 아시나요
끝내 더 못 버티고
끝내 더 지켜내지 못하고
성문을 열어버린
남한산성을 아시나요

그리하여
송파나루 삼전도에 끌려가
청나라 우두머리 앞에
오체투지 구배 드리고 항복하는 날

살아남은 등짐장수들
살아남은 백성들
땅을 치며 울었다
땅을 치며 울부짖다가
전수가결(全數可決)로
흩어졌다

항복한 나라 땅 여기저기 등짐 지고
울음 접고
전수가결로
다시 살아가야 하였다

저 남한산성의 불빛 하나 없는 긴 밤을 아시나요

무문관 별칙

천하 법통(法統)은 마군(魔軍)이라

허허 이 무슨 망발인구
허허 이 무슨 놈의 개호주 방귀인구 구린내인구

가라사대

사법(嗣法)
전등(傳燈)
이 장난이 무슨 수작인구
사자상승(師資相承)
이것이 무슨 잠꼬대인구
아비의 피가 아들에게 전하여짐
스승의 법 제자에게 전하여짐

이 무슨 허깨비인구
어찌 피가 그 피만으로 이어진다냐
어찌 법이
그 법으로 줄지어진다냐

세상 이치
택도 없는 것들

공연히 석가 이래 열반 이래

갖다붙이기는
어거지로 만들어
그럴싸하게시리
이럴싸하게시리
굳혀놓기는

어찌 달마가
혜가의 법이냐

어찌 혜가가
달마의 법이냐

달마는 달마 법
혜가는 혜가 법
법한테
무슨 놈의 달마냐 혜가냐
씨받이냐
남녁 불쌍놈 혜능은
홍인(弘忍)의 씨 아니로다
오로지 혜능일 따름
신회(神會) 아비 아닌
혜능일 따름
신수(神秀)의 맞수 아닌
혜능일 따름

인도 디야나〔馱衍那〕가
선(禪) 선나(禪那)로 건너와
이 소리가
이 뜻으로 건너와

가위 천자의 자리 사냥할 때
제왕 용상 물려줄 때
그것 또한 선이더라
허나 스승의 법을
그대로 주면 죽은 법이라
스승이 주었다면
그 법 때려죽임이
선이요 법이요
개천가 수양버들 아니리오

그리하여 임제가
스승 황벽의 선판(禪板)을
불질러버렸으니
이미 황벽은 송장이요
임제는 갓난아기 아니리오
응애
응애
응애

무다자(無多子) 응애응애

여기 일러 해동국 신라말 이래
이런 법 죽은 법으로
죽은 법통으로 어긋나버렸으니
본디 통불교
서로 응하고 서로 오고 가며
화엄경 배우다 글자 놓고
삼매에 들다가 염불하는
직지인심(直指人心)하다가
왕생극락 소리치고
이러이러하게 내려오다가

천만에 구산선문(九山禪門)이라니
백산선문(百山禪門)
이 산 저 산 메아리치다가
바라춤 추다가
신묘장구대다라니에 넋 놓다가
어쩌다가
어쩌다가
오교양종(五教兩宗) 운운하다가

허허
도성에서 쫓겨난 이래

조선 중기 임진 정유 지난 뒤
서산 청허휴정의 가문에
임제 가문을 잇대었더라
그 이전의
옛 겸익 원효 의상
옛 고려 보조의
통불교
양종불교를 파기하고
고려말 임제 가문에 잇대어
태고보우를
해동 초조(初祖)로 삼았구나

조선 후기 도안이
조선 초기 무학자초(無學自超)가 지은
『불조종파지도(佛祖宗派之圖)』를 뜯어고치고
채영(采永)이
또 뜯어고쳐
서역 서천축에 잇대고
당송에 잇대어
『서역중화해동불조원류(西域中華海東佛祖源流)』를 만들어내니
이로부터 순 억지춘향이 십장가를 불러대더라

어찌 법통이
장자상속인가

유교 반가
장자상속인가 뭔가
세속 떠났으면
세속답습 타파 아닌가

아니 법통을 만번 옳다 하자꾸나
서산 살아생전
사명에 만사(萬事)를 맡겼으나
서산 사후
편양언기(鞭羊彦機) 그 대세가
만사를 가로채버렸더라
허허 이 무슨 마군도량의 놀이인구

이로부터 딱 한가지 일 있어라
강호 요사한(了事漢) 제군
딱 한가지 일
여기 남아 있어라

참깨밭 참깨 털이
어느 놈이 법인구 법 아닌구
들깨밭 들깨 털어
큰비에 다 떠내려가니
어느 놈이 법 아닌구

더덕 향기

하지 무렵
밤하고 낮하고 슬그머니 겨루어보아
낮이 좀 길 때

가만히 앉아 있어도
사람 가슴팍
땀 울 때

소봉옥의 아내는 세모시 적삼 땀 울어 뒷산 오른다
건넛마을 상권이네 머슴이
그네 뒷모습 보고
침 꿀걱 삼킨다

세모시 적삼 아래
가는베 치마 속
더운 숨 쉬는 그네 두 다리 꿈꾸며
또 침 꿀걱 삼킨다

아서라
아서라

소봉옥의 아내
벌써 이마에 송글송글
목에

등줄기에
땀 송글송글

그렇게 오르는 뒷산 중턱
스며드는 더덕 향기에 이른다
꽃 피기 전의 더덕 한 뿌리 거기 이른다

그 아래
3년 전 세상 떠난
스무살 시동생 소봉호의 작은 무덤
더덕 향기 숨쉬며 혼자 가만히 불렀다
도련님
도련님
나도 어서 데려가셔요
하지 무렵
낮이 길 때
더덕 향기 저승에 간다

최견일

신라 육두품의 핏줄이라
진골 성골
왕실과 귀족의 핏줄이 아니므로
벼슬에 오르고 또 올라야
아찬

이 신라 계급 골품제
살아서는 물론이거니와
죽어서도 벗어날 수 없으니
삶과 죽음 그 사이
육두품의 최견일
밤마다 제 신세를 한탄해 마지않았다

그가 외직으로 나가 회포를 달래는 날들
저 서해의 수자리가 차라리 편하였다
둘째 치원을 낳으니 기뻤다
저 서해
군산군도 바다
옥구 문창 거기
아들을 낳으니 기뻤다

영특했다 네살에 시를 지었다

열두살

그 아들을
당나라 뱃사람에 맡겨
신라 육두품을 떠나게 하였다
네 10년 공부로
과거급제 못하면
너는 내 아들이 아니니
그때부터
나를 아비라 부르지 말라
가거라
엄중하게 말하였다

열두살 아이
당나루 포구에서
장삿배 쌍돛배를 탔다
가거라

10월 북서풍
뱃길 천오백리
거기서 다시 걷고 걸어
삼천릿길
석달 열흘이 걸리는 노정
가거라

당나라 장안 국자감

기숙사 1천2백 사(舍)
중국 학생 3천
고구려
백제
신라
투루판
고창(高昌)
토번 학생들 5천

2년간의 예비학급 열두살짜리가
열네살짜리로
9년 10년 걸려 급제할 것을
어린 치원 6년 만에 급제
그것도 장원

지난해는 북의 발해 학생에게
장원이 돌아가고
올해는 남의 신라 치원에게
장원이 돌아왔다 신라 환호작약

18세에 중국의 지방관이 되었다
19세에 절도사 휘하
그러나 당나라 난세 등져 고국으로 돌아왔다
고국에서 포부를 펴고 싶었다

그러나 기껏 얻은 벼슬 한림학사
그의 포부가 막혀버렸다
끝내 그는 신라 여왕의 난세를 등지고
가야산 홍류동천
어느날로 행방불명

아버지 최견일의 꿈은 아무데도 남아 있지 않았다

군산 문창 파도소리
최견일의 낙조 없다

최치원

큰 땅에서 이름을 떨쳐보았다
큰 땅에서 지방군 종사관도 되어보았다
그 큰 땅 위태롭도록
천자 떨던
황소(黃巢) 의거에
관군 경고문도 날려보았다
허나 큰 땅에서
한바탕 꿈은 헛되었다

고국이 그리웠다
아버님
어머님은 잘 계신지
형님은
어느 산중 암자에 계신지
그렇게도 초라했던 나라
바다 건너
내 나라
그렇게도 부끄러웠던 나라
내 나라가 그리웠다

어찌 큰 땅이
나에게 신둥진 큰 벼슬 내리겠느냐
어림없다는 것 깨달으며
밤새

내 나라가 그리웠다
어린 시절
진포 앞바다 오식도 밖 선유도가 그리웠다
조기철
조기떼 가는
그 물속에서
물 위로 울려오는
그 조기떼 소리 그리웠다

국자감에 귀국을 간절히 청원
난세라
돌아갈 테면 돌아가거라
허락하였다

육로 험하였다
도적이 끓고
초적과 의병 쇠창을 세웠다
바닷길 험하였다
파도 높고
비바람 무서웠다

살아서 법성포 나루터에 발디디고
서라벌
내 나라 개혁을 뜻하였다

큰 나라는 기울어가건만
동녘 끝
내 나라 부흥을 꾀하였다
여왕께
삼가 「시무(時務) 10조」를 지어 바쳤다
여왕이 칭찬하였다
한림학사라는 이름이 내렸다
그러나 서라벌이 어디
쉬운 굴이고
쉬운 방인가
역대 성골 핏줄 진골 핏줄
역대 터잡은 힘들이
한낮 육두품 유학생 따위
내치기 십상이었다

너 여기가 어디인 줄 아느뇨
너 여기가
네 놀이터인 줄 아느뇨
서라벌은 네가 있을 곳이 아니다
너 이를 아느뇨

선도산 밑 두견새골
거기 가 밤새 울었다 떠나야 하였다

칠성암 노승

시금치씨 셋 뿌렸다
시금치 나시면
하나는 새가 뜯어 잡숫고
하나는 벌레가 갉아 잡숫고
하나는 내가 잡수어야지

낮길
짚신감발

짚신 신고 가면
길바닥 개미 죽이지 않지
지렁이
어쩌다 나온 굼벵이 죽이지 않지

밤길
짐승들 잠 깨우면 안되지
짚신 걸음 자취 없어
안성맞춤이지
벌써 칠성암 남새밭 시금치들
처녀같이 자라났구나

요년들
요년들
출무성히 자라났구나

원효의 어머니

신라 변방 압량군 남쪽 불등을촌(佛等乙村)
거기
가슴 크시고
궁둥이 크신 아낙
검은머리 기름진 아낙
하루 내내 밭일이언만
그 손길
섬섬옥수라

한번 입 열면
냇물이
강물 되는 말꾼이신 입담 아낙
지아비께서
산에 갔다가 낙상하니
달려가
업어오시는 아낙

지아비 오래 누워 다 나으신 뒤
이미 만삭이신 아낙
한쪽 어깨 지게 메고
새벽 밭일로
밤나무 밑 기우뚱거리며 지나가시는데
덜렁
아기를 낳으셨다

얼른 뒤따른 지아비 옷 나무에 걸고
산모와 아기 내외하니
옷 걸린 나무가
사라수(沙羅樹)라
그 나무 열매가
바로 사라율이라

새벽에 낳으시니
아기 이름
원효라

새벽빛이라 첫 빛이라
저 이집트 태양신 라
빛의 신 슈
그분들께서
저 설산 넘어
티베트로 가
태양의 도시 라싸가 되시니
인도 밑
스리랑카로 건너가
찬란하게 빛나는 섬
스리랑카 되시니
또한 인도에서

가장 거룩한 나무 사라가 되시니
석가 열반
두 그루 사라나무 되시니
북으로 북으로
동으로 동으로 와
신라의 갓난아기 원효의 고향 사라수가 되시니
아흐 멀리도 멀리도 마다않고 오시니

고려
조선 이어내리며
조선팔도 여기저기에
갑돌이
을돌이
병돌이
정돌이
무돌이 태어나시니
반드시 축시 인시 묘시
그 새벽녘 사라수 밑
태생(胎生)
난생(卵生)
습생(濕生)
화생(化生)의 아기 원효들 응애응애응애 태어나시니
얼씨구나 절씨구나

소경 우진수

하루에 말 다섯 마디면 되었다
뻐꾹새는 하루 내내 우는데
소경 우진수는
하루 내내 말 다섯 마디
샛밥 상머리에
고맙습니다
저녁 상머리에
고맙습니다
집으로 돌아가
사립문에
고맙습니다
방 안의 이부자리 깔고
고맙네유 그리고 잠이시여 오소서

그 말밖에는 입 열 일이 없다

흙 이겨 흙벽돌 만드는 하루
흙벽돌 괴어
흙집 짓는 하루

이호마을 바닷가
흙집 열여덟 채 지은 뒤
처음으로 입 열어

참!
참!
눈떠
내가 지은 집 한번
보고 싶네유

참!
눈떠
내가 지은 집 촛불 밑
마누라 잠든 모습 보고 싶네유

소경 우진수에게 마누라가 있을 턱이 없다

소경 겸 고자인 것
세상이 다 안다

진덕여왕의 마지막

진덕여왕 8년 동안은
신라가
당나라 제후국이 되는 기간이었다
당나라 오대산에서 돌아온
자장은
신라 연호 태화를 폐하고
당나라 연호를 쓰자 하였다
당태종에게
태평송(太平頌)을 지어 보내게 하였다
진덕여왕이 쓴 서툰 것을
자장이 손질
궁중 복색도 당 복색으로 바꿨다
여왕도
궁인들도
대신들도 다 당복으로 바꿔 입었다

자장은 여왕에게
불교 세속계율 우바이재(優婆夷齋)를 베풀었다
여왕 섭정
진덕여왕에 앞서
선덕여왕 때도 그러하였다
병든
여왕의 잠꼬대
자장이 나라를 팔았어

춘추가
나라를 당나라에 새호루기로 갖다바쳤어

진덕여왕이 죽어가며 남긴 것
자신의 영가설법은
자장이 아니라
원효가 해주기를 바랐다
죽어서나마
자장을 벗어나고자 하였다
당을 벗어나 당알진 신라이고자 하였다

그 두 사람의 수작

아까운 새앙머리 매화가 피었다 추운 날이었다

1923년 가야산 해인사에서는
대중 1백여명이
주지 이회광을 쫓아내고 있었다
산문출송(山門黜送)
노승도
선방 수좌
강원 학인도
비구도
사미도
그리고 약수암 비구니들도 다 나와
구광루에서 사천왕문
일주문에 이르는 길
주지 이회광을 득달같이 보내고 있었다

그 회광이
함께 쫓겨난 신세 곽법경을 불러
자네 나오고
나 또한 나왔네그려
하고 대구역전 여관방
새치근히 곡차에 취하여
이로부터
나와 자네

자네와 나 일심동체 아닐쏜가 암 그렇고말고

여름 매실 푸르렀다
더위가 왔다

이렇게 쫓겨난 두 화상이 도모하기를
기어이
다시 한번
일제에 눌어붙어 도모하기를

1926년 법경이 일본에 건너가
일본 조야(朝野)
여러 유지를 만나고
일본 조동종 관장 만나
엎드려 건의하기를

조선 불교의 모든 것을 해체하고
총본산을 세워
법당에
석가여래와
명치천황 폐하와
전 조선 국왕
고종 태황제의 상을 안치하여
일제의 조선 통치 나아가

정교일치 실현
일선(日鮮) 융화를 구현하게 하옵시기를
간곡히 복망하나이다

이런 수작이나 하다 말다가
1933년 한강 기슭 한 암자에서
이회광
눈감았다
곽법경은 그뒤 더 살다가
눈감았다

겨울 매화
여름 매실이 서로 남남이라
어쩔거나 회광이여
어쩔거나 법경이여
아까울손 두 화상의 본래 면목 간데없음이여

표훈사

금강산 내금강
내금강 만폭동
만폭동 턱 아래
거기 표훈사에 이르러서야

표훈교 밑 물소리
표훈봉 뒤 바람소리 이내 가슴에 잠겨 드시누나

표훈 천년 이전
표훈 천년 이후
표훈 화엄의 오늘이 잠겨 드시누나

신라 화엄종
의상의 10대 제자
그 가운데
의상 상족(上足)
네 영걸 중 상족
표훈 화엄의 오늘이 누누이 드시누나

저 물소리
저 바람소리

김대성에게
저 물소리와

화엄 삼제(三際)를 전하고
경덕왕에게
저 바람소리와
화엄 삼제를 전하니
경덕왕은
아들 얻게 해달라고
표훈화상께 치성드리니
치성드려
늦둥이 왕자 두시누나
그가 곧 혜공왕이라

왕 부자가 여쭈어 물으시누나

어떤 것을
머무는 바 없음이라 함이더이까

답하되
5천 범부의 삼제
과거 현재 미래에
움직이지 않는 바가
머무름 없음이라 함이오이다
만약 과거 현재 미래
이 삼제 따라
이것저것 나눈다면

나 하나의 5천 범부가
여러 개의 5천 범부 아니리오
다만
하나를 원하면 하나이고
많음을 원하면
많음이 됨이오이다

늙은 표훈의 입궁 이틀 전의 한마디

스승 의상께서 몸 여의실 때 스승 의상보살께서 숨 놓으실 때
나는 스무살이었지
그 이래
나는 스승의 이승 저승 뱀뱀이 가슴에 모시고
오늘에 이르렀지
허허 저 하늘 오고 감이 오늘따라 별것이 아니로다

이별시 한편

후일 송시열이 그의 시를 썩 좋아하였다
당시 송익필이 그의 시를 좋아하였다
이이가 그의 시를
청신하고 준일하다고 좋아하였다
정철이 그의 시를 좋아하였다
조선 중기
8대 문장
고죽(孤竹) 최경창

그가 홀몸으로 두만강변
경성 병마절도사 평사로 부임하였다
나라의 변방 황막하였다

술자리에 갔다
술자리에 나온 관기 홍랑이
놀라워라
놀라워라
바로 고죽의 시를 읊었다
고죽이 깜짝 놀라
너 이 시를 어디서 보았더냐
홍랑이 낭랑하게 대답
예이 소첩이
감히 고죽 선생의 시를 제일 좋아합니다
그분의 것이면 다 외웁니다

고죽이 홍랑을 끌어다 안고
내가 고죽이다
내가 고죽이다
내가 네 고죽이다

둘은 단박에 사랑해버렸다

몇해 뒤 고죽이 임지를 떠나야 하였다
그 경성에서
쌍성까지
홍랑이 오돌차게 따라왔다
함관령에서
며칠 밤을 머물었다

홍랑의 이별시 한편
묏버들 가려 꺾어 보내노라 임에게
주무시는 창밖에 심어두고 보소서
밤비에 새잎 나거든 나인가도 여기소서

그뒤 고죽이 앓아누웠다는 소식
홍랑은
7일 밤낮을 걸어
감히 한양에 이르렀다

그러나 인순왕후 상중이라
관북인 도성 출입금지

홍랑은 옛 이별시를 다시 읊었다 돌아섰다

죽어
두 사람 한곳에 묻혔으니
양반과 천기 뛰어넘어
그 지극한 사랑 길고 길었다
밤비에 새잎 나고
밤비에 새잎 나고
그 지극한 사랑 저승까지 길었다

고려 혜월

중국 북경 서남방 75킬로
석경산
병풍 두른
석경산

수나라의 석경산
돌에 새긴 정전의 산 석경산

석경 암굴 일곱 군데

원나라 때
고려 혜월이 가서
그곳 석경굴 화엄당을 새로 지었다
원나라 순제황후 기씨의 심복
고용보의 시주 백만냥으로
화엄경 한 자 한 자
돌에 새겨냈다

그뒤 돌아와 개경 송악산 골짝에서 살다가 죽었다
돌에 80 화엄경 전문을
새겨놓는 것
그것이 그의 꿈
허나 고국의 바위에는 화엄경 없다
그것이 그의 접은 꿈

하기야
실컷 함박눈 내리고 나면
화엄경 새기나마나
빈 바위 맨바위나마나
온통 화엄 백경(白景) 아니더뇨

후세승들아
제발 덕분 온 산 온 바위 그대로 두라
온 산 온 바위 그대로 진화엄 아니시뇨

그들 몇몇

저 갑오농민전쟁이라
거기
불갑사 인원
백양사 우엽
선운사 수연
이들과 함께이던
긍엽이

왜군과의 혈전 앞두고
우금치
산등성이 올라
초승달을 보았다

오늘밤 저 달을 보고 있소
이승의 마지막
저 달을 보고 있소

서로 얼싸안았소
인원이 수연을
우엽이 긍엽을
긍엽이 인원을
수연이 우엽을
수연이 긍엽을
우엽이 인원을

서로서로 얼싸안았소
어느새
초승달이 없어졌소

먼바다 향유고래
노여운 물 뿜어대며
솟아나왔소

며칠 뒤
우금치 혈전
그들 중의 누구도
살아 있지 않았소

먼바다 어쩌자고 잠잠하였소

방동화

제주 산천단 소나무들
그 소나무 어둠들
그 어둠들의 신새벽녘
하나둘
하나둘 모여들었다

고요로구나
고요는 극비로구나

빡빡 민 머리에
두건 쓴 사람들이었다 스님들이었다

고요로구나
고요는 시작이구나

방동화
김연일
강창규
임오생
진철후 등
어느새 열여섯 사람

쏴아쏴아
소나무들한테 함부로 바람이 왔다

이윽고
저 동녘 바다
외딴섬 관모봉쯤
먼동 찢었다

어둠속에 분홍물 들었다 갈옷물 들었다
어둠속
이윽고 시뻘건 물 들었다

아직 고요로구나
고요는 더이상 물러설 데 없구나

1918년
제주도 제주 산천단
여기 열여섯 스님들 모여
왜적 내쫓을 결사를 짓고 있었다

한라산 기슭
관음사 목탁소리가 들렸다
오늘부터
저 관음사에
결사를 두고
모이기도 하고
흩어지기도 하자

산천단 흐르는 물 떠
한움큼씩 털어넣고 맹세를 나눴다

며칠 뒤
그 관음사에 모여들다가
왜경에 막혔다
그리하여 관음사 대신
한라산 북쪽에서
한라산 넘어
남쪽 서귀포로 옮겼다
서귀포 법정사에 모여들었다

법정사 백일기도
하루 내내
관세음보살 관세음보살 관세음보살
읊어대는 백일기도

밤에는 절 위 산속
거기 결사승 16인이 40인으로 불어나
거기 결사신도 하나둘 모여들어
1백인이 넘쳐나

이윽고 1918년 10월 5일 새벽
5백인 궐기

나무창 들고 낫 들고
중문 주재소 점거
서귀포 지서 점거
세상이 발칵
경성 총독부 발칵
서귀포에 일본 육군 1개 중대
기마경찰 2개 소대
무장경찰 2백명이 달려왔다

김연일 서귀포 전방에서 바로 생포되고
그밖의 몇사람 죽었다

방동화는 달아나
나무뿌리에 매달려
바닷물 속 갈대 도막으로 숨쉬며 숨어 있었다
40일 넘게 숨어 있었다

밤에는 신도 백인화 보살이
밥 가져왔다
낮에는 물속에서 불어터졌다
끝내 한달 보름 만에
검거되고 말았다

6년 감옥

천일기도
만일기도로 세월이 갔다

우람한 몸집이었다
6년 뒤
제주도 떠나
금정산 범어사
금강산 발연사
다시 제주도로 돌아와
긴긴날 지나
해방을 맞았다

1970년 12월
세수 80세로 세상 떠났다
새들 자고 나니
사람들 자고 나니
이미 죽어 있었다

말 한마디 없이
복주머니에
한푼 없이
오로지 백팔염주 한 벌
목에 걸고 죽어 있었다

기황후 권세

원나라 마지막 황제 순제의 황후 기씨
몽골 이름 완줴후두(完者忽都) 그녀
본디 고려 처녀
행주 기씨 72대손
기자오의 5남 3녀 중
막내딸 그녀

1231년 원나라 침략 이래
30년 동안
일곱 번이나 침략
30년 뒤
그 원나라에 투항
이때부터 원나라 공주가
고려의 왕비가 되고
고려의 처녀들이
원나라 공녀(貢女)로 바쳐졌다

80여년 동안
고려 처녀들이
원나라 황실에 끌려가
차 따르고
술 따랐다
더러는 고관대작 첩이 되거나
궐 밖으로 내쳐져

색주가 작부 되거나
연경성 안
서른 몇 술집
고려 기생이 아장바장 값나갔다

송도 벽란도에서 배 타고
바람과 물길 타면
네 시간 지나 원나라 바닷가에 이른다

그런 뱃길 배 밑창에
몇십명씩
몇백명씩 실려간 공녀 중
기자오의 막내딸 그녀
떴다 봐라
원나라 황실 궁녀로 들어갔다

어럽쇼
어럽쇼
1339년 황후로 책봉되니
원나라의 권세 한몸에 입고
고려의 왕실조차
황후의 예로 멀리 받들었다

어럽쇼

어럽쇼
어럽쇼
나는 새 내려앉거라
우는 새 입 다물거라
어럽쇼

기황후 그녀
원나라 마지막 천하 권세
한몸에 걸쳤다
원나라 들쥐
고려 들쥐
그 권세에 모여들었다
어럽쇼

구자수 영감

하얀 머리 하얀 수염 하얀 모시두루마기
하얀 고무신
그리고 몸속 하얀 마음
일러 백옹(白翁)
세상의 운행 미리 길게 뚫은
그 우주의 마음
빈 마음
하얀 마음

지리산 동쪽 기슭에 있다가
지리산 서쪽 기슭에 있다가
하늘을 우러러보고
땅을 굽어보고
사람을 지그시 바라보는 삶

차츰 사람들이 모여드니
어느새 제자 3백
그 가운데 으뜸을 겨루는 일곱
김일구
김처순
오박렬
선진구
백낙우
유상도

고달권

스승 백옹께서는
그 일곱 중
김일구에게 법통을 이으려 하는데
꿈속에
김일구 대신
유상도가
머리를 깎고 스승의 책보따리를 들고 갔다

꿈 깨어
마누라 엄씨에게
꿈을 말하니
마누라 이르기를
드러난 김일구보다
숨은 유상도가 낫다 하였다

다음날 백옹은
유상도 몰래 불러
목욕물을 데우라 하여
함께 옷 벗고
몸 씻은 뒤

법통을 내렸다

이로부터 너는 산을 내려가거라
내려가
저자에서 썩어라

스승의 책보따리 등에 지고
부산나케
벽송사 아랫길을 울며 내려가는 사람 있었다
푹 썩으러 내려가는 사람 있었다

도의

선덕왕 5년 당나라에 건너갔다
40년
43년을 살았으니
도의(道義)
그는 당나라에 있고
신라에 없다

당나라 산중에서도 사람 차별 자심
장강 남쪽 사람은
사람이 아니었다
동해 건너
신라 사람도
사람이 아니었다

그들의 말 가운데
화살이 신라를 지나갔다는 말
택도 없다는 말
영 글러버렸다는 뜻

그런 신라 젊은이의 40년 세월 견디어냈다
마조(馬祖)의 3대 제자
남전보원
백장회해
서당지장 가운데

서당지장의 제자가 되어
도를 떨치니
화살이 신라를 지나가버렸다가
다시 돌아왔다는 말이 새로 나왔다

북녘 오대산 문수도량에 있었다
영남 조계산
육조 혜능의 영당에 참배하였다
그가 거기 가자
영당문이 저절로 열렸다
그가 거기서 나오자
영당문이 저절로 닫혔다

사람들이 입 벌려 놀랐다
지난날의 육조
행여 오늘의 도의인가
놀랐다
놀랐다

서당지장이
정녕 이 사람이 아니고서
그 누구에게 법을 전하랴
하고 법을 전했다
서당지장의 형

백장회해도
우리 마조의 맥이 모두 동으로 가는구나 하고
문중 조카 도의를 높여주었다

허나

그가 돌아온 신라는
그를 받아들이지 않았다
어디 네가
당나라 도인이지
신라 도인이냐
돌아가거라 썩 물렀거라

서라벌 절간들이 어디더냐
얼쩡거리다
큰코다치리라
못된 해코지가 끊일 줄 몰랐다

에라 만수

북으로
북으로 가
설악산 자락 거기
호젓이 절터 하나 잡고

남몰래 초막살이 진전사라 하였다

한숨이 깨달음이었다
그믐달 아래
깨달음이 한숨이었다
남몰래 누군가가 찾아왔다

이렇게 동쪽 첫 조상의 시작이었다

장보고의 바다

오늘도 수평선이야말로
그 너머로 가는 이정표일 터
돛폭 팽팽하라
정욕 팽팽하라
가고 가거라
가고 가면
마침내 익어터지는 관능의 항구가 마중나오리라

나의 보금자리는 청해진이 아니다
청해진은 모든 시작일 뿐
나의 보금자리는
오늘도 수평선 너머
바다 복판
바다 복판 지난
동서남북 수많은 암컷 항구이니라

8세기 중반
당나라 후기
안사의 난으로 무슨 난으로
안서도호부가 혼란에 빠져드니
더이상
사막의 씰크로드 이을 수 없다
그러므로 무역교역은
사막에서

바다로 그 흐름을 옮겼다
육로 썰크로드는 비단무역의 길이니
새로 열린
수로 썰크로드는
도자기와 세라믹의 길 향료의 길

때마침 신라 하대(下代)
장보고의 무역선단 이루어져
그 길
그 바닷길을 다스렸다
이제 청해진이 아니다
이제 청해진이 아니다
바다 건너
산동(山東) 땅
광주(廣州) 땅
저 벵골 땅
저 아라비아 바다에 이르기까지
밤새 감창소리 넘치는
장보고의 배 없는 항구 없다 허허 숨막히누나

페르시아인
아랍인
인도인
동남아인

아프간인
일본인
백제유민
신라인
한족
몽골족
장보고 선단과 물큰물큰 함께였다

태풍을 견딜 섬 있으면
바다를 가진다
해적을 다스릴 섬 있으면
바다를 가진다
모든 바닷가 나라들의 닫힌 문 활짝 열 힘이면
보라 바다를 가진다

한 섬에서 태어난 사나이가
세계의 사나이로 퍼져나갔다
그 사나이가
세계로부터 돌아오자
죽음이었다

바다 곡성(哭聲)
파도 곡성
아흐레 밤낮 찼다

누이 연실

스님에게는 혹이 하나 붙어 있었습니다
금생(今生) 내
뗄 수 없는 혹이었습니다
스님의 처소 옮길 때마다
영락없이
스님을 따라붙는
스님의 누이 연실이 말입니다

하도 게을러
만나는 게으름뱅이들마다
원 저런 게으른 계집은
처음 보겠네
잠을 자면 한 이틀 반을 깰 줄 모르고
똥을 누면
그 똥도 게으르기 짝이 없어
한나절이나 걸려서야
뒷간을 나오는
스님의 누이 연실이 말입니다

말 한마디는
번드르르
내가 아무리 게을러도
오라버니가
부지런히 닦고 닦아 도를 이루었으니

나도 극락행은 떼놓은 당상이지 뭡니까

어느날 그런 누이와 함께 있던
스님께서
누이한테는 주지 않고
혼자서 떡을 맛있게 드셨습니다
그러자 누이가
어찌 스님께서는
혼자서만 떡을 드십니까
하고 슬슬 진심을 내자
스님이 누이에게 말하기를

그것 참 이상도 하구나
내가 떡을 먹는데
왜 네 배가 안 부르는지 모르겠구나

연실아
연실아
이왕 이 절간에 살 바에는
부디 나무아비타불 만번 불러보아라
네가 불러서
네가 극락 가거라
네 게으름뱅이 돌려보내고
네 부지런을 불러들여

산에 올라 나무도 하고
부엌에 들어가
밥도 안쳐보거라
부디 새벽 종소리에 깨어보거라
네가
네 입으로 떡을 먹어보거라

미녀 이소사

1895년 전라도 장흥
동학군 최후의 격전지
거기에
가라말 타고
동학군 최후의 농민군 혈전을 지휘하는
미녀 이소사(李召史)가 있었다
방년 22세
지난날 꿈속에서
천신으로부터
하늘의 열쇠를 받았다
그로 하여
그녀를 따르는 사람이 퍼져나갔다

마침내 머리 푼 그녀 농민군을 이끌고
왜적 총탄 속으로 달려갔다 달려가며 부르짖었다
때가 왔다
때가 왔다
척양척왜(斥洋斥倭)가 살길
척양척왜가 죽을 길
백성의 때가 왔다

책귀신

조선 김득신
그에게 마누라가 있는 것이 부당하다
그에게 책만이 정당하다
책을 읽었다
책을 읽었다
책을 읽었다
책을 읽었다

『사기(史記)』「백이편」을 11만 3천번 읽었다
서재 이름을
억만재라 하였다

책 1만독 미만은 말하지 않았다
마누라 상중에도
곡에 맞춰
백이편을 읽었다

억만재 주인
억만번 읽는 것이 사명이었다
눈이 책을 뚫었다
책마다 구멍이 뚫렸다고
세상 사람들이 말하였다

책귀신이라고

세상 사람들이 말하였다

1662년 현종 3년
그 책귀신이
나이 쉰아홉에 문과급제하였다
젊은 날
번번이 낙방한 뒤
체념한 뒤
책을 읽었다
책을 읽었다
읽고 읽었다

김득신 급제하여
마누라 무덤에 가 술 따라놓고
『사기』「백이편」을 읽었다
그러자
무덤 속 마누라 목소리
백이편 읽는 그 목소리가 낭랑하게 들려나왔다 긴 금실이었다

멋지더니라

산중에도 소문이 있다
이 산중 소문이
저 산중으로
저 산중으로 퍼져간다

어쩌다가 경봉이 한소식 얻었다는 소문이 퍼져갔다
이 소문을 들은
백양사 백학명 선사가
통도사 경봉에게 편지를 보냈다
며칠 뒤
그 편지가 경봉에게 왔다

눈이 와서 온 누리 덮였거늘
어찌하여 소나무만 홀로 푸르러 서 있느뇨

그러자 경봉의 답장이 갔다

벌떡 누우니 발이 산그늘을 가리킵니다
부처의 몸이 법계에 총명하니
어느 곳에서 자기를 보겠는가

그러자 학명의 편지가 왔다

만약 대장부의 기개 살아 있거든

여우의 의심을 품지 마시게

그러자 경봉의 답장이 갔다

굼벵이가 매미 되라고 하나
되지 못할 때 또한 말해보게
과연 이것이 무엇인고

그러자

불급은 맹렬한 불 속에서 이어집니다

그러자

물이 큰 바다에 들어가면
필경 어느 곳에서
싱거운 맛을 찾겠는고

그러자

입맛을 잃지 않으셨소이다
그러면 짠맛은 어디서 나왔습니까
그 짠맛 나는 곳을 가져오시오

그러자

서로 아는 이가 천하에 가득한데
누가 제일 친한 사람인고

그러자

어찌하여 원수 같은 놈은 묻지 않으십니까
천리를 내다보고자 할진대
다시 한 층 올라가십시오 하하

그러자

하하하하하

이 지루한 편지 왕래가 멋지더니라

1929년 3월 18일부터
그해 한철 내내
백양사
통도사
오고 가는 글장난 심심파적 멋지더니라

합환시

18세기 말
신랑 하립
신부 삼의당 김씨

하립이라
저 세종 연간 영의정 하연의 핏줄로
몰락한 양반 자제
김씨라
김일손 누대손 김인혁의 딸
남원 서봉방에서 태어나다

그 서봉방 한마을에 사는
동갑내기 남녀라 동갑내기 넘어
생년월일까지 같은 남녀 한 쌍이라

가위 천정배필

혼인 첫날밤
서로 합환주를 주고받다
합환의 원앙금침
눈물진 촛불에 비치어
현란하다

합환주 취흥이 일어나다

신랑 하립이 합환시를 지어 불렀다

우리 서로 만나보니 광한전의 신선이라
오늘밤 분명히 옛 인연을 이었더라
짝지음은 원래 하늘이 정해준 것
세상의 매파가 공연히 분주하였네

이 시의 운자 연(緣) 연(然)을 그대로 받아
신부 김씨가 합환 화답시를 지어 불렀다

열여덟 신랑과 열여덟 새색시
동방화촉 밝히니 좋은 인연이로다
같은 날 태어나서 한마을에 살았으니
오늘밤 만남이 어찌 우연이리오

아흐 황홀하여라
아흐 황홀하여라

마침내 화촉 껐다

독살이 희만선사

이쪽에서 저쪽으로 꿰뚫었는가
저쪽에서 이쪽으로 꿰뚫었는가
송곳으로 꿰뚫었는가
막대기로 꿰뚫었는가
말좆으로 꿰뚫었는가
쥐좆으로 꿰뚫었는가

이놈의 부지깽이로 꿰뚫었는가

잠 오면
얼음 깨어다
얼음조각 입안에 물고
새로 결가부좌 틀고 앉았다

뒷날 이 다 빠져버렸다
우물우물
솔잎 가득 헹구어 마시면
하루가 또 갔다

주지 자리 하나에 지옥 3천개인 줄 몰랐더냐

영천 은해사 주지 그만두고
봉암사 토굴에 들어온 지
벌써 4년 반

이제 잠 오면 자고
배고프면
솔잎가루 먹고
율무가루 먹는다

혼자 웃어본다

좌부인 우부인

광무 3년
시종무관장 조동윤은
참판 홍영식의 형 홍만식의 딸과 혼인하였다
홍만식은 영의정 홍순목의 장남
명성황후 시해로 자결미수
을사조약 자결
비록 사위는
친일 매국노로 치달았으나
장인은 애국자로 나라를 향하였다

그런데 조동윤은 일찍 얻은 아내가 난치병이니
왕에게 이혼을 윤허받았다
그리고 김상준의 딸과 혼인하였다

그런데 13년 뒤 이혼한 전처 병이 나았다
그녀가
옛 남편을 바라는 바를
왕이 알고
이혼분부를 거둬들였다

그래서 조동윤은
홍씨를 우부인
김씨를 좌부인으로 삼았다
누가 본부인이고

누가 소실이 아니라
누가 전부인이고
누가 후부인이 아니라
좌우에
두 부인이 항시 대령하고 있었다

일본이 나라를 먹은 뒤로
남작부인이 되었다
매국노의 부인이 되었다
경기도 강원도에 땅이 많았다
우부인은 슬펐고
좌부인은 기뻤다

두고두고 볼 일

극락암 경당스님

출가사문일지나

증조할머니 제삿날 정월 16일
할아버지 제삿날 2월 5일
증조할아버지 제삿날 3월 14일
아버지 제삿날 4월 2일
할머니 제삿날 4월 23일
어머니 제삿날 8월 11일

또
아들 없는
작은아버지 제삿날 2월 15일
작은어머니 제삿날 6월 9일

이 제삿날은
혼자 제수 마련해서
혼자 위패 모시고
혼자 지극정성으로 제사 지냈다
다음날 밤 대추 사과 배 곶감 떡 알사탕 등을
이 사람 저 사람 나눠준다

극락선원일지나
선방에는 들어가지 않고
선방 마당이나 쓸고

법당 안이나 쓸고 닦는다
늘 웃는다
새 보고 나무 보고 웃는다

암 이래야 하고말고

사색 신선로

영조 즉위대례 다음날
때마침 보름달 떠올랐네그려
궐내 희정당
새로 제수된
영의정
우의정
좌의정
이 삼정승과
육판서 각위가 입궐하셨네그려

봉축드리옵니다
경하드리옵니다
성수천세(聖壽千歲) 기원드리옵니다
감축하옵니다
감축하옵니다

새 임금에 새 중신들 화기 가득하셨네그려

그런데 그네들 새 조정 잔칫상은
단 하나
신선로가 차려지셨네그려

임금의 잔칫상
삼정승

육판서 잔칫상이
어찌 이리도 적막하리오
눈여겨
그 신선로 보니
노란 계란전
검은 버섯전
파란 파전
붉은 당근전
바로 네 가지 빛깔
사색전(四色煎) 아니리오

자 어서들 잔을 드시오
새 임금께오서 권하셨네그려
육판서 중 호조판서가
조심스레 입을 열기를

이는 우리 남인 북인 노론 소론 사색이
서로 화합하라는
상감마마의 어의 아니시리오

새 임금 영조는
3월에는
노란 메밀묵
붉은 돼지고기

파란 미나리
검은 김을 초장에 버무려 먹는
본철 음식으로
탕평채로 내었으니

새 조정은 부디 탕탕평평
바른 정치를 베푸시기를 바람이라

허나

사색도 더 짙어가고
탕평도 더
흐지부지되다가

끝내는 세자를 뒤주에 가둬
죽이는 참극에 이르니
어허 세자빈의 한 많은 '한듕록'조차도
친정 노론의 그늘
그대로 드리웠으니

이 아니 '한중록' 아니리오

승랑

천축에는 아육왕이 있어
석가 유교(遺教)가 펼쳐간다
중국에는 양무제 있어
석가 유교가 펼쳐간다
달마도 중국에 건너와 양무제부터 만난다

이 양무제에게
대승불교를 가르친
양나라 왕사가 바로
고구려 승랑

고구려 장수왕 후반
승랑은 뜻한바
수나라로 건너간다
강남으로 내려가
구마라습(鳩摩羅什) 대승반야사상을 만난다

돈황으로 간다
어디로 간다
다시 북으로 갔다가
남으로 간다
역경승 주옹을 가르친다
이윽고
양무제를 가르친다

승랑의 사상
불생불멸도
비불생 비불멸의 진제(眞諦)렷다

고국의 하늘 떠나
멀리
멀리 떠돌며
고국의 하늘 까마득하다

눈감을 때 부처님 대신 어머님이 그제야 떠오른다

신라 비구니 옥타

석가여래께서는
비구니를 사절하셨다
석가족 여인들이
출가를 원해도
그 출가를 허락하지 않으셨다
보다 못해
보다 못해
최측근 아난께서
간청하고 간청하였다
석가여래께서는
못 이겨
못 이기는 척 허락하셨다
그리하여 비구니가 하나둘 생겨났다
어느새
비구
비구니
우바이
우바새
사부대중의 교단이 되었다

비구 250계
비구니 348계
비구니는 비구의 아래에 있다
비구니는 비구의 뒤에 있다

허나 신라불교에 이르러
비구니는
비구의 아래도 뒤도 아니었다

진흥왕대 나라의 큰 법회
팔관회가 열렸다
승통(僧統) 혜량
바로 밑
대도유나(大都維那)께서도
비구니 도유나랑(都維那娘)보다
아래에 있다

그 도유나랑 옥타(玉陀)법사
요염하여라
1만 승려
10만 남녀
그의 모습에 눈길을 모았다

과연 신라 풍월도
여자를 으뜸에 두니
화랑의 처음
여자를 으뜸에 두니
그 법도대로
비구니께서

비구의 위에 있다

문득 왕께오서도
왕자께오서도
동시에
팔관회 상좌의 도유나랑 옥타법사를 꿈꾸었다
옥타법사의 뱃속
장차 국왕의 씨가
법왕의 씨가 들기를 꿈꾸었다

하기야
신라 남정네들이
다 옥타법사와의 하룻밤을 꿈꾸었다
신라 처녀들이 아낙들이
다 옥타법사의 웃음을
그 손짓을
그 말을 흉내내었다

도유나랑 옥타법사 그 아름다움 곧 열반이셨다
제석천 위
도리천 위
도솔천으로 오르셨다

서라벌에 곡성이 가득하였다

기순이 할아버지의 꽃

기순이 할아버지가 기순이더러 말하셨다
불빛 옆에 꽃 심지 말거라
밤 불빛에 꽃들은 잠자지 못한다

기순이 할아버지가
손녀가 방 안에 둔 화분 보고 말하였다
밖에 내다놓거라
꽃은
방보다
세상의 낮과 밤을 좋아한단다

기순이 할아버지의 무덤에는
어찌 이리도
봄 할미꽃 가을 구절초 세상 모르고 피어 있을까

밤 이슥 28수(宿) 유성(柳星)께서 어디쯤 깨어났을까

운부

금강산 장안사 지장암에
그가 있었다
정양사 암굴에
그가 있었다
그가 있는 곳에 누군가가 왔다
그가 있는 곳에
또 누군가가 왔다

나이 일흔
그러나 그의 흰 눈썹 삼엄
그의 검은 눈동자 형형
그의 목소리 장중
독야청청

송나라 유신 왕조의 후손인 그가
명나라 망한 뒤
조선으로 건너와
조선 승려가 되었다

그가 있는 곳에
뜨거운 젊은 승려들이 몰려들었다

천문에 통하고
지리에 통하고

인사에 통한
그가 있는 곳에
세상을 개혁할
젊은이들이 모여들었다

옥여
일여
묘정
대성법주 등 1백여명에게 도술을 전하였다

이윽고 조선팔도 승려부대를 펼치고
의적 장길산 부대를 내세웠다

1697년 3월 21일
이윽고 대궐에 들어가
왕을 없애고
새 세상을 선포하기로 하였다

무변
현성
일안
도강 등
수백 승려와
수천 백성이 손에 총포와 창검을 들었다

죽창을 들었다
철퇴를 들었다

끝내는 조선을 장악하고
중국의 청나라
연경을 정벌하여
중원천하와
조선천하에 각각 새 세상을 열기로 하였다

그러나 조선 관군 수사대 외눈박이한테
이 일이 거사 전에 와르르 사슬돈(散錢)으로 드러나버렸다

운부는 한줄기 연기로 사라졌다
행방불명

화엄종 갈대

나뉜다
갈라선다
반드시
하나는 둘이 된다
그 둘도
둘과 둘 넷이 된다 다섯이 된다

신라 하대
화엄종도
처음의 오순도순 어디 가고
어느덧 나누어진다

나누어져
남악파(南岳派)
북악파(北岳派)가 된다

남악은 지리산 화엄사 연기 계열
관혜가 이끌고
북악은 부석사 의상 계열
희랑이 이끌었다

관혜는 견훤 지지
희랑은 왕건 지지

고려가 천하를 합치자
희랑이 나타나고
관혜는 숨는다

희랑의 부석사
희랑의 해인사가 흥하고
관혜의 화엄사가 쇠한다

희랑을 이은 균여
고려 광종을 지지

화엄종 북악파가 복판에 있고
남악파는 구석에 있다

가야산 해인사
희랑대
희랑대사 찾는 길손
일주문 밖으로 이어진다
곶감 가져오는 이
산삼 가져오는 이
송이 가져오는 이 이어진다

까치설날 멀리 만월대 대전 내시가
말 타고 온다

이학해

남만주에는
동만주에는
북만주에는

늙은 전사들이 있었다
환갑쟁이 전사와
지난날 제웅직성깨나 꿀컥 삼키신
턱수염쟁이 전사가 있었다

아기 전사도 있었다
열한살짜리
열세살짜리도 있었다

'꼬마 홍광'이라는
아기 영웅도 있었다

본명 이학해
남만주 산악지대
항일영웅 이홍광의 동생
이학해

형 때문에
아버지가 고문으로 죽었다
아버지를 장사 지낸 뒤

형을 찾아나섰다

이 부대
저 부대의 산골짝 찾아나섰다
발바닥
피범벅이었다

사흘을 굶었다

기어이
형의 부대를 찾았다
'꼬마 홍광'이 되었다
한해에 60여 차례 전투에 참가

1934년
제3대 돌격소대
이학해는
끝내 총 맞아 전사
열네살이었다

꼬마 홍광
그의 사체를
며칠 뒤에야 찾아왔다

솔개가 파먹었다
까마귀가 파먹었다
시체는 너덜너덜
뼈에 남은 살가죽 붙어 있었다
이 크낙한 공중 어디에도 돌팔매 하나 날지 않았다
울음소리 하나 없었다

혜공 수작

어느날 산길 내려오다가
혜공이
송장 하나를 보았다
엉엉 울며
송장을 묻어주었다

저잣거리에 내려와
그날밤
술 한 말을 마셨다

춤추었다
춤추다가
낮에 묻은 송장이 살아나서
함께 춤추었다
이 어인 일인고 어인 일인고

어느날 분황사에 들렀다
배고파
찬밥 얻어먹으러 들렀다
그곳 마루에 놓인
책 한권을 들춰보았다

동진 고승 승조(僧肇)가 지은 것
『반야무지론(般若無知論)』

이 어인 일인고 이 어인 일인고
옛날 옛적
내가 지은 것이 여기 와 있네

뒷날 고려 일연이
화중연화(火中蓮花)라 칭송한
혜공
이 사람 맞나?

개성 쇠귀할멈

모월 모일 고려 공민왕 뒤
이성계가
위화도에서 회군한 뒤
이 피붙이 왕 삼았다가
저 피붙이 왕 삼는 세월
송도 외성 밑
쇠귀할멈
한번 꾀를 내면
죽은 송장도 숨쉰다 하지

그 쇠귀할멈이
난데없이 고자들을 모았다

고자 열여덟 놈을 가르쳤다
글을 가르쳤다
그림을 가르쳤다
만월대 내궁 궁녀 퇴물을 데려다가
궁중법도도 가르치게 하였다

고자 가운데
쓸 만하면 양자를 삼았다
고자 양자 일곱
그 일곱을
마침내 정몽주 죽인 뒤

등극한
이성계의 어설픈 궁중
내시로 들여보냈다

이로부터 쇠귀할멈 권세를 주름잡으니
만월대 궁궐 담 밑
서른세 칸 큰 집을 지어
새로 고자들을 모아 길렀다
쓸 만하면 양손자로 삼았다
고자 양손자 일곱을
이방원의 궁중
내시로 들여보냈다

이 쇠귀할멈의 양자 양손자 이어가며
조선왕조
송도시대
한양시대 5백년을 내려오니
때로는
관동파
자하동파
그 두 파로 갈라져
으르렁거리기도 하였다
중전에 붙고
성은 입은 궁녀에 붙어

으르렁 으르렁거리기도 하였다

상선(尚膳) 종이품
상원(尚苑) 종구품
직위내시 59명
궐내시 2백40여명이라

1910년 가을 어느날
하늘 장막 푸르고
산야 단풍 붉었다

진관사 너머 뜨막한 골안
거기
옛날 옛적 쇠귀할멈 무덤 앞에
지난날
궐내 내시이던
늙은 고자들
젊은 고자들 모여 큰 제사를 올리니

한자의 위엄으로
선위 위패에 씌어 있기를
현비우이태상노온신위(顯妣牛耳太上老媼神位)라
쇠귀할멈 신위라

박팽년의 자손

세조가 어린 단종을 폐위하자
그 폐위 무효를 외친 사람
그 가운데서도
성삼문 부자
박팽년 부자
뜨겁게 세조를 규탄하였다

박팽년의 아버지도 고문치사
박팽년도 고문치사
그의 아우 넷도
그의 아들 셋도 다 척살당하였다

다만 그의 며느리 하나 임신중이라
하루아침에 종년으로 팔려갔다

팔려간 집에서 두 종이 해산했다
박팽년의 며느리 아들을 낳았다
다른 종년은 딸을 낳았다
둘이 바꿔 길렀다
역적의 아들이면 죽어야 했다

그 아이는 다른 종년의 아들로 자라났다
그 핏줄 이어
뒷날 박팽년의 후사를 기구하게시리 이었다

기구하게시리
기구하게시리
박팽년의 핏줄은 이어져 몇백년 뒤 오늘에 이르렀다
오 어느 누대 생이여

도헌

중국 법맥을 사양하였다
모두들 잔나비도 버마재비도
중국을 의탁하는 세태이나
그는 본머리에 본머리털이매
이 소나무는
중국 소나무가 아니로다
동국 소나무로다라고 읊었다

만삭 4백일을 지나서야
마지못해 이 세상에 온 아이
그가 글 배우다 그만두고
부석사에 포촌놈으로 들어왔다

중국 달마 이래
4조 도신의 제자 법랑
5조 홍인과 형제인 법랑
그 법랑 계열을 잇는
신라 혜은을 스승으로 삼았다

그러나
그는 스승의 분부 뿌리치고
당나라로 가지 않고
이 절 저 절에서 배우고
이 절 저 절에서 가르쳤다

문경 희양산 봉암사를 열어
산적떼를 감화시켜
거기에
중국 법풍 아닌 것
중국 법맥 아닌 것

서라벌의 선을 열어

헌강왕이 함께 살자 했으나
새는 새의 길을 날아야 한다고 하였다
헌강왕이 준
종려나무 가마도 타지 않았다

당나라에는 당나라 부처가 있고
여기에는 여기 부처가 있다
여기에는
여기 법이 있다
여기에는
여기 이무기
여기 청룡 백호가 있다

안 그러냐

학시사

지금 한양에서는
목이 떨어지고
피가 땅을 적시는데
집 허물어 못을 만들어
물을 담아버리는데

상감마마는 계집의 궁둥이에 납시어
계집의 구멍에
꽃가지를 꽂고 낄낄 웃어대는데

연산군 금상 6년

지금 한양에서는
어느 오랏줄
어느 칼이 내리칠 줄 모르는데
콩알만한
팥알만한 간 졸아들어가는데
흉흉한데
흉흉한데

떠나자
행여 조정의 말석에 이대로 앉았다가는
죽기 아니면
귀양가기 아니냐

떠나자

내가 태어난 곳
내가 자라난 곳
달이나 희롱하고
꽃이나 읊어내리라
그런 묵객들 하나둘 모여
풍류 한패거리 이루게 되니

학시사(鶴詩社)라

글 읽는 소리 들으면
학의 눈 지그시 감으시누나
새벽이슬
꽃잎이슬 털어다가
그 학의 벼슬 닦아드리시누나
그 학의 선홍빛 놀라워
그런 학 한 마리씩 기르는 묵객들

학시사라

해마다 학과 더불어
시를 짓고

술을 부어 취하시누나
팔자 좋으시구나
학도
학의 묵객도
하 그리 팔자 좋으시구나

저 아래 배곯은 백성들 오로지 부황빛 누럴 뿐이구나

내기

조선 후기 연담과 백파는
설파의 두 제자라
형제라
의가 좋았다
곶감 한 개 둘로 쪼개어 먹었다
부안 내소사에 간 연담이
내소사 찰떡 한 덩이를
바랑 속에 넣어가지고
고창 선운사 백파에게 가져왔다
그 떡이 나무토막으로 굳었다
둘이 허허 웃었다

떡 한 덩어리
도끼로 빠개느냐
칼로 저미느냐
둘이 허허허 웃었다

그런데 그 형제의 문도들은
서로 으르렁으르렁
운문암 백파 문인들이
천진암 연담 문인들과 으르렁거렸다
운문암 학인들이
천진암 대밭 죽순을 따니
천진암 연담이 곤장을 쳤다

172

이 소식 들은 백파
연담과 멀어졌다
그 찰떡 우애가 싸그리 없어졌다

그런데 이런 연담을
상좌 만암이 백양사로 모셔왔다
눈 속에 알몸으로 서 있기
내기해
네 시간을 견디어
이겼다
그리하여 스승 연담을 모셔왔다

그뒤
연담 백파
백파 연담
젊은 날의 우애로 슬그머니 돌아갔다

산중 유치찬란

공녀

또 원나라 공녀 명령이 왔다
우리 칭기즈 칸 폐하께서
친히 열세 나라를 정복하셨거니와
그 나라 왕들이
앞다투어 미녀를 바쳤나니
너희 고려도
이같이 하라

충렬왕이 처녀 열 명을 고르고 골라 보냈다
두 명만 남기고
나머지는 돌려보냈다
어찌 너의 고려에는
미인이 없느냐
공주나 충신의 딸들을 보내어라

쿠빌라이 폐하께서
고려 공녀
비파 잘 타는 공녀를 총애하였다

그뒤
원나라 인종 폐하께서
고려 귀족의 딸도 받아들였다
이어서 고려 김심의 딸을 총애하였다
그 달마실리가

끝내 황비가 되었다
사후 황후로 추대되어 마지않았다

명종 아들 순제는
고려 백성 기자오의 딸을 총애하여
황비로 만들었다가
제2황후로 책봉하였다

원나라 천하가 그녀 기황후의 치마폭에 들어왔다

원나라 황실에는
어느새
고려 떡 고려 만두
고려 복색이 늘어났다

고아
역적의 처
노비의 딸들
반반하면 보냈다
그들이
원나라 대궐을 움직였다

이런 정복도 있구나 칭기즈 칸 정복 뒤에
이런 여색의 정복도 또한 있구나

뜬눈

산중의 하루
웬 말 나부랭이이더냐
말이 없다
말이 필요없다

어느날 아름다운 여인이 나타났다

눈썹에는 반달이 뜨고
코는 깎아박았다
입술에 봄바람 일고
웃는 이빨에 쌓인 얼음 빛났다

안 울던 뻐꾸기가 울기 시작하였다
말 없던 사미승들
우세두세하였다

옆가르마
뾰족구두
쭈욱 올라간 두 다리
초나라 계집의 허리인가
개미허리인가
가슴이 먼저 오고
궁둥이가 뒤에 왔다

사미승들 입이 열리고
눈이 빛났다
넋이 나갔다

사미승들 가운데서
사미 봉령이 두근두근
그 선녀를 안내하였다

여기는 관음전
여기는 선불장

홍도여관 휴양객이었다
이름은 신도희

이번에는 다른 사미 일신이
그 선녀를 안내했다

여기는 대적광전
여기는 장경각
저기는 학사대

홍제암까지
용탑선원까지
지족암까지

희랑대까지 안내하였다

그날밤 강원 큰방은
잠 못 드는 사미승 어둠속
모조리 뜬눈이었다
산중의 하룻밤
말이 없었다

소실 덕금

세종조
집현전 응교 권채
낮에 궐내 집현전에 들면
주자 근사록 주룩주룩 읽어서
비를 부른다
비가 오면
누군가가 권응교의 근사록이로다
권채의 근사록이다
젖은 옷자락 털며 이죽거린다
그런 권채가
밤에는 집에 돌아와
쉬쉬쉬
대방광불화엄경 십지품을 주룩주룩 읽는다
본부인 정씨의 안방에는 건너간 지 오래

바깥사랑채 서재
종년 셋 중
갸름하디갸름한
깊숙하디깊숙한
종년 덕금이 식혜 들여왔다
촛불이 호르륵 흔들렸다

게 있거라

권채 십지품 놔두고
식혜 놔두고
덕금을 끌어다가
저고리를 벗겼다
덕금 가슴팍 떨며 뜨거우며
다 드러나 덜렁이었다

그 덕금의 허름한 치마
속곳 내렸다
덕금의 아랫도리 휘었다

처음이었다

게 있거라
게 있거라
게 있거라

권채 안방마님한테 다 밝혀버렸다
이로부터 이 아이는
종 아니라
내 첩실이니 그리 아시오였다

본부인 정씨 제정신이 아니었다
본부인 정씨 투기

이만저만이 아니었다

덕금의 하루
밤에는 영감맞이
낮에는 안방마님 방망이맞이
극에 이르러

저년이 영감 말고
울밖
다른 사내 만나러 간다 하여
머리 깎아버리고
쇠고랑 채워
몇날 며칠 굶겨
해골 만들어
먹방 같은 곳간에 가두어버렸다
영감한테는
이년이 달아났다 했고
다른 사내 붙어
달아난 지 오래라 했다

허나
집안 하인배들
다 알다가
집밖의 백성들 다 알다가

어찌어찌
대궐 안까지 알려져
임금이 크게 노하니
응교 권채 파직 방출하고
권채 부인 정씨는
곤장 90대 맞아버렸다

집현전 동료들
궐안 버드나무 밑에 서서
허허 권응교 마누라 투기가
그 집안을 망쳐놓았군
자네도 자네 안주인 잘 살피시게
저 한나라 여태후가
무제의 애첩 척부인
팔 자르고
눈알 뽑아 소경 만들고
귀 막아 귀머거리 만들었지
어쩌자고 코만 남겨
똥통에 처박았지
똥통에 처박아 죽였지

버드나무 가지들이 두런거린다

법광(法狂) 불하스님

혼자 하루 한 끼로 살았다
선방 방선에도
혼자 그대로 앉아 있었다
밤 아홉시 다 잠자리 드는데
혼자 선방 뜨락 거닐며
별을 본다
별 없으면
어둠을 본다

불하(佛下)선사

어느날 그가 아라한과(阿羅漢果)를 증득하였노라 외쳤다
어느날 그가
육조 혜능의 혼을 만나
그로부터 인가를 받았노라 외쳤다

입선중
신수의 계송을 읊어냈다
안돼
그걸로는 안돼 하고
혜능의 계송을 읊어냈다
혼자 가가대소

기어이 그의 거머리 눈썹 밑 두 눈동자 돌아버리고 말았다

혼자 부처이고
혼자 오조 홍인이고
육조 혜능이고
혼자
십조 불하였다

각존(覺尊)이시여 광존(狂尊)이시여

어느 일생

『매천야록』을 일러 사기와 유사를 아울렀다던고
어느 대목이
관찬 정사이고
어느 대목이
사찬 야사이던고

조선사람들
양반 잔반 중인
그리고 상민들도
조선은 지옥이요 중화는 낙토로다 하였다
긴 이조시대
긴 화이(華夷)가
이런 지옥
이런 낙토를 만들어냈다

아니 『매천야록』 훨씬 이전
『어우야담』 읽어보면
만주땅에 건너간 조선사람
하나둘 아니었다

압록강 건너
요하 건너
거기 중화 본토
본토가 아닐지라도

거기 만주땅
덩달아 무릉도원으로 믿었다

그리하여 몰래몰래
압록강 건너
요하 건너
하나둘 그곳에 가 살았다

장차 왜적에 몰린 의병들도
압록강 건너
그 황량한 망명지를 낙토로 여겼다
낙토로 여기며
굶어 죽었다
병들어 죽었다

요하 동쪽 삼호구(三好口)
거기 벌써
1907년쯤 조선사람 4대째
숯막으로 국수막으로 이어왔다
벌써 조선말 모르고
만주말 쓰고 있었다
겨우 이름만 조선 이름
유천수

갯놈 정진이

인천 화수동 갯바닥
파도소리로
체머리 할아버지 숨지고
파도소리로
갓난아기 첫울음 운다

이런 화수동 갯바닥
돌아다보아야
돌아다보아야
세발 장대 휘둘러
걸릴 데 없이
텅 빈 갯바닥

이 갯바닥 게의 사촌인가
바지락 사촌인가
그렇게 자라난
갯놈 정진이

일찍 썰물진 갯바닥을 터득했던가
누구에게도
거침없다
푸르딩딩한 입술
꾹 다물고
아버지 또래도

맞짱 뜬다

누구하고 싸움 붙으면
이마 째지고
콧등 터져도
피범벅으로 물러서지 않는다
뻗었다가
일어나
다시 눌어붙는다
기어이 상대방을 거꾸러뜨리고 만다

이 갯놈 정진이
화수동 야간중학에 다니면서
밤에는 골목대장
낮에는 수영선수 노릇

월미도 앞마다
썰물에 실려
저 난바다 복판까지 떠내려갔다가
밀물에 실려 죽었다가
살아 돌아왔다

사나운 물살과도 싸워 기어이 이기고 돌아왔다
화수동 드럼통 국솥

아구대가리 꿀꿀이 찌개로 자라난
갯놈 정진이

소주 스무 병
밴댕이회 한 접시면
그 푸르딩딩한 입술이 갈라져서
사공아 너만 가고
나는 여기 남아 있느냐
십팔번 노래

화수동이건 어디건 어떤 년도
정진이 마누라 되려 하지 않는다

아 외롭다

용담

금강산 보덕굴 30년을 보냈다 아랫골짝 몰랐다
누구는
그런 용담을
보덕각시라 하고
누구는
보덕신장이라 하고
누구는
보덕보살이라 보덕화주라 보덕화상이라
보덕귀신이라
누구는
보덕불이라 하였다

용담스님

단풍 잎새 하나에도 마음 자상하였다
객승 머리 자라면
정성들여
머리 밀어주었다
그 객승 화두 잘못 들어
상기된 머리
삭도질 실수로
숫구멍 상처를 냈다

거기서 피가 펑펑 나왔다

그것으로
상기병 썩 나으니
그 객승 덩실덩실 춤을 추었다

스님께서 내 병 나아주셨소이다
스님께서
내 3년 동안
꽉 막힌 머리를 열어놓으셨소이다
스님이야말로
금강산 제일도인이십니다

용담스님은 잠자코 객승 머리 핏자국 닦아냈다

정성들여
시래깃국을 끓여냈다

며칠 뒤 그 용담스님 보덕굴에 없었다

30년 보덕불여래께서
어디로 가셨나 30년 보덕굴 싱거운지고

쌍화점

1274년 고려 새 임금 충렬왕
그 충렬은
사후 시호가 아니라
생전 자칭 충렬이시라
원나라 천자께
뜨거운 충성
매운 충성을 바치는
신하로서의 충렬이시라

과연 원나라 세조 쿠빌라이의 따님
홀도로게리미실 공주
곤전(坤殿)으로 맞이했으니
원나라 빙장어른께
가없는 충성을 바치는 충렬이시라

곤전께서는 불도에 사로잡혀
절 짓는 일
절 가는 일로
그 가맛길 행렬 길고 길었다

그럴 때마다
충렬은
원나라 미녀를 따로 불러들여
향각(香閣)

가무극을 즐겼으니

그중의 가무극 쌍화점

쌍화점에 쌍화 사러 갔더니
회회아비 내 손목 쥐며
어쩌고저쩌고
더러둥셩
다리러디러 다리러디러
다로러 거디러 다로러

곤룡포 입으시면 사내인데
벗으면 계집이니
이 아니 희한한 노릇인가
충렬은 암컷인가 수컷인가

아흐 다롱디리

석두대사

'어이 석두대사'의 석두는
점잖은 호칭이니
흔히 부르기를 '돌대가리'였어

어이 돌대가리!

이런 호칭에도 헤헤 웃었어

산에 암자 이름
문수암
지장암
소요암
대원암
관음대
반야암
휴휴암
일곱 암자 이름 중에
문수암
지장암까지만 겨우 외웠어 과연 돌대가리였어

문수암에서
대원암
외나무다리 건너다가
심부름을 잊어먹었어

대원암 이름도 잊고
대원암 가는 길도 잊어버렸어
돌아서서
외나무다리
그 밑 시퍼런 급류를 내려다보았어

터벅터벅 문수암으로 돌아왔어
문수암 원주
그런 돌대가리더러
아무런 책망도 없었어

돌대가리 대신 자신이
대원암에 갔어
지난해보다
다람쥐들이 많았어

도토리 풍년이었어

정여립 일가

대명률(大明律) 모반죄라

정여립의 대동계(大同契)
바닷가 왜구를 물리친 것밖에는 없는 터
1587년
전라도
경상도
황해도 젊은 백성들
뜻을 모아
왜구를 물리친 것밖에는 없는 터

모반죄라

정여립은 진안 죽도에서 자결하고
정여립 처자식
정여립 사촌
정여립 처족
정여립 죽마고우
삼족만이 아니라
정여립을 따르던
삼남(三南) 백성들
팔백여 목숨 다 모반죄 사(死)라

집 부수어 연못을 만들어버렸것다

그런 중에
열여섯살 소년
대동계원 홍대수

맹자를 천번 읽은 홍대수
진작 한마디 토하기를
세상이 고르지 못함은
생사가 고르지 못함이라

그의 아버지도 사(死)라
그의 집도 연못이라

어찌어찌하여
그 홍대수 살아남아
그 종적 감추었더라 그것 하나 다행이었더라

임종

밖에서 비 오는 소리가 들렸다
내가 나에게 임종을 재촉하였다

죽을 때 벽에 기대지 말라
오뚝 앉아 허리 세우고
오른발을
왼 넓적다리에 놓아라
왼발은
오른 넓적다리에 놓아라
그러면 되느리라
하나를 꼭 붙들어라

이것이 무엇인가

아니
그 하나 내버려라
그러면 되느니라 라라리리리라라

두 나
하나는 남이 된 나
하나는 내가 된 남
저 외딴 불모도 암자 수선노사
이러이러하며 가시나마나 가시다

허총

발해 제3대 문왕의 몇십년
국운이 일어났다
만주땅 다
반도땅 북부 다
연해주 다
하나의 나라인
큰 나라였다

여기에 불교를 안방까지 들여 여기도 저기도 다 문화가 일어났다

두 딸
정혜공주
정효공주 죽었다

두 공주 묘비에
어마어마한
부왕의 존호 새겨넣으니
행여
두 소녀 혼령에 무슨 위로가 되는지
대흥보력효감금륜성법대왕(大興寶曆孝感金輪聖法大王)이라

가을 하늘은 끝 간 데 없고
가을 풀 누웠는데
행여

두 소녀 혼령에 무슨 위로가 되는지

딸아
딸아
내가 죽어
너희와 함께 있으리니
그때를 기다려다오
하고
앞산만한 부왕의 허총(虛塚)을 지어놓으니
두 소녀에게
무슨 위로가 되어
그 빈 무덤
무슨 위로가 되어
휘영청 달밤에
으릉으릉 울어준다 함이여

서암

젊은 날 바다 건너
일본의 대학생활 몇해 말고는
돌아와
한평생 조선의 이 산 저 산이
그의 거처였다

해방 이후
사변 이후
휴전선 이남
한국의 이 산 저 산이
그의 행로였다

여럿이 닦다가
혼자 닦다가
겨우 상좌 몇 두었다

세상 떠날 시각이 왔다
상좌가 남길 말씀을 간청하였다

남길 말 없구나
그렇게 살다
그렇게 간다고 그래라

세상 떠났다

오승윤

조선 까치설날
조선 설날
우리 금단이 색동저고리 그대로
저 고려 수선사 원통전
얼룩얼룩
단청 그대로

대대로 내려온 오방색 그대로

온 산 단풍이 탄식하누나

그래 저 9층에서 뛰어내려
남긴 순정
어이없으니
그 순정
어디 둘꼬

이 사람아
아직 퍼마실 막걸리 천석 남겨두고
그리도 저승길 바빴던가 날 저물었던가

김춘추의 귀국

당태종은
바다 건너 삼국을 삼켜야 했다
이놈이 저놈 치고
저놈이 이놈 치고
그놈이 이놈 치고
이놈이 그놈 치는
삼국 전쟁을 좋아라 했다
그러다가
요하 건너 안시성 부근에 달려가니

고구려 양만춘의 화살 맞아
한쪽 눈 멀었으니

그 태종 앞에
신라 김춘추가 나타났으니
옳거니
신라 네놈도 삼키려는 판인데
너 잘 왔구나

애꾸눈 천자께오서
광록경(光祿卿) 유정(柳亭)을 멀리 보내
김춘추를 쌍수로 영접
장안에 이르러
천자께오서

손수 금과 비단을 내리셨다

김춘추는
이로부터 천자의 나라 연호를 쓰겠나이다
이로부터 천자의 나라 궁중법도를 받아들이겠나이다
이로부터 저희 나라는
천자의 나라 적자이옵나이다
제 자식 칠형제도 건너와
천자의 나라 학문을 익히게 하겠나이다

태종께오서 심히 기뻐해 마지않으며
조정 3품 이상의 벼슬들
다 나오게 하여
김춘추 송별잔치를 으리으리 베풀었다

이로부터
신라는 나의 것이로다
이로부터
신라는 튼튼한 나의 것이로다

이런 김춘추의 귀국 바닷길
고구려가 염탐해
김춘추를 죽이려는데
옷 바꿔입은 온군해를

김춘추로 죽이니
옷 바꿔입은
김춘추는 살아서 돌아왔다

그 이래
신라는 옛 근본 마치고
새 근본을 열었다

중화(中華) 동쪽 소화(小華) 활짝 자주 고되고 굴종 편함이여

구십 노승

영축산 통도사 구십 노승
구하(九河) 화상
이제 눈도 보이지 않아
달도 못 보고
귀도 안 들려
발밑 물소리도 안 들려
머릿속
천수경도
칠월 백중 목련경도 다 잊어먹고
오직 손과 코가 아직껏 살아 있다

손끝에 빗방울 받아보면
금강계단 모란이 필 때가 되었구나
아침나절
코끝에 안개 쐬어보면
올해 극락전 뒤 단풍이 제법이겠구나

툇마루 내려온 햇살을
손바닥에 대고
벌서 사시(巳時)로구나
하고 영락없이 알아맞힌다

오직 입이 살아 있어 혼자 있는 방이
둘이 있는 방으로

두런두런

그거야 저 양산 들녘
어리숭한 쟁기꾼께서도
논 한 마지기 갈고 나면
새참 때를 알아
새참 내오는 마누라의 간밤 엉덩이
그 바지런한 걸음걸이 돌아다본다

산이나 들에서나 이렇게 절로 깨치는 것
이것을
어느 시러베아들놈이 도(道)다 도 아니다 하랴

주영춘 목사

대한성령장로회 교회
화곡동 승천교회
목사 주영춘

주목사의 설교에
김포군에서도
영등포에서도
인천 까치말에서도
복사꽃 천지 소사에서도
먼 길 마다않고 모여들었다

간질병도 나았다더라
사흘 굶어도
배고프지 않다 하더라
30년 묵은 해소병
자취없이 사라졌다 하더라
취직 못한 사람
주목사 손바닥이
이마에 닿은 뒤
덜컥 취직이 되었다 하더라

이런 소문 자자하니
물 건너
강화 온수리에서도 찾아왔다

교회 초만원
초만원 5년째
교회 별관 대지 또 사들이고
청년부
국제부
노인부
부녀부 별관 건물 짓고 또 짓고

자 여기쯤에서 주목사의 설교가 이상해졌나니
1968년 이른 봄날 주일날
개나리가 삥 둘러 피었는데

'주님의 은총'

가라사대
나는 주님의 은총 몽땅 받아
내 큰딸이 미 프린스턴 신학부에서 장학생이요
내 큰아들이 컬럼비아대 장학생이요
내 둘째아들이 유니언 신학 우등생이요
내 셋째아들이
미국 동부 명문사립 허시고등학교 들어갔고
내 둘째딸이
미국 하와이

아시아 학생 영어웅변대회에서
일등상을 받았습니다
이것이 주님의 은총 아니고 무엇입니까
우리 승천교회
성도 여러분도
우리 주 예수님께
밤을 낮 삼아
낮을 밤 삼아 기도하면
반드시
주님의 은총 내려주십네다

우리 승천교회
10년 전 천막교회로부터
나날이 발전하여
이제 지하 2층
지상 3층
주님의 은총 충만하옵고
각부 별관 대지도 착착
각부 건물도 착착 들어오고 있으니
이 어찌
우리 주 예수 그리스도의 은총 아니시고 무엇이겠습네까

간밤 꿈속에도
우리 주님 나타나셔서

불쌍한 양들 이끌어가라
땅끝까지
마귀에 속고 있는 양들
일깨워오라
명령 내리셨습니다

아 주님이시여 오 은총이시여

이름 꿈

금강산 신계사 '늦깎이' 학눌
금강산 법기암 토굴 학눌
금강산 여여원 학눌
그가
남녘으로 와
조계산 송광사 조실로 추대되셨습니다
법명은 학눌
법호는 설봉이셨습니다

해방 전 무쇠 놋쇠 다 걷어가던 시절 가고
어느날 새벽 꿈속 좌선
고려국사 제16세(世)
고봉국사께서
문을 열고 들어오셨습니다
들어와
빙긋이 웃으시며
그대 이름 효봉으로 하게나 하고
이름 지어주셨습니다

게송 한 편도 지어주셨습니다

번뇌 다할 제 생사 끊어지고
미세하게 흐르는 망상 영영 끊어지매
원각 대지 항상 뚜렷이 드러나니

그것이 곧 백억화신불 나타남일레

꿈 깨어보니
고봉국사 없으시고
새 효봉께서 문을 여셨습니다
설봉학눌이
효봉학눌이 되셨습니다

학눌이라
학눌이라
일찍이 보조지눌 그 지눌을 배우려 하셨습니다

어느새 키 작은 구산수련이
세숫물을 갖다놓아드렸습니다
진작 새들은 깨어나
지지배배 지저귀고 계셨습니다

주먹 전도

김제평야의 들길 아득하다
들길 다하면
거기 백산예배당 십자가
덩그렇게 솟아 있다

그 예배당 접어드는 길목
장승 하나 서 있다
나무 장승이 아니다
사람 장승

사람 장승 오택숙이 서 있다

서 있다가
지나가는 아이들
지나가는 남정네들 보고
너 예수 안 믿을래
너 예수 믿어
너 안 믿을래 믿을래

이렇게 협박으로 전도하는
오택숙이 서 있다

지지난해 폭력범 전과 두번째
전주형무소에 들어가

214

그곳 전도사에 감복하여
예수를 믿은 이래
3년 복역 마치고 나오자마자

마을 밖
길목에 서서
지나가는 사람
강제로 예배당에 끌고 가 앉혔다

나 예수 안 믿어요
하면
따귀 갈기고
나 천당 안 가요
하면
가슴팍 명치
주먹으로 쳐 눕히고

주먹질로 살아온 날들
주먹질로 감옥에 갔다 나와
주먹질로
예수 믿으라 전도하다가

폭력범 전과 세번째로
다시 전주형무소에 들어가니

할렐루야
할렐루야
할렐루야
하고 노래하며 들어가니

감방 좀도둑들 사기꾼들
겁에 질려
이로부터 감옥 안 주먹질 전도
벌써부터 겁에 질려
눈길 피하여 새떼 날으는 공중 본다
할렐루야

봉옥주

전갈의 독을 갖출지니라
처음 땅속의 전갈은
독이 없이
그냥 맹추였다
땅속에서
땅 위로 나오기 시작하였다
땅 위의 나무로
올라가기 시작하였다
원숭이한테
단박에 잡아먹혔다
원숭이 사촌
원숭이 사돈의 팔촌한테
날름날름 잡아먹혔다
그래서 부득불 독을 가지기 시작하였다
누가 내 목숨 지켜주나
내 독이
내 목숨 지켜준다
그러다가
내 목숨 가는 데마다
독을 뱉어
이놈 저놈을 잡아먹었다

이제까지의 원숭이들
이제까지의 영장류

이제까지의 인간들
나 전갈이라면
생짜로 질겁하거늘
하도 질겁해 마지않거늘
하늘의 어느 별자리에도
전갈자리
이름을 붙여

점성술 첫날밤
전갈좌 별의 분부로
지상에 태어난
대한민국 경기도 개성부
남대문 안
고려 왕실의 핏줄
왕씨 성을 버리고 살아남아
봉씨 성으로 이어 내려와
봉갈호의 무남독녀
봉옥주

그 눈부신 아름다움
꽃 옆이면
꽃이 죽고
임 옆이면
임이 죽는 아름다움

전쟁으로 잿더미된
개성부가
1953년 여름
어수선한 정전협정 뒤
조선민주주의인민공화국으로
되어버렸으니

그 아름다운 처녀 봉옥주가 울며불며
죽었는지 살았는지
통 모르는
아버님 봉갈호를 찾아나서
누구의 말 듣고
임진강 건너가는 것 보았다는
누구의 말 듣고
야반에 개성을 떠나
산길 들길 지나
임진강 기슭에 이르렀거늘
밤아 어서 오시라
어둠아 어서 와
이내 몸 숨기시라

한밤중 나무토막 하나에 매달려
강을 건넜거늘

기어이
기어이
건넜거늘

거기 대한민국 7사단 헌병대에 붙잡혀
사연을 아뢰거늘
우리 아버님 찾아주셔요
우리 아버님 찾아주셔요

네살 때
우리 어머님 잃고
우리 아버님이
저를 길러주셨어요
우리 아버님 찾아주셔요

찾지 못하고
그냥 누구의 재취 마누라 되어
빨래하고
김치 담그고
아이 낳고
아이 낳고
그 아름다움
다 내버렸거늘

함허득통

만리장공 구름이 흩어지면
푸른 하늘 천마산이 서름히 솟아오른다

이런 시흥에 제법 취해 있건만
때는 태종 연간
나라의 저자
나라의 두메 할 것 없이
절이란 절 싹쓸이 헐어내는 시절

늘 두 뺨에 눈물 어렸다

오대산 영감암에 처박혀
선사(先師) 나옹 영정 앞에서
삼일기도를 드렸더니
꿈에 나타나시어
그대 이름을 바꾸어라

이미 화(化)하였으니 회통(會通)을 얻었도다
기화득통(己和得通)이라 새 이름 받아
월정사로 내려오니
슬픈 비구가
기쁜 비구로 바뀌었다

바야흐로 일필휘지 현정론(顯正論)을 써서

불교를 옹호하며
애써 의젓하였다
유석질의(儒釋質疑)로
불교와 유교를 자못 화합하고자 하였다

또한 교와 선의 통합을 수레바퀴 굴려 저녁답 서둘렀다

문자에 집착하면 분별만 보이고
근원이 어둡게 된다
문자를 버리면 근원만 보이고
분별에 어둡게 된다
그러므로 근원과 분별에 다같이
어둡지 않아야
비로소 법의 바다에 이르게 된다

뒷날 꿈속에서
주신 법호에
자신이 지은 것을 대낮에 감히 얹어놓으니
함허득통(涵虛得通)이라

풍월

전란중이어서
산중 총림은 싸움터가 되었다
북의 묘향산도
금강산도
가람이란 가람은 다 타버렸다
남의 오대산도
조계산도 다 타버렸다

가야산도 국군이 왔다 가고
빨치산이 왔다 가고
인민군이 왔다 갔다

경남 통영 미륵도
거기 작은 암자 도솔암에
가야총림 조실
효봉이 와 있으니
장년선객 월산 경산 범룡
경운 성수 수좌들이 몰려왔다

오대산 월정사 한암의 상좌
탄허도 왔다

1951년 중복 앞두고
소승 문안드립니다 하고

효봉 앞에 절을 했다

효봉 가로되
그대가 고향에서 오니
그 고향의 일을 일러라
탄허 답하되
이곳 미륵산과 대중이 생기기 전에
모든 것이 이미 구족해 있습니다
허허
하하

효봉 읊어대되

용화산은 용을 타고 달아나는데
저 바다 진흙소 달을 끌고 오는구나
우뚝 드러난 곳 홀로 거닐어보니
봄 나무에 눈꽃이 격(格) 밖으로 피어나누나

이 게송 받고
탄허는 춤추었다

해젯날 탄허는 구산과 함께
뒷산에 올랐다

한산도를 바라보았다
거제도를 바라보았다
멀리 새끼섬 욕지도를 바라보았다

저 아래 용화사 골짜기
장구소리가 들렸다

이 난세에도 풍월이 있거늘
우리도 풍월을 잡세그려
탄허가 똥을 싸고
구산이 똥을 싸니
어디서 똥파리가 애앵하고 달려왔다

구덩이 파
똥 묻으니
똥파리가 애앵하고
사라졌다

둘이 짝자그르르 웃어댔다

반동들

해방이 왔다
소련군이 들어왔다
김일성 장군이 돌아왔다

지주들이 빈털터리가 되었다
다 내주어야 했다

남금강산 건봉사
마누라 있는 염불승
1백20여명이 쫓겨났다
건봉사 땅
2만석 땅 다 빼앗겼다

원산 밖 덕원리
분도수도원 신부들과 수사들이
양말공장 공원이 되었다
수도원과
수도원 땅 다 내주었다

원산 브라질다방 마담 설옥자
로만다방 마담 김순녀
그 다방 단골 젊은이들
반동으로 몰려
부전고원 공사장으로

장전 탄광으로 끌려갔다

브라질다방 마담 옥자는
밤마다 공사장 지도원의 부름을 받았다
로만다방 마담 순녀는
내무서원
리춘성의 부름을 받았다

여자는 몸 팔아 몸을 살렸다
고된 일도 좀 줄어들었다
그러나
분도수도원 방요섭 수사
병들어 쓰러지자
바로 구덩이 파고 생매장

구상우 신부는
방수사 간호하다가
하루 2인분의 작업을 해야 한다
낮일 뒤
밤일을 더 해야 한다

2주 뒤
구신부는 오리나무 가지에 목매달고
늘어져 있었다

다른 동료 신부
주님 앞에서
이것만은 안돼
이것만은 안돼
하고 동료의 자살을 저주했다

조밥 한 덩이에
굵은 막소금 몇낱이 다디달았다

무명승 서서 죽기

달마의 제자 혜가
혜가의 제자 승찬
승찬의 제자 도신
도신의 제자 홍인
홍인의 제자
신수
혜능
혜능의 제자
이놈
저놈

이런 수두룩한 이놈 저놈이라

호젓한 봄날
혜가의 제자 승찬은
세상 그만둘 때
뜰 거닐다가
잣나무 가지 잡고 서서 죽었다

관을 세워
거기에 넣어 세웠다
세워 불태워버렸다

제자 도신이

하루는 울고
하루는 웃었다

삼일째 밤
도신의 꿈에
스승 승찬이 나타났다

관 속에서 나와
훨훨
소맷자락 날리며 가고 있었다
잘 있게 나 가네
하고 한번 뒤돌아다보았다

조선 후기 순창 만복사
늙은 무명승
삐쩍 말라
고목화상
혼자 중얼거리니
수리수리 마하수리
평생 나무만 하던 지게꾼이자
불목하니

그런데 그 무명승에게
법명이 있다

와하(臥河)였다

회문산 자락
땔나무 한짐 부려놓고
빈 지게 받쳐놓고
그 지게 옆에 서서 죽었다

만복사 대중들 몰려와
땅바닥 재배를 올렸다
삼배를 올렸다

그 불목하니 법명 몰라
새로 법호를 지어 위패 세웠다

법호 입산(立山)
공교롭게 찰떡궁합 짝지어 숨은 법명 '누운 강'에
새 법호 '서 있는 산'이었다

아침 인사

안개인지 담벼락인지 모른다
이렇게
짙은 안개 는개
이른 아침
아무것도 보이지 않는다
강물 강심
주낙 걷으러 나섰다
삐꺼덕
낚배 노 젓는 소리가 났다

아무것도 보이지 않는다
저쪽에서 소리가 온다
'한근인가'
이쪽에서 소리가 간다
'봉술이 이 사람아
마누라가 그냥 보내주시던가'
'에끼 이사람아
자네 마누라 보채는 것
어찌 마다하고
벌써 나왔는가'
'참 자네 어제 여운형 강연 들었는가'
'그물 깁느라 집 안에 박혀 있었네
그 양반 언변 청산유수라지'
'암 암'

'요담에 가 들어봄세'

아무것도 보이지 않는다
노 젓는 소리 온다
노 젓는 소리 간다

짙은 안개

더는 아무런 소리도 없다
그때 무슨 사연인고
피라미 아범
물 위에 솟아올랐다가
물속으로 내려가며
툼벙!

서포

저 1850년대 조선은 난세
여기도
저기도 백성들이 궐기하였다
궐기해
관아 홍살문을 자빠뜨렸다
아전놈들
그 착취
그 행패로 살찐 모진 놈들 부수고
현감 군수를 쫓았다
곳간 문 열어
곡식을 나눠주었다

들녘은 백성이고
산골은 명화적(明火賊)이었다

바야흐로 썩은 나라
죽은 백성이
일떠 깨어났다
밖에서는 양귀(洋鬼)가 오고
왜적이 오는데
안에서는 온통 탐관오리뿐
이제야
이제야
배고픈 백성 일어났다

대밭의 대 잘라
대창을 들었다
풀 베는 낫 드높이 들었다

이런 난세에 동학이 깨어났다
스승 최제우 뒤
두 상족(上足)
최시형
서장옥이 일어서니
그 둘을 따르는 백성들로

법포(法布)
서포(徐布)
법포는
법헌(法軒) 최시형의 호를 땄고
서포는 서장옥의 성을 땄다

각자 도당(道黨)을 두어
동학을 포덕(布德)하니

저 동학 궐기에
서포가 먼저 일어나니
이를 기포(起布)라
법포가 뒤에 있으니

이를 좌포(坐布)라

진작 서포의 으뜸 서장옥이야
대원군에 의하여
금갑도로 귀양 갔는데
최시형이 돈 모아
그를 풀었다

1892년 전라도 삼례집회
교조신원운동을 시작하니
이때
서장옥은 깃발같이 휘장같이
전라도 전봉준 손화중 김개남 김덕명 들과
남접(南接)을 구축
그리하여
왕에게 상소 보낸다
그러나 어디 한양이 만만한 장터던가
그 집회가 실패하자
충청도 보은집회로
척양척왜를 부르짖고
전라도 김제 원평집회에서
다시 척양척왜를 외쳤다

일인들아

미국인들아
너희는 급히 너희 나라로 가라
오는 3월 9일까지 가지 않으면
우리가 토벌하리라

과연 동학 서포의 포부 과감하도다
마침내
1894년 갑오동학이 일어났다
일어나니
천지가 뒤집혔다
이로부터 조선의 기상
천년 중화도 가라
양귀도 가라
왜적도 썩 물러가라
이로부터 조선은 오직 조선일 따름

이 기상을 깨워낸
서포 서장옥
누구이신가

경기도 수원부 어느 납작지붕 밑에서
태어나
법명 일해(一海)로
불교 승려 30년

그가 뜻한 바 있어
동학에 귀의하여
최제우의 법통을 이으니
최시형과
법통 형제라

법포는 동학 북접
서포는 동학 남접
서장옥 장로로 삥 둘러
남접 혁명가들 뭉쳤다

그뒤
동해 울진으로 숨었다
숨었다가 잡혀
아침이슬 한방울과 더불어 사라졌다

후손 세 사람

일본 쿄오또에 가면
귀무덤이 있다
일본 오까야마
쿠마야마 산기슭에 가면
코무덤이 있다

16세기 토요또미의 왜군이
조선을 침략했을 때
토요또미 가라사대
어느 부대가
얼마나 전과를 올렸느냐
어느 부대가
얼마나 적군을 죽였느냐 알아야겠노라
죽은 자 귀 잘라 오너라

죽여 귀부터 잘랐다
잘라
소금에 절여
한 포대
한 포대
배에 실어 일본에 가져왔다

그러자 하나 죽여
두 귀 자르면

둘 죽인 전과로 되니
귀 말고 코를 베어 오너라
이리하여 코를 절여 가져왔다

그런데 왜병들
시체 귀나
시체 코만 베어오지 않고
산 사람 붙잡아
코만 베어버리고
귀만 잘라버리고 살려주기도 하였다

전라도 남원 원창현
그는 한꺼번에
코 잘리고
귀 잘려
피투성이로 울부짖었다

카또오 키요마사 부대의 병사
일본 쿠마모또 병사한테
코 잘리고
귀 잘려
엉엉 울부짖으며 살아 있었다

임진년 정유년 갔다

코 없이
귀 없이
귀 없이
논에 가 김맸다

동네 아이들
코병신 간다
귀병신 간다
잠자리채 흔들며 비웃었다

세월 몇백년
그 원창현의 아들이여
손자여
증손자여

대한민국 한식날
그 원창현 자손 세 사람
현해탄 건너
쿄오또 귀무덤에 갔다
오까야마 코무덤에 갔다
가서
대한민국 소주 진로 한잔 따라놓고
아이고

아이고
아이고
재배 올렸다

그 원창현의 후손
원지식
원기훈
원방곤이 재배 뒤
각각 침 한번씩 뱉었다 퉤! 퉤! 퉤!

공옥순

서울 서대문구 홍제동
그리스도의 교회는
오르간이 없다
어찌 주님을 찬미하는 일을
인간이 만든 악기 따위로 소리를 내느냐
하느님께서 지으신 몸속에서
저절로 나오는 소리로 찬미해야 한다

그런데
서대문 문화촌
그리스도의 교회는
오르간이 있다
오르간의 소리야말로
주님의 도구이다
그래서 오르간 반주에 맞춰
찬송가를 불렀다

일러
하나는 무악기파
하나는 악기파라

서대문 문화촌
그리스도의 교회 찬양대 대원
공옥순은

찬양대장의 씨 받아
임신 4개월 동안
괴로워하다가
임신중절수술을 한 뒤
허전하였다

오르간 없는
무악기파 교회로 갔다
허전하였다

서찰 육개월

금강산 지장암의 한암
덕숭산 정혜사의 만공
누가 수탉인지
누가 암탉인지 바이없이

서찰 거량(擧揚)이
몇달 이어졌다

만공의 서찰 오면
한암의 서찰 가고
한암의 서찰 오면
만공의 서찰 가고

만공
한암이 금강산에 있으니
설상가상이구나
지장암 업경대에 있으니
그대의 업 그 얼마인고

한암
이를 묻기 전에 마땅히
서른 방망이를 맞아야 하리

만공

245

맞은 뒤 어찌될꼬

한암
지금 한창 잣서리할 때가 되었으니
급히 오너라

만공
암두의 잣서리할 때
함께하지 못함이 원망스러우나
덕산의 잣서리할 시절 원치 않노라

한암
암두와 덕산의 이름은 이미 알렸거니
그들의 성씨는 무엇인고

만공
도둑이 지나간 뒤 삼천리가 넘었거늘
문 앞을 지나가는 사람의
성은 물어 무얼하는고

한암
금선대 보화관이 금과 옥으로도
비할 바 아니로다

만공
(백지에 동그라미 하나 그려 있다)

한암
(으허허허 웃었다)

만공
(으하하하 웃었다)

더이상 서찰 오고 가지 않았다
그들 이렇듯이 저렇듯이
날이 날마다 속창아리 없이 함께 놀고 있었다

덕숭산 살
금강산 뼈 한몸이 되었다 아쭈

고아 명국이

누가 네 이름 지었더냐
네 성 몰라
고아원장 육씨 성 받아 이름 받아
육명국

네 나이 13세로 기록되었구나

오늘 아침 여덟시
식사시간
가장 먼저 나타나던
너 식당에 나타나지 않았다

너 약 두 시간 전 죽어 있었다 이제부터 배고프지 않아도 되겠다

무명승

그의 이름은 모릅니다
예순 몇살쯤
큰절 부엌
큰솥 누룽지나 얻어다
그것으로 하루하루를 삽니다

어린 행자한테도
먼저 꾸뻑 절합니다
새파란 사미한테도
먼저 굽실 절합니다
아니 절 구경 온
시건방진 사내한테도
먼저 절합니다

누가 당신 법명이 무엇이여
누가 당신 속명이 무엇이여
할 때

그때만은
이름 가질 만한 사람이 못됩니다
그때만은
이름이 무섭습니다
그때만은
이름 없습니다

그럴 때의 그는
영락없는 내시였습니다
산중 갈까마귀 지나가다
그의 머리에
똥을 떨어뜨립니다

졸음 든 머리 호젓이 깨어납니다

박춘담

1959년
내가 속리산 법주사 주지로 발령받았다
그런데 서울에서 불교신문을 창간한 내가
신문 일로
속리산까지 갈 처지가 못되어
법주사 대신
강화도 전등사에 가고 싶다 했더니
전등사 주지 박춘담을
법주사 주지로 영전시키고
나는 서울에서 가까운 전등사로 가게 되었다

전등사에 갔더니
첫째 양식 항아리가 텅 비었다
둘째 사중 물건 상당수가 비었다
셋째 도량에 잡초가 무성하였다
넷째 주지실 벽에 걸개용
작은 못과 대못 50개 넘게 박혀 있었다
내 입에서 후회가 나왔다

이런 못된 중이 있나
이 춘담이란 자에게
괜히 법주사 주지를 넘겨주었구나

절 너머

성공회 신부한테 가서
쌀 몇되 꾸었고
강화읍 강화군청 원호과에 가서
구호 양곡 한 가마 받아다가
전등사 살림을 시작하였다

마니산 첨성단에 올라가서
박춘담 따위를 잊어버렸다 남과 북도 잊었다

몇년 뒤
법주사 주지 박춘담이
신임 주지에게 사무 인계하였다
그런데 전임 주지 박춘담이
일주문 밖 상가 칠십여 가호에서
장차 십년간 계약금을
미리 받아먹은 뒤였다
신임 주지는
십년간 내핍 살림을 하게 되고
박춘담은
어디론가 자취를 감추었다가
동두천 언저리에 나타났다 서울 미아리고개에 나타났다 한다
그때마다
벽이란 벽에 수없이 못을 박았다 한다

태평 윤씨 선산의 어린 미라

사백 몇십년 전 미라 하나이
세상에 납시었네

다섯살 아이 미라

그 어린것이
세상에 괜히 납시었네

입힌 옷
솜 두어 누빈
화사한 명주옷 따뜻하였네
그것으로 모자라
아버지 중치막
어머니 장옷
형의 두루마기 껴입혔네

아이 송장
얼른 묻고 돌 얹으면 그만이건만
온 핏줄 온 식구의 마음 함께 묻혀
그 겨울 함박눈
무던히도 내렸겠네

취미수초

조선 세조 때 사육신 성삼문

그의 삼족이 구몰하였다

친족
처족
외족

그런 중에 씨 하나 살아남았다

창녕 성씨 성종고(成宗庫)
자 태혼(太昏)
소년 때 절에 들어갔다
형이 막았으나
도망쳐
설악산에 들어갔다

그뒤 두류산 부휴(浮休)의 제자가 되었다
선과 교
정토신앙에 이르기까지 두루 형통

모든 문자언어가
이미 다 되었으니
좁쌀알과 같아졌으니

거기 또한 무슨 맛이 남아 있겠는가

늙어
방 안을 몇바퀴 돌며
나무무량수불을 염하다가 주저앉았다
눈감았다

오봉산 삼장사 그 취미수초 이후
그의 제자 각현 성총
스승의 대승을 이어
각현의 대승
성총의 대승 삐걱삐걱 문 열었다

고구려 미천왕

아버지도 난도질 살해당했다
아버지의 총신(寵臣) 달고도 살해당했다 참혹해 마지않았다

어린 나이에
멀리
멀리
숨었다

붙잡히면 당장 칼 받을 몸
멀리
멀리
사흘 굶고 나흘 굶고 떠나갔다

가서는
이름 바꾸고
고공살이 고된 날들 견디어내고
바닷가에서 두메산골 백여릿길
소금장수로 오고 갔다

그러다가 포악한 군주 죽자
도성으로 돌아가
임금으로 등극 밤새 울었다
그로부터 고구려의 운 새로 열려
아버지의 혼백

여러 혼백
방패 삼아
한족 낙랑군을 되찾아내고
남으로
한족 대방군을 쳐들어가
한사군 이래
한족의 일체를 쓸어버리니
이로부터 고구려의 동서남북 훤히 펼쳤다

아버님 돌고 영전
그리고
아버님의 총신 달고 영전
동짓날 팥죽 올리며 긴 맹세 드렸다

지난날 소금장수 동무 하나
궐내에 불러들여
내성(內城) 살림 맡겨보니
과연 소금장수 그 시절 그대로 셈 한번 꼼꼼하므로
임금께서 열 번이나 고개 끄덕이셨다

그 임금 미천왕

행원

해방 직후 삼팔선을 넘어왔다
마곡사에 들어가
솔잎 생식
찬물 목욕으로 백일기도 들어갔다
백범 김구가 왔는데도
나가보지 않았다

수덕사로 건너갔다
당대 선객 고봉 앞
웬놈의 술 한병 들고 나타났다

고봉 가로되 해괴하구나

행원(行願) 외치되
삼세제불이 어제저녁에 다 죽어
장사 지내고 오는 길입니다
스님 어찌하시렵니까

고봉 가로되
무엇으로 증명하는고
행원 (술병을 내밀며)
이것이 장사 지낸 찌꺼기입니다
고봉
한잔 따르라

행원
잔을 내놓으십시오
고봉
손을 내밀었다
행원 (술병 내려놓으며)
그게 잔입니까
고봉 (눈 크게 뜨고)
쥐가 고양이밥 먹다가 밥그릇을 깼구나
행원
………
고봉
틀렸다

10분 양구(良久)

행원 입 닫혔다
고봉 입 열렸다
네가 꽃이 피었는데 어찌 내가
나비 노릇을 안하겠느냐

일년 뒤 전법게 주어
행원을 인가한즉

일체법이 나지 않는데

일체법을 주지 않는다
이 불생불멸법
무릇 칭하기를 바라밀이니라

그 행원이 바다 건너가 널리 널리 숭산(崇山)이 되었다

고봉스님

손이 크시다
상해 임정에 자금 보냈다가
아홉 꿋 발각되었다
자금 보내려다 발각되었다
3년형
1년 반 옥방살이

입이 크시다
허어 염불하기 좋은 곳이로다
관세음보살
십만번 이상을 불렀다
내장이 크시다
허어 참선하기 좋은 곳이로다
옥방살이 하루 4분 정진
묵조선(默照禪)

그가 숭산의 은사이다 함께 술 한병으로 법을 마셨다 오줌줄기 되알
졌다 세찼다

울음

할머닛적
어머닛적
변씨부인만 아니라
공씨부인만 아니라
왕씨부인만 아니라
장씨부인만 아니라
김씨네만 아니라
백씨네만 아니라
치마 두르고 사는 동안
그네들 백 중 구십칠 구십팔
울고 사는 날들이었다우

한생을
눈언저리 마를 날 없는
서러움으로
폭폭한 서러움으로 사는 것

이것이 조선의 아낙네 한생이었다우

뒤안 굴뚝 옆
거기 가
혼자 실컷 울고 나서야
부엌 아궁이 불 넣어
밥 익혔다우

그리하여 친정어머니 세상 떠나서야
친정 가는 길
십리 밖
시오리 밖에서부터
울고 가는 딸이었다우

그 울음이 처음으로 해방이었다우

어찌 그 울음이
어머니 그리움
어머니 슬픔만이랴
제 시집살이 설움 함께
복받쳐
그 설움이
어머니 아니랴

오늘 무주에서 추부까지
다섯 재 여섯 재 넘어가는 버스 타고
눈두덩 퉁퉁 부은
연옥순

잠시 울음을 멈추니
누군가가

옥순아 옥순아
하고 부르는 헛청(聽)에
뒤돌아다보았다

처음으로 제 이름이 온 것
연옥순 옥순 옥순
하고 제가 제 이름 조붓조붓 불러보았다

비로소 마흔여섯살 연옥순 해방이었다우

등불 문답

초저녁 등불을 켜자
등불 앞 유리창에
등불이 어렸다

만공이 제자 혜민에게 물었다
이 등불이 옳으냐
저 등불이 옳으냐

혜민이 등불을 탁 껐다
두 등불이 없어졌다

스님 어찌하시렵니까

스승 만공이 말없이 일어나
불을 켰다

혜민이 다시 등불을 껐다

스승 만공이 벌떡 일어났다

자 밖에 나가자꾸나

스승과 제자가 어둠속에서
흐아흐아흐아흐아

실컷 웃었다

음력 열이틀날 밤 달이 혼자 수군거렸다
원 싱거운 작자들

팔달암 마당

조선 2백년 이후
조선 양반은
권리만 있고
의무가 없어졌나니
그리하여
나라의 기생물이 되어왔나니

조선 중종조
군적수포제(軍籍收布制) 실시 이후
군대에 간
양반 한놈도 없었나니

양반만
양반만 늘어나니

양반 밥그릇 모자라
싸움이 있어야 하였나니
싸울지어니
싸울지어니

조선왕조 5백18년 너무 긴 세월이었나니

그뒤에 이르기까지

네놈은 노론의 똥물이요
네놈은 소론의 구정물이요
그것이
상해 임시정부까지
씨 내리었나니

식민지시대
경기도 수원 팔달암
옛 노론의 후손 장국명과
옛 소론의 후손 임수돈이
한바탕 멱살잡이 마지않았나니
암주 범행화상이 뜯어말리다가
두 후손한테 얻어맞았나니
이 중놈이
감히 양반 상봉에 끼어들다니
괘씸하였나니

회당선사

이 절에 계시는가 하면
저 절에 계신다 하였다
그 절에 계시는가 하면
또 저 절
저 절에 계신다 하였다

조선에 계시는가 하면
만주에 계신다 하였다
만주 국자가에 계시는가 하면
만주 밀산에 계신다 하였다

그렇게 살고 나서
칠십구세로 숨 놓으니
만주 흑룡강변 더이상 갈 데 없는가

아니라오

이승 말고
저승
또 저승
또 저승 갈 데가 많다 하였다

회당

속명 제평우

만주제국 흑룡강 특고경찰부 형사에 의해
그의 속명과
그의 죽음이 알려졌다
알려지나마나
상좌도 없고 따르는 신도 하나도 없다

생전의 한때
선방 수좌들
강원 학인들
회당의 법을 찬탄해 마지않았으나
어느덧 그런 회당
다 까먹어 잊어버렸다

거물 공비

나 지오달(池吾達)이다

도교에서 이르기를
신선 이전
이승의 천수 백이십세라
이 일백이십년 동안
두 달에 한차례
내 몸속의 삼시충(三尸蟲)께서
하늘로 납시는데
하늘의 옥황상제한테 납시어
내 죄상을
낱낱이 고하시는데
다시 내 몸으로 돌아와
내 숨과
내 피로 살아가는데
한번은 내가 알아차리고
이 옥황상제 첩자 삼시충을
못 나가게
막았더니
내 몸의 아홉 구멍
아흔 천
아흔 만 구멍
다 막혀
그만 나 지오달의 천수를 중단하니

내 삼시충 또한
함께 천수를 중단하더라

전북 남원 인월
그 도사(道士) 지오달의 시신이
토벌대장의 전과(戰果)로 꾸며져
빨치산 남부군
군관 이청문으로
전남도당
감찰군관
그 이청문의 시체로 조작 둔갑

가마니때기 위 거물 공비로 뻗어 있었다
찰칵
찰칵 사진 찍혔다

하늘의 옥황상제께옵서 애통하시는지
주룩주룩
궂은비
사흘이나 내리시었다

혜암

저 황해도 남쪽 백천온천 마을에서
태어난 아이
1884년 조선 후기
태어난 아이
최순천

그 아이가 아버지 잃고
어머니 잃는 사이
열두살에 머리 깎으니

기다리던 스승들이었다
성월의 가르침
해담의 가르침
용성의 가르침
한암의 가르침
이윽고 만공의 가르침

배우고 배워
배운 것들
하나하나 버리며 산 세월

삼가 102세로 이승을 다하기 전
한마디 없을쏜가

내 행장 누더기 한벌 지팡이 한개
동쪽 서쪽 달리기 끝없음이여
누가 무엇하러 그리도 달렸느냐 묻는다면
천하 가로질러 통하지 않는 곳 없었다 하리

절씨구

삼십리 밖 아내한테

결혼한 뒤
신랑 김원종은 전주 금융조합에 있고
신부 심옥희는 구례 목재회사에 가 근무했다

김원종

신랑은 못내 주저하였다
새댁한테
다정한 편지 보내는 것 주저하였다

집안에서나
세상에서
사내장부가
기껏 여편네한테
시시콜콜 편지질이나 하다니
원 불알값 못하는 사내로고 고자로고

이런 소리 들을까보아 손가락질 받을까보아

어느날 떠오른 바

손수 편지 쓰는 대신
장조카 시켜
애야

네 숙모한테
일주일에 한번씩
꼭 한번씩 편지 써 보내거라

일본어 교과서만 배우는
장조카한테
국문 쓰는 공부도 겸해서
일주일에 한번씩
숙모님전 상서
국문 편지 쓰도록 하였다

이렇게 이어져온 글자로
8·15가 오고 있었다

밤 두견새 운다
낮 뻐꾸기 운다

끝내 그도 더는 참지 못하여
장조카 편지 쓰는 날
그도 편지를 썼다

밤낮으로 새들이 운다오
임자 그리워하는
이내 마음 그대로 운다오

곧 한로 상강이오
상한(傷寒) 없도록 유념하구려
어젯밤 등잔불 끈 뒤
둘이 함께 있는 듯하였다오

이렇게 이어져온 글자로
8·15가 오고 있었다

아직은 쇠붙이 놋쇠붙이 다 걷어가는데
아직은 전나무 열매
아주까리 열매 다 따가는데
아직은 아침마다
일본 동경 쪽
천황폐하 쪽에 대고
멀리 최경례를 드리는데
처녀들
정신대로 끌려가는데

이렇게 이어져오는 글자로
어디선가
어디선가
8·15가 오고 있었다

할로 할로 오케 씨비씨비 오케도 하지 중장도 오고 있었다

경허의 형

전주 자동리
송두옥과 박씨 사이
장남
태어나 이틀 동안 울지 않았다
차남
태어나 사흘 동안 울지 않았다
이틀 뒤에야 응애응애
사흘 뒤에야 응애응애응애

둘이 다 뒤늦게 절에 들어갔다
너는 삼백릿길
계룡산으로 가라
나는 백릿길
내장산으로 가겠다

형 상허는 무명승
아우 경허는
세상을 들었다 놓았다 하는
고승

상허의 상좌 일각이 말했다
우리 스님 상허스님은
술이 무엇인지
계집이 무엇인지 모른다

석가와 달마가
무엇인지 모른다
과연 천년의 도인이셨다

백성욱

원나라 원찰(願刹)이던 금강산 내금강 장안사의 종소리
견딜 수 없이 웅장하다
장안사 뒤
지장암의 종소리는 견딜 수 없이 단정하다

그 지장암에
눈썹과 눈썹 사이
백호광의 위엄이 생생하다

움직이는 노사나불(盧舍那佛)이라 하였다
움직이는 지장보살이라 하였다
또는
움직이는 약사여래라 하였다
움직이는 아미타불이라 하였다

백성욱

1910년 나라가 망하자
최하옹의 제자로
승려가 되었다

붉은 가사 벗고
하얀 장삼 벗고
평상의 중치막 입고 그윽하다

지난날
상해 임정에 참여
1920년 프랑스 빠리 유학
독일 유학 돌아왔다

씨베리아 우랄 서쪽 폴란드 거쳐
구라파에 이르렀다
폴란드 우랄 동쪽 씨베리아 거쳐
식민지 고국에 돌아왔다

금강산에 들어갔다
일주일마다 원산경찰 고등계
안변경찰 사찰계
경기도 경찰부 고등계에서 살폈다

동경 유학생들
경성 대학생들 찾아와
그의 가라앉은 담론에 귀기울였다
그들과 더불어
금강반야바라밀경을 암송하였다

지장암 8년
끝내 일본 경찰의

그 끈적끈적한 박해로
그의 회중수도(會衆修道)를 작파하였다
숨어 있다가
해방을 맞아

큰 뜻이 쉬고 있다
큰 꿈이 숨어 있다
큰 길이 아직 비어 있다

백성욱

한 여인이 있어 그의 행적에 정성을 바쳤다
그리하여
동국대 마당 복판에
그 여인의 보살상을 세웠다
혁명 뒤 허물어내고 거기에 만해상이 세워졌다
만해광장이 되었다

사냥꾼 대 끊기다

아버지 사냥꾼이다
할아버지 사냥꾼이다
증조할아버지 사냥꾼이다
아마 고조할아버지도
사냥꾼이었으리라

나 또한
사냥꾼의 핏줄
백일 지나자
파리 한마리 잡고
젖 떼자
햇병아리 한마리 잡았다
여섯살에
아버지 따라
산토끼몰이에 따라갔다
아홉살에
삵을 잡고
열한살에
고라니 잡았다

열세살에
여우사냥 나섰다가
아버지 잃고
길도 잃었다

하룻밤을 보냈다
이틀밤을 보냈다
사흘밤을 보냈다
넋을 놓았다

깨어나니
어느 암자 방 안이었다

이놈아
이놈아
이제 죽이는 놈이 되지 말고
살리는 놈이 되거라

적멸선사의 상좌가 되었다

애주검

아기가 숨졌다
더이상
울음이 없었다
더이상
배내웃음이 없었다

밤에 아빠가 돌아와
아기 주검의 홑이불을 걷어보았다

아가야
아가야

다음날 이른 아침
아기의 관에 편지 하나 넣었다

아가야
너는 나보다 먼저
그 강을 건너가
나를 기다리기 위해
이 세상에 태어났나보다
나도 곧 가리라
너무 외로워 말고 기다려라

아기 무덤 혼자 있다

엄마도
아빠도
거기 가지 말아야 한다
어서 잊어야 한다

삶이 죽음보다 더 무서우니라

혜숙

친구 안함이 20년간 수나라 유학하는 동안
혜숙은 20년 동안
신라 저자에 유숙했다

친구 안함이 돌아와
왕실 가까이 있는 동안
혜숙은 백성의 변두리 떠돌았다

진작 화랑 시절
화랑 우두머리 잔학에 맞서
허벅지살을 베어보여
그 잔학을 깨쳐주었다

그 혜숙이 백성의 변두리 떠돌았다
어느날
몸 파는 여인과 자고 있는데
그 어느날
다른 곳에서
칠일기도를 하고 있었다

이 어인 일인가 어인 둘인가

친구 안함은 황룡사에 있었다
혜숙은 황룡사 쪽 한번도 바라본 적 없다

진평왕이 불러도 불러도
끝내 그는 종적을 감추었다

저자의 꽃 거리의 넋 그것이면 되었다

단신 월남

함남 함흥
함흥중학 4학년 석규
1946년
아버지가
먼저 남으로 왔다
1947년
아들 석규가
뒤에 남으로 오다가
삼팔선에서 잡혔다
잡혀가다가
도망쳤다
다시 삼팔선에서 미끄러져 잡혔다

내무서로 실려가기 전
울었다
주저앉아
엉엉 울었다
내무서원이 묻기를
그렇게도
남으로 가고 싶으냐
고개 끄덕이며
히잉히잉 울었다

그 내무서원이

그렇게도 가고 싶으면 가거라
아직 이 세상은
소년의 울음을 들어주는
세상이었다

그뒤 전쟁이 일어났다
다시는
그런 세상이 없었다

어림없었다
어림없었다
어림없었다

가난한 제자들

신라로 돌아온 의상은 호화로웠다
문무왕이 스승으로 받들었다
그러나 의상은
도성을 거뜬 떠났다

자지러지게 도성으로부터 먼 곳에 있었다

제자들도
왕족 귀족은 삼갔다
어린 노비였던 지통
찢어지게시리
가난한
부엌도 없는 방 한칸의 집
지방군 병졸 진정
나무꾼 상원
양원
표훈
이런 가난한 제자들을 가르쳐
화엄학 화엄사상 화엄종의 으리으리한
그 큰 난바다의 파도소리
밤낮으로 창화(唱和)하게 만들었다

제자 진정의 어머니가 세상 떠난 뒤
제자의 상심을 달래어

세상 떠난 제자 어머니의 망령을 위한
화엄경 법회를 열어주었다

문무왕 성 쌓기를 반대하였다
백성이 죽어갑니다
백성이 신음합니다
우리 백성을 혹사하지 마소서
평화는 성에 있지 않고 백성의 마음속에 있사옵니다

그는 산중에서 아늘거리는 잎새 밑에서
늘 세상의 아픔을 보았다
한 티끌로
세상을 보았다

일러 그런 것을 꽃이라 꽃들이라 하던가

좌탈입망(坐脫入亡)

1951년 1월
김백일 장군의 작전
오대산 모든 절간을 불태우라는 작전
즉각
오대산 중대암 북대암 등을 태워버렸다
이어서 상원사도 불태우려고
부대가 들이닥쳤다

노승 한암이 상좌 하나와 앉아 있었다

대사 나오시오
지금은 촌각을 다투는 전시란 말이오
어서 나오시오

한암이 입을 열었다

나는 이미 칠십이 넘은 몸뚱이우
이 전란을 피해
더 살 뜻도 없소
중이란 죽으면 화장하는 법
나 여기서 저절로 화장될 터이니
어서 불지르시오

부대 지휘관에게

작전명령은 생명 이상
완강한 노승 앞에서 안절부절못하다가
꾀를 냈다 궁즉통(窮卽通)인가

부대장은 절 문짝을 뜯어냈다
방 구들장을 뜯어냈다
그것들을 쌓아놓고 불질렀다

이로써 작전명령을 위반한 것 아님
이로써 노승의 뜻을 물리친 것 아님

1951년 음력 2월 14일 아침
노승은 죽 한 그릇 차 한 잔 뒤
앉아 죽어 있었다

오대산 지구 정훈참모 김현기 대령이
부하들과 함께
화장 다비식을 마쳐주었다
과연 오대산 상원사 작전 완료
상원사 대신
상원사 조실 불질렀다
중공군과의 혈전은 언제 끝날지 몰랐다

의원 신필우

조선 세조께서는
본디 문과 무 쌍전이었음이라
부왕의 분부로
나랏글 창제 직후
『석보상절』지어 바치고
부왕 몰래
화살 날려
관중(貫中)으로
북한산 노루 잡아옴이라

그런 문무로 왕권을 앗아다가
일인지상
만인지상
피 묻은 손 씻은 뒤에도
갖은 병마 찾아와
등창이 심대하고
안면이 황량하여
여러 의원을 대령하니

끝내 세조 자신이
의원이 되어버리니

제일 의원은
마음의 의원이요

제이 의원은
밥의 의원
제삼 의원은
약의 의원
약으로 다스리는 의원이야
궐 안의 시의(侍醫)나
궐 밖 세의(世醫)나
거기가 거기건만

제일 못된 의원 하도 많아
백성 조지는
그 악(惡)의 의원임을
뒤늦게 알았음이라

모년 모월 모일 모시
온 나라
못된 의원들 다 잡아들이니
그들 중의 하나
신필우 의원

옥사정의 마누라 공짜로 치료한다고
옥사정 몰래 빼내어
집에 불러들여
어디 보자

어디 보자
치마 벗기고 단속곳 벗겨 다 벗겨
옥사정 마누라와 싯누렇게 통정하고 나서
이제 고질병 썩 물러갔으니
나야말로 천하 명의 아니리오
껄껄껄

상사병

해인사 홍도여관 휴양객
신도희
그 여인이 떠났다

강원 학인
능엄경 배워도
능엄경이 도희였다
새벽예불
부처님도 도희였다
저녁예불 마치고
저 건너
청량산이 도희였다

시름시름 앓았다
앓아누웠다
헛소리가 나왔다
히히 웃었다
엉엉 울었다
도희 도희 중얼거렸다

자운스님 내시 설법 듣다가
벌떡 일어나
거품 물었다
베개 이불을 다

뜰에 던졌다

그의 은사 임계당께서
대구에 가
신도희를 찾았다
그녀가 와서
미친 봉령 수좌 앞에 서 있어도
그녀가 도희인 줄 모르고
도희
도희
도희만 중얼거렸다

그녀 울며불며 돌아간 뒤
봉령 수좌 죽었다
얼른 화장해버렸다
쉬쉬쉬
쉬쉬쉬

기영숙

공동묘지를 파헤쳤다
이 무덤
저 무덤 파헤쳤다
자손들이 와
무덤 속 뼛조각을
백지에 싸들고 갔다

어느 무연고 무덤 파헤쳤다
여리디여린 뼈 몇조각
여리디여린 해골
그 옆에
이쁜 거울 하나가
몇십년 뒤의 햇빛에 빛났다

그 거울 속에
폐병 3기로 죽은
열일곱살 기영숙의 얼굴 잠겨 있던가

아름다웠다

석보스님

비가 오신다
그칠 줄 모르시고
비가 오신다
지나가시다
남의 집 처마 밑
비 그치시기를 기다리신다

석보스님

조금도 지루하지 않으시다
웃은 듯 웃는 듯 웃을 듯
언제까지나 서서
비 오시는 것을 보신다
바야흐로 비는 비가 아니시다 무엇도 아니시다

석보스님

장수한약방

1945년 8월 13일
소련 해병대가 청진항에 상륙했다
수뢰정 타고 와서
자동화기 앞세우고
청진항 석축 부두에 상륙했다

일본 육군 나남사단
온데간데없다
총소리 몇번 났다

바로 일본의 시대 대신 소련의 시대였다

청진에서
함흥까지 마흔 고개
쉬이 넘었다
헌병 몇놈 순사 몇놈이야
아무런 대거리도 아니었다

소련이 오기 전
일본은
광산에 물 채우고
정어리 공장
우편국
소방서 불지르고 달아났다

원산도 텅 비었다
흰 바지저고리가
만세를 불렀다

소련 해병대 2개 중대 2백명
그러나 거지떼였다
우끄라이나 부대
알거지떼였다

팔뚝시계부터 빼앗았다
두 팔뚝에
팔뚝시계
스무 개고 서른 개고 찼다
회중시계도 빼앗았다
할머니도 겁탈했다
처녀들
아낙들은
부엌 아궁이에 숨었다
숯검정
시꺼먼 얼굴로 숨어 있었다
벽장에 숨은 아낙
영락없이 발각되어
수수밭으로 끌려갔다

원산 장수한약방 오지성 의원영감
어제의 왜놈
오늘의 아라사놈
조선의 원수로다
라는 유서 쓰고 목을 맸다

막내딸이 약방 사랑에 들어왔다가 소스라쳤다

엄마
엄마
아부지가 죽었어

다음날 루씨병원 병실
웬일로 죽은 오지성 어른 살아났다 딸이 살렸다

어느 후신

어슷비슷 비슷어슷하셔라
당나라 선승 남전에게
열네살 조주가 찾아왔다
이른 봄
낮잠 자던 남전이 깨어났다
아이가 서 있다

어디서 왔누

낭랑한 목소리로 서상원(瑞像院)에서 왔습니다

그럼 서상은 너를 벌써 보았겠구나

낭랑한 목소리
아닙니다 서상은 보지 못했으나
누워 있는 여래를 보았습니다

허 이놈 봐라

이리하여 장차 40년을
남전 무릎 아래서 조주는 자라났다

닦고 닦았다
닦을 걸레도 없고

닦을 마룻바닥도 없어졌다

닦을 것 없이 닦고 닦았다

천년 뒤 조선 선승 석두에게
서른일곱 효봉이 찾아왔다

어디서 왔는고
유점사에서 왔습니다

몇걸음에 왔는고

그러자 효봉 성큼 일어나
방 안 한바퀴 돌고 나서
이렇게 왔습니다

이리하여 장차 석두 떠날 때까지
석두 겨드랑 아래
석두 어깨 위 석두 머리 위 앉아
닦고 닦았다
석두의 대가리도 뭣도 다 닦아 없어졌다

닦을 것이 없이 닦고 닦았다
닦다가

오늘 갈란다
하고 그날 오후 앉아서 후딱 떠났다

표충사 뒤 오래 막혔던 샘물이 나오기 시작했다

칠석이

음력 7월 7일 칠석날 낳아서
칠석아
칠석아
우리 칠석아

하늘이 키우고
물이 키우고
앞산이 키워 자라났다

6·25 때 의용군 갔다
북으로
북으로 가다가
에잇 충청도 가야산에 들어가
산사람이 되었다
다섯이었다가
둘은 떠났다
셋이 있다가
또 둘이 마을로 내려갔다가
돌아오지 않았다
보급투쟁
보투 갔다가
돌아오지 않았다

단 하나 칠석이

하루 내내
산기슭
산골짝 헤매다
움집에 들어와 외로웠다 울었다
다음날
시냇물에 갔다
돌을 들어올려
시냇물 웅덩이를 내리쳤다
풍덩
사방으로 튀어오른 물 아래
버들치가 떠올랐다
기절한
금강모치가 떠올랐다

건져올려
참나무불에 구웠다
돌 밑 가재도 잡아 구웠다

다음날 새벽 꿈속
세상 떠난 어머니가
앞치마 두르고 나타나셨다
머리에 인 물 낭창낭창
물동이 내려놓고
어린 칠석이를 불렀다

꿈 깨었다
꿈 깨자마자
총구멍이 잠든 이마에 닿았다

이 새꺄
이 빨갱이새꺄
일어나지 못해
하고 군홧발이 명치를 밟아댔다

토벌대원 다섯 명이었다
어느새
두 손이 뒤로 묶여버렸다

이 새꺄
내려가
내려가
여기서 쫘죽여도 시원찮으나
우리 대한민국은
법치국가란 말이야
죽어도 재판받고
죽어 이 새꺄

토벌군이 줄바둑으로 서 있었다

만

인

보

25

萬

人

譜

묵언 10년

혜천 그대 해골이 다 되어버렸구나
눈동자만 히잉! 살아 있어
묵언
1958년 음력 12월 8일 시작
1968년 음력 12월 8일 종료

어느새 묵언 10년

혜천은 죽어 있던 입에서 나올 첫마디를
마련했다

말할 때나
말하지 않을 때나 다를 바 없나니
오늘은 해가 서산에 있고
오늘밤은 달이 동산에 있으리라

이것도 군더더기라 그만두었다

무심코 옆에 있던 성훈 수좌에게
한마디 남겼다

일주문 밖에 다녀오겠소

이 말이 10년 만의 첫말이었다 제법 괜찮다

96세 할머니 박씨

거문도의 오후 살 쓸린 물빛 짙었다

우리 할아버님께서
추자도 바다에서 돌아오지 않으셨다네
우리 아버님께서
흑산도 조깃배 타고 가
돌아오지 않으셨다네
우리 낭군 손돌석 영감께서
돌아오시다
돌아오시다
백도 동쪽 회돌잇물에서
끝내 돌아오지 않으셨다네
우리 둘째아들
우리 셋째아들
갈칫배 타고 가
돌아오지 않았다네

우리 둘째아들 수동이 외동
그러니까
우리 손자 만복이
또
우리 손자 삼복이도
여수수산 30년 고물선 일중선 타고 나가
돌아오지 않았다네

돌아오지 않았다네

이 거문도 아낙으로 살아오는 동안
사방 바다 팔방 바다가
우리 가문 대대의 선산이라네

나 어서 가고 싶다네
오늘 못 가면
내일은 꼭 가고 싶다네
저 바람 속 뒤집히는 바다 선산

봄날

고려 예종조
도원수 윤관과
부원수 오연총
북관 여진 정벌 그 싸움판에서
생사를 함께한 전우였더라
그들이 정벌 마치고
돌아와서
아들딸을 맺어
사돈을 맺었더라

술 익으면 온통 사돈 생각이었더라
윤사돈이 하인배에게
술항아리 지게 하여
오사돈 집에 가야 했더라
밤사이
비가 와
개울이 넘쳐 갈 수 없더라

무슨 이심전심인고
때마침
오사돈도
봄날 술항아리를 지게 하여
개울 건너 윤사돈 집에 가야 했더라

316

밤사이
비가 와
개울이 넘쳐 갈 수 없더라

어이할거나
어이할거나

두 사돈 개울 이쪽저쪽에 등걸나무 그루터기 앉아
술잔을 채워
서로 머리 숙여 권하는 시늉
각자 마시고 마시더라

권커니
잣거니

봄날 짧은 해 저물어
서로 보이지 않을 때까지
권커니
잣거니

뒷날 등걸나무 아래서 머리 조아렸다는 사연으로
사돈(査頓)이 되었더라

허허 사돈의 팔촌까지 덩달아 두 어깨 소품쳐 들썩이더라

발해 무명선사

722년에 태어나 793년에 죽다
발해 승려 무명

어찌 당신께서는
당신의 말 한마디
당신의 기침소리 하나
남은 것 없이
당신의 생년 몰년만 가을 떡비 다음 남겨놓으셨는지요

고구려 후신
발해
그 고토의 강기슭
수수인 듯
조인 듯
태어나신 당신
호밀인 듯 자라나
당나라 하택신회(荷澤神會)에게 가셨습니다

혜능의 제자 하택신회의 간화선(看話禪)
그 하택종에 귀의하셨습니다
또한 천태종도 몰래 익히고
화엄종도 익혀
화엄종 제4조 청량징관(淸凉澄觀)을 가르치셨습니다
남조 신라 최치원이

북조 발해의 당신을 무척이나 마음 겨워 섬기셨습니다

그런 당신 발해로 돌아가서
상경용천부 머무시다가

저 아무르강 변방으로 가서 머무시다가
기러기들
남방으로 떼지어 떠나던 날
딸꾹 숨 놓으셨습니다 그 무슨 쇠리쇠리한 자취이신지요

해동 풍경

당나라 임제가
스승 황벽의 법
무다자(無多子)라 하였거늘

무다자라

별볼일없군
별다른 것 아니군으로 쓰이는 말

허나
쓸데없음이 없음이요
갖가지 갈래 아니고
오로지 한 갈래
참 아니리오로 잇대어 풀이하는 말

무다자라
무다자라

그런데 임제 옷깃 여미고 앉아
시자(侍者)하고
한두 마디 나누다가
입망(入亡)한 뒤

강호의 화상들이여

바다 건너
해동의 화상들이여
너도나도
임제의 적손(嫡孫)이라고
나야말로
임제의 핏줄이라고
나야말로
임제의 뼈다귀라고
나야말로 나야말로
나야말로 외치며 갈라서서
산 하나씩 차지하였으니

고려반도 산마다
오교(五教)에다가
구산선문(九山禪門)이다가
어찌 9산뿐이리오
무려 13산 산문 열려
각자가 임제 자손의 으뜸임을 반주그레 내세웠으니
그러다가 고려 태고보우(太古普愚)
이런 갈래들을 합하려 들었으나
보조지눌
선과 교 합하려 들었으나
안돼

조선시대 내내
따로따로 놀다가 말다가
현대에 이르러
조계종 태고종 천태종
무슨 종 무슨 종
무려 60여개 종파들
제멋대로 씨암탉 알받이씨로 놀고 있으니

자 여기 조계종 하나도
끝내 하나 아닌즉
석옥청공(石屋淸珙)을 이어다가
태고보우
환암혼수(幻庵混修)
구곡각운(龜谷覺雲)
벽계정심(碧溪正心)
벽송지엄(碧松智嚴)
부용영관(芙蓉靈觀)
청허휴정(淸虛休靜)
부휴선수(浮休善修)로 이어온다 외치나

도의
범일
지눌
각엄

연온
각운
정심으로 이어옴을 또 어쩌리오

아니 청허휴정에서
편양언기의 족벌이
사명유정을 따돌리니
이 또한 어쩌리오

저 남녘 대두산 초의도 언기 집안 아니리오

아니 그것보다 더 거슬러가노라면
임제 이전
옛적 신라 원효는 어디 가고
그 먼저 백제의 겸익은 어디 가고
국통 자장
풍광(風狂) 대안은 어디 가나

오직 임제 가풍만이라면

무다자라
무다자라
무다자라

해동 1만종 다 불살라버릴지어다
임제가
스승의 선판(禪板) 궤안(机案)
불질러버리듯이
다 불살라버릴지어다

오늘 조계종 임제산 임제사 조실
무제(無濟) 대선사께서
오늘 나는 이 산을 내려가면
다시 돌아올 날 없으리로다
지긋지긋한
임제 딱지
다 떨어지니
이제야 썩은 이빨도 빠지고
배도 고프구나

과연 여든살 무제 대선사가
허리 꼿꼿
산밑 읍내 장터에 나타나니
소주 한잔 맛본 뒤
60년 전 그 소주 아니로군
싱겁디싱겁군
흐흐

그 새끼돼지

남대천 언저리 이두마을
최관호네 집
누룩돼지 새끼 낳는 날
낳고
또 낳고
또 낳고
열세 마리를 줄지어 낳았으니

어미돼지 젖꼭지 열둘에
하나가 넘쳤으니
관호 아버지가 냉큼
가장 약한 놈 비실거리는 놈 하나를 가려내
남대천 갈대 냇물에 던졌다

밤이 되자 관호가
어둠속 냇둑 내려가며
버린 새끼돼지를 찾아보았다
넘어져 무르팍 다쳤다
다시 일어나
냇둑 내려가며
새끼돼지를 찾아보았다

바다가 가까웠는지
파도소리 아득히 났다

그때 갈숲에
새끼돼지 소리가 났다

기뻤다 기뻐 어쩔 줄 몰랐다

그 새끼돼지 품에 안고
밤 이슥히 돌아왔다

다음날 십릿길 학교 갔다 와보니
아버지가
그 새끼돼지를 다시 내다버렸다

열두 마리 새끼들 누운 어미 젖 물고 꼬리를 치는데
최관호 혼자만 슬퍼 엉엉 울었다

문세영

슬픈 사람 문세영

조선어사전편찬회 발기인의 한 사람
조선어학회 표준말사정위원의 한 사람
진지하였다
근면하였다

편찬회 이윤재의 카드작업
밤마다 도왔다
성실하였다

이윤재가 수양동우회사건으로 투옥되었다
그러자 이윤재의 낱말카드
자신의 집으로 날래 옮겨갔다
이윽고 1938년
조선어학회
조선어사전편찬회를 떠나
자신의 이름으로
조선어사전 간행

10년간 조선어학회 사업 마무리판 앞질러
최초의 국어사전
최초의 개인 국어사전이 나와버렸다

출옥의 이윤재 두툼한 입술 사이로
문세영 그자 고약한 자라고 한마디 나와야 하였다

그 사전이 연희전문 도서관에도 비치되었다
혜화전문 도서실에도 비치되었다
이윤재의 서재에도 비치되었다
그 사전으로
식민지시대 지나
해방시대 국어사전으로 비치되었다
그 사전으로
군산중학 2학년 고은태가
국어 낱말 '배래'를 찾아냈다

다시 도의

동쪽의 처음을 열도다 동쪽 선의 처음을 열도다

그대는 돌덩이 속의 보석
조개 속의 진주일세

그대 말고
이 법을 이을 자 그 누구겠는가

그리하여 그대 법호를 도의 뜻이라 지었으니
이 이름으로 공짜로 사시게나
라고 서당지장(西堂智藏)이
한갓 신라의 젊은 승려를 이토록 이토록 간절한 제자로 삼았다
함께 간 도반 홍척(洪陟)도
간절한 제자로 삼았다

강서의 선맥이 다 동국의 남자에게 돌아가누나
하고 백장회해(百丈懷海)가
그의 스승 마조도일(馬祖道一)의 법이
신라 도의에게 이어감을 어이할 수 없이 한탄하면서

그는 홍척과 앞서거니 뒤서거니 돌아왔다
그러나 신라는
이미 화엄종 정토종 법화종 들이
도의의 선종을 가로막았다

아니 도의를 죽이려는 암살패가 생겨났다

몸을 피하여
국토의 변방 설악산 골짝으로 갔다
밤에 등불도 밝히지 않았다
거기 진전사 초막에
홀로 푸나무서리 속 동국선종을 혼자 열었다

남몰래 스며든 제자 염거(廉居)가 왔다
그 염거가
도의의 외로운 마지막을 이었다
염거가 체징(體澄)에게 법을 이었다
이윽고 가지산문 활짝 열려 세상의 새벽이 열리었다

지난날 도의의 도반 홍척은
흥덕왕과 태자에게 선을 전한 뒤
지리산 밑 들판의 실상사 선종을 열었다
이어서
이 산
저 산 선문이 열렸다

바야흐로 국운이 기울어갈 때
국운의 화엄
국운의 미타

국운의 미륵
국운의 천태가 함께 기울어갔다

이 산
저 산
숨죽인 선문이 열려
하나둘 백성의 직지인심(直指人心)
어제 다르고 오늘 다르게 퍼져갔다

장차 천이백년 이천이백년 조계종
그 매가리 없는 점수선과
그 인정사정없이 정나미 떨어지는 돈오선의 노적가리 쌓여나갈 줄
누가 알았겠는가

그 쓰라린 고대 진전사 빈터는 비 오는 날 멍청멍청 뻐꾸기소리뿐

그 며느리

평안북도 압록강 하구 용천
함석헌의 아버지께서는
마누라와 딸
그리고 아들 함석헌의 아내인
며느리

그 세 여자에게 언문을 가르쳤다

가나다라라도 알아야
세상 살아갈 것이 아니냐고
언문을 가르치기 시작하였다
집안 남정네는 다 글을 깨쳤는데
언문뿐 아니라
한문과 일문 영문도 깨쳐가는데
마누라나
딸년이나
며느리나
낫 놓고 기역자 모르니
안될 노릇이로다 하여
언문을 가르치기 시작하였다

그런데 며칠 뒤 딸이 먼저 깨쳤고
놀랍게도 늙은 마누라가
한 달 뒤에 깨쳤다

그러나 며느리는 두 달이 되어도
두 달이 넘어도
도무지 먹통
가나다라 하다가
꽉 막혀버렸다

끝내 시아버지는 그 며느리를 체념하였다
할 수 없구나
할 수 없구나
너는 그냥 무식하게 살아라

정작 남편 함석헌은
언문 한문 영문
범문(梵文)에 이르기까지
다 꿰뚫고 있는데
마누라 황씨는
도무지 카타파하를 알 길이 없었다

천만다행인 것은
때가 되면
밥할 줄 안다
일원짜리
십원짜리를 안다

정휴스님의 아버지

그이는 남쪽바다 고기잡이이셨습니다
멸치어장
갈치어장
고등어어장
심지어 밴댕이어장
신났습니다

멸치어장 그물 걷으며 부르는 노래 신명났습니다

세노야
세노야
세노야

그이는 포구의 한 처자 멱살 잡고 마구잡이로 끌고 가
오늘밤부터
너는 내 마누라다
너는 누구의 마누라도 될 수 없는
내 마누라다
라고 외치고 가시버시로 살기 시작하셨습니다

당장 아기 하나 생겨났습니다
혼인신고도 하지 않았으므로 아들 출생신고도 하지 않은 채였습니다
어장생활 보름이고 스무날이고 지난 뒤
뭍에 발디디면

334

막걸리 항아리가 곧잘 비어버렸습니다

아들도 자라났습니다
어쩌다가 보게 되는
아버지래야
늘 술 취한 아버지였습니다

아들이 절에 들어갔습니다

아버지가 오랜 폭음으로 쓰러져 누웠습니다
10년이나 본 적 없는 아들을 불렀습니다
유언이 있었습니다
내가 너에게 줄 유산은
이 애비가 떠다닌 남해바다이다
너 남해만큼 큰
사내가 되어라

아들 정휴의 눈은 그이의 눈을 빼다박아
소눈 말눈처럼 크고 화경(火鏡)처럼 뜨겁고 밤처럼 검습니다 부리부
리합니다

그 걸승 정휴에게
호적등본이 있어야 했는데
호적이 없어서

아버지 세상 떠난 몇해 뒤
아버지 혼인신고를 하고
아버지 사망신고를 하고
자신의 출생신고도 큰 벌금 물고
비싸디비싸게 마쳤습니다
이로써 정휴스님의 아버지 어머니와
정휴스님은
한국 민법상의 호적에 등재된
국민이 되었습니다

때는 춘삼월 백화만발이었습니다

율곡 이이

아홉 번이나 장원급제한 사람
동과 서
당쟁이 그 언저리 시작인데
어차피 그 사람도
한쪽에 있건만
이도 저도 안된다고 고개 저었다

나라 안보다
나라 밖을 보아야 한다
10만 병사를 길러야 한다는 말 남기고
끝내 동과 서의 한양성 하직하였다
벼슬자리 버린 뒤
집 한칸 없었다
문간방 옮겨다니며
마누라와
아이들의 설움이었다

양식 없으니
손님 밥상을 내지 못하였다

죽은 뒤
염습할 수의 없어
남의 옷 얻어다 입혔으니
남의 옷 송장이었다

그러나 임진강 일대
뭇 백성들 모여들었다
한양 성균관 태학생 달려왔다
아전 장사치 몰려왔다
상여 나가는 길
밤 횃불 들고 삼십릿길 훤하고 훤하였다
상여 지나갈 때
마을마다 곡성이 이어졌다

살아 흉년
죽어 풍년

그의 경장(更張)

토지 재분배
조세 개정
노비 서얼 등용

그의 사상

하늘과 땅 사이
기(氣) 아닌 것 없다
호호탕탕

하나의 기가 아득히 퍼져나가 끝없도다

그의 색정

퇴계의 밤과 달리
정숙으로 시작하여
정숙으로 마쳤다 건넛마을 개 짖는 소리 섭섭한 새벽

야여문

조선왕조실록의 한 인물
야여문(也汝文)

일본 검객 니시까따 야에몬(彌右衛門)이
투항 귀화
조선 이름을 얻었다
임진왜란 왜장 카야시마의 부관이었다

대궐 서청(西廳)
감을 공중에 던져놓고
3척 장검으로
공중의 감을 두 조각으로 만들었다
놀라운지고
감 스물다섯 개가
하나같이 두 쪽으로 잘려 떨어졌다
세자 광해가 감탄

어찌하여 왜군을 떠나
조선군에 투항하였나

소병(小兵)은 관백(關白)*의 정복이
부당하다고 믿습죠
명과
조선

일본이 공생공영해야 하는데
그 길을 없앤 것이
관백의 야욕이옵죠
지금 일본은 생지옥입죠
관백의 만행으로 백성은 도탄에 빠져 있습죠
그리하여 조선에 귀부(歸附)
조선인으로 살고 싶었습죠
소병 7세 때부터 검술을 배웠고
12세 때 스기하라의 검법을 익혔습죠

그는 여생을 조선 관병에게
검술과 총술
엄하게 인자하게 가르치는 군관이었다

술을 잘 빚었다 잘 마셨다

* 일본 고위관직, 여기서는 토요또미 히데요시(豊臣秀吉)를 가리킴.

최초의 창씨개명

통도사 중 이동인은
1879년 일본불교
오오따니(大谷)파 본원사 부산 별원에 드나들었다
사진기
성냥 등속을 가지고 다녔다
부산에서
서울로 옮겼다
서울 새 절 봉원사
김옥균 서재필 오경석 들을 사귀었다
광교 유대치의 처소
내 집인 양 드나들었다

1880년 일본에 건너가
일본불교 진종 승려로 득도
이름도
아사노 토오진(淺野東仁)으로 바꿨다 최초의 창씨개명이었다

후꾸자와 유끼찌(福澤諭吉)의 패거리
흥아회(興亞會)에 가담
쌀 2백 가마
돈 1천원을 받아
조선으로 건너왔다

램프

석유
고무장화를 들여왔다
왕실과 세도가 민씨 저택에 램프를 바쳤다
김홍집 민영익의 신임을 얻고
고종의 밀사 노릇도 옳다 좋아라 하였다

왕실에서 받은
별선군관 직첩으로
궁중을 내 집인 양 드나들었다

1881년 3월 15일 이후 행방불명이었다

척사파의 척살일까 그도 아닐까

도선

월출산보다 바다가 가까웠다
바닷가 모래를
어린 손이 쥐었다
모래가 손에서 빠져나왔다
이 모래놀이로
산천의 순과 역을 터득

열다섯살에 화엄사에 들어가
화엄학을 터득
그러다가
문자에 매이지 않겠노라
동리산문(桐裏山門) 혜철(惠哲)의 선문에 들어갔다

15년간 산야를 떠돌며
산야에 환해졌다

백계산 옥룡사 마루에 지팡이를 걸쳐두고
아침저녁 머물렀다
35년간 그곳을 떠나지 않았다
동리산문 제2조(祖)로
몇천의 산중 제자
몇만의 들녘 제자가 모여들었다

작은 도선들이

여기저기 나타났다
큰 도선
송악산 일대에서
새 세상을 펼칠 기운이 일어남을 알았다

끝나기 전에 끝날 줄 알았고
오기 전에 올 줄 알았다

그의 풍수 일어이폐지
자연과의 합일
자연에 작은 인위를 더하여
낮은 데는
탑 올리고
높은 데는 낮은 곳에 탑 세워 좀 낮추었다

한 뼘의 땅도 마음이고
한 나라의 운도 끝내 땅의 일이거니와
탱자나무에 귤이거니와

8월 15일

1945년 8월 15일 저녁
저녁노을
하늘 모두 불타고 있다
한 미치광이가 지나가고 있다

한 미치광이가 지나가며
혼자 중얼중얼 염불하고 있다

더 가까이 가 들어보니

조선아
조선아
조선아
이제 왔느냐
왜 이제 왔느냐
조선아
조선아
왜 이제 왔느냐
너 어디 갔다
이제 왔느냐

1945년 8월 16일 아침
어제의 그 미치광이 다시 나타나
혼자 중얼중얼 염불하고 있다

조선아
조선아
조선아

너 어데로 가느냐
조선아
조선아
너 가지를 말어라 가지를 말어
남녘에도
북녘에도
동에도 서에도
네 갈 곳 없으니 가지를 말어라
가지 말어

그린 태극기 들고 나온 아이들이 떠들어댄다
저기 미친 영감 간다
미친 영감 간다

금우스님

천수경도 외우지 못하는 선사
반야심경도
그 몇마디도 외우지 못하고
웅얼웅얼
따라서 소리내는 선사
금강경을 펼치면
꾸벅꾸벅 졸기부터 하는 선사

그런데 좌선 하나는 그 소궁둥이 뚝심 따를 수 없다

그 좌선 말고도
그 덩실덩실 노새 뒷다리 춤 하나
그 누구도 흉내낼 수 없다

방선하자마자
법당에 나타나
기우뚱기우뚱

이것이 내 예불이여
점심공양 발우 펴기 전
큰방에 나타나
덩실덩실

이것이 내 대중공양 오관게(五觀偈)여

어디 동서남북뿐이랴
시방세계
다 드러나
덩실덩실 기우뚱기우뚱
이것이 내 대오각성이여

앉으면 돌부처
일어서면
대들보에 부딪친 머리 혈처(穴處) 뚜껑 열린다

가을 잎새 지는 날
저 잎새 춤 흐드러져
너울너울

이것이 네 왕생이여

무공

팔공산 동화사 금당선원 염화실
석우(石友)노사
열반에 드셨구나

누구한테
누구한테
누구한테 잔소리한 적 없고

언제나 그늘 이끼인 듯
언제나 삼라만상 잠든 뒤
스무사흘 스무나흘 달인 듯
언제나 가장자리 풀 끝 이슬인 듯
언제나 늦가을 잠자리인 듯 죽은 듯 산 듯
그런 노사
홀로 오래 흠모하던 수좌 무공(無空)

석우노사 시신 모신 빈소의 위패 앞에 나아가
위패 상좌가 된 무공

세상 떠난 스승을
산 스승으로 모신 무공
이승과 저승이 전삼삼후삼삼(前三三後三三)
한세상인 무공

삼년상

삼년상이란 무엇이뇨
어버이 몸에서 태어나서
3년 동안
어버이의 극진한 사랑으로 자라난 은혜
그 3년의 사랑을 갚는 셈이뇨

삼년상

아버님 묻고 나서
아버님 무덤 밑
여막(廬幕) 짓고
여막살이로
아버님 무덤 돌보고
3년 뒤 탈상
아버님 무덤에 곡하고
여막 허물고 내려왔다
내려오며
아이고
아이고
그칠 줄 모르는 곡성으로
3년 만에
집에 돌아왔다

의병 총대장

바야흐로
수도 한양에 진주한
왜군을 쫓아낼 총공세 앞두고
아버님 부음을 듣자마자
총대장직 작파하고
집으로 가
호동그라니 상주가 되었다
아버님 빈소를 지키며
아이고
아이고
아버님 장례 뒤
여막 짓고
아이고
아이고

그사이 팔도 의병 흩어져
혹은 만주로 가고
혹은 도망쳤다
효와 충 무엇이뇨
충과 효 무엇이뇨

설석우

원효의 46세손
설총의 45세손
설태영
그이가 뒤늦게 머리 깎고 금강산으로 가니
돌의 벗
석우가 되었더라

풀 뜯어오너라
풀뿌리 캐어오너라
나무껍질 벗겨오너라
나무열매 따오너라 따다 말려라

떠돌며 약방 심부름 잘도 하였더라
그리하여 조선 삼남
온갖 풀
온갖 뿌리와 열매
모르는 것 없더라
어느날 내가 누구인고
내가 무엇인고
하고 가슴에 칼이 박힌 듯
누웠다가 벌떡 일어나서
그길로
북으로
북으로 가

금강산 장안사에 들어갔더라
서른여덟살
장안사가 번거로워
그 위쪽
영원암에 올라가
20년을 내려오지 않았더라

남으로
남으로 가
남해 해관암에서 바다를 내려다보았더라

이 산
저 산에서
호랑이 흉내
코끼리 흉내
용 흉내
잉어 흉내
봉황 흉내 자자했으나
순 벙어리인 듯 입 다물고 하루하루 지냈더라

괜히 비구승단 종정에 추대되었다가
어언 세상 인연 다하여 이런 노래 부르고 눈감으며 읊조렸더라

건곤을 모아 주머니에 담아 밖에 던져버리고

일월을 지팡이에 꿰어 소매에 감추고
한 종소리가 나니 구름이 흩어지고
일만 청산이 석양 같구나

누가
괜스레 벙어리가 입 열어 헛소리를 보태는고 하고 서름히 투덜대더라

이별가

스승 경허가 노래하였다

북녘바람 위 높이 뜬 큰 새의 뜻은
변변치 않은 데서 몇해나 묻혔던고
이별은 예사라서 어려운 것 아니언만
뜬 삶 흩어지면 또 만날 때 있을 건가

제자 한암이 노래하였다

서리 국화 설중매는 겨우 지났는데
어찌하여 오랫동안 모실 수 없었느뇨
만고에 변치 않고 늘 비치는 마음달
쓸데없는 세상에 뒷날 기약 무엇하랴

그렇게 헤어져
스승은 북으로 가고
제자는 남으로 갔다 아름다운 그날이었다

다시 만나지 않았다 이 세상은 도무지 꿈밖에서 길지 않고
꿈속에서 길지도 짧지도 않다

사치

길 돌아서면
비석이 있다
길 돌아서면
또 비석이 있다
또 비석이 있다

조상의 무덤
부모의 무덤 비석
가문의 위세였다

숱한 양반들
조상의 무덤 비석
더 큰 것으로 바꿔 세웠다

숱한 백성들까지
집 팔아
조상의 무덤 비석 세웠다
마침내 비석 금지의 명이 내렸다
한동안
새 무덤에는 비석 없어 멋쩍었다
그러다가
지상의 비석 대신
지하의 묘지석
지하의 비석 묻히기 시작하였다

겉은 맨무덤인데
밑은 저승 장엄

지난 폭우로
전북 완주군 고산 감골 뒷산
2백년 전 묘지석 드러났다
문화 유씨 부인의 묘지석
전남편 서태운
후남편 박건모
두 남편 이름도 새겨졌다
그 남존여비의 시대
그 위선의 시대
못내 이리도 담대하시고 정직하셔라

길이 이실직고하셔라

어느 해서

강원도 명주군 보현사 낭원대사 탑비
충청도 중원군 정토사 법경대사 탑비
그 탑비 글씨 뵈오러 갈거나
그 탑비 글씨의 넋 뵈오러 갈거나

성도 없는
순 쌍놈 출신
어찌어찌 성 하나 얻어
구씨 성 하나 얻어

구족달(仇足達)

그의 해서(楷書) 글씨 그 누구도 따를 수 없다 하거니와
저 당나라 구양순을 능가하고
저 고려초 최언위가 탄복하였다 하거니와
한 시대가 가고
한 시대가 오는 난국

하나는 가야산으로 들어간 최치원
하나는 견훤 막하로 들어간 최승우
하나는 왕건 막하로 들어간 최언위
이 신라 육두품 갈림길 저 밑바닥
하루 한끼 천민의 핏줄에서
솟아난 붓의 봉오리

옷깃 여미고 갈거나
두 손 접고 갈거나
도끼로 찍어내듯 날카로우셔라 서슬지셔라
갖은 고초 갖은 주림 이겨낸 힘
뜨거우셔라
뜨거우셔라

바야흐로 이 시대는 불상도 철불이고 석불이셔라
구족달의 해서 한폭
과연 청련(靑蓮) 폭포 삼천척*이셔라

*청련은 이백(李白)의 별호. 폭포 삼천척은 이백의 시 '비류직하삼천척(飛流直下
三千尺)'에서 따옴.

박제가

18세기 조선 실학의 실마리는
자아이다
그런데 조선 실학
박제가는
타아이다

우리나라 땅이 중국과 가깝고
우리나라 음성이 중국과 같도다
그러매 우리말을 다 내버린다 할지라도
안될 것 없도다
버린 뒤에라야
오랑캐라는 수치를 면하고
몇천리 땅이 두루
주·한·당·송의 기풍을 가질 것이로다
어찌 통쾌하지 않겠는가

이런 타아를 전승하여 마지않으니
1930년 이광수
앞장서서
내 이름
내 넋 다 바꿔
일본인이 되자 하였다

1945년 10월

왕년의 수원 애국반장 키무라 마사히꼬
본명의 박우희로 돌아갔다가
미 군정청 민사처 간부로 되었다
민사처 조사과장
에드먼드 존 대위 이름 따다
에드먼드 곽이 되었다
아흐 자아는 허울이고
타아는 본색이로다

이제 알겠느냐 이 불쌍한 자아들아

허수아비 옷

허주(虛舟)선사

빈 배 어디로 가려우
빈 배
노도 삿대도 없이
어찌 가려우

허주선사

전주 덕진 논에 들어가
빈 논 허수아비한테 다가가서
허수아비 걸친 누더기 벗겨냈다
제 누더기 기우려고
한 자락을 벗겨냈다
그것을 본 주막 할멈 핀잔하기를
대사 그것 벗겨내면
허수아비 양반 어찌하라고 그러시우
더러 잘못도 있어야지
아이고 내가 잘못했소 하고
벗긴 한 자락 다시 입혀주었다

어디로 가려우 허주선사

원담

고향이 어디냐고 묻지 마
부모는 누구냐고 묻지 마
처음부터 덕숭산 수덕사
그 소나무숲 속
아기중이야
아기중 원담(圓潭)

벽초의 상좌건만
벽초를 섬길 겨를 없었다
만공의 시봉 노릇
만공의 숨결
만공의 잠결
만공의 꿈결밖에 통 몰랐다

오직 만공이 오라면 오고
오직 만공이 가라면 가다가
이따금 만공 시늉
허허 덕숭산중 두 만공이로다

허허 덕숭산중 두 만공 메아리로다

마의태자

아버지 김부(金傅)
그 아들 김일(金鎰)
아버지 경순왕
그 아들 마의태자

신라의 왕 경순왕이
고려의 왕 왕건에게 항복하러 가는 길
신라 서라벌에서
천릿길
송악산 개경까지
그 항복행렬 30리에 이어진다
신라 문무백관
신라 궁중 이것저것이 35리에 이어진다
산마다 골마다
신라부흥당
신라독립당이 뭉쳐
신라 항복불가를 외치므로
그들을 진압하며
왕의 항복행렬 40리에 이어진다

이 행렬에
태자 김일은 없다
아바마마
어찌 천년사직을

하루아침에 남에게 내주려 하시오니이까
통촉하소서
통촉하소서
불초 소자는
아바마마의 어의 따를 수 없사오니이다
불가하오니이다
불가하오니이다

그날밤 젊은 궁수와 젊은 검객 이끌고
궁궐을 빠져나가
산 넘고 물 건너
신라독립당을 만들었다

덕주산 산성을 보수하고
산채 진영 강화
백성이 따랐다
그러나 진압관군과 맞붙고
왕건군에 맞붙다가
끝내 흩어졌다

금강산으로 들어갔다
사흘 낮밤을 울부짖어
칼을 묻고
갑옷을 벗었다

삼베옷 입고 머리를 깎고
방갓을 썼다 염불삼매에 들어갔다

덕주산 덕주사
그곳에 가면
서로 마주보는 암벽
두 마애불이 마주본다
일러
오빠 마의태자 미륵불
누이 덕주공주 미륵불

그뒤 마의태자는
금강산 떠나
북으로
북으로 가
여진 부족을 뭉쳐
금나라를 세우니
금나라 금씨가 곧
신라 마의태자 김일의 김씨를 시조라 하더이다 참말일까

만공의 상당법어(上堂法語)

만공의 시뻘건 가사가 불타올랐다

옛날 옛적 어느 도적놈이
유정(有情) 무정(無情)
다 부처를 이룬다 했거니와
여기에 한마디 일러보아라

대중이 조용하였다

난데없이
법상 밑에 앉아 있던
어린 원담이 벌떡 일어서다 입을 열었다

구정물 바가지가 두 개나 됩니다

만공이 큼! 하고 입을 열었다

그 구정물 바가지 어찌하려느냐

원담이 할(喝)! 하니
만공이 주장자 들어
원담의 대가리를 세 번 쳤다
원담이 삼배하고 물러났다

야 이놈아 오늘은 구정물로 배부르구나 하고 만공이 덧붙였다

바로 이날 이 시각
예산 닷새장터
상투쟁이와
상투쟁이 싸움이 벌어졌다
상투 하나가 풀어지고
적삼이 찢어졌다

야 이놈아
야 이놈아
이놈의 자슥
느에미 씹 붙어먹은 놈아

칼국수 스님

어디서 범이 피리 부나
어디서 용이 한가락 읊어내누나
그런 용음(龍吟)스님을 정작 누가 아나
칼국수에 미친 스님
칼국수 잘 만들고
칼국수 잘 먹는
칼국수 스님이라야 다 알지

아
그 칼국수 중
아 그 칼국수 스님

금룡사 강단
권상로
안진호와 동문이렷다

괜히 수덕사로 가더니
경학을 내버리고
만공의 선방에 잠겨버렸다 이 무엇꼬

본디 산중 절간
국수 하는 날
떡 하는 날
두부 하는 날

그날이 비로소 중이 웃는다 하여
3소 또는 승소(僧笑)라 하지

만공 회상에도
1944년 해방 직전 한해 동안
만공 조실 이어받아 칼국수 스님께서
수덕사 조실이 되었지

칼국수 조실이라면 모르는 사람 없었지
용음 대선사는 모르지만
칼국수 노장이라면 모르는 딱따구리 모르는 다람쥐 없었지

상좌 몇이 있었으니
그들도
칼국수 상좌라 하였지
큰 칼국수 상좌
작은 칼국수 상좌라 하였지

용음스님을 누가 아나

구미호

조선 순조의 처남 김좌근
일러 장동 김씨
장동 김문(壯洞金門)
대궐은 겉궁(宮)이요
장동 김문은 속궁이라
천하의 벼슬은 다 쥐어버린 김좌근
천하의 재물은 다 모아들인 김좌근
이 김좌근 대감에게는
혼을 다 빼는
나주 기생 양씨 소실 계시나니
왕 위에
좌근
좌근 위에
양씨라

왕의 앞에도 있고
왕의 뒤에도 있는 좌근이면
좌근의 앞에도 앉고
좌근의 뒤에도 앉아 있는 소실 양씨라

한걸음 나아가
영의정
좌의정
우의정 삼정승도 좌우하고

지방수령 자리
궁중 내명부 자리 좌우하는
소실 양씨

조선 명산의 산삼과 호피 다 모여들고
조선의 금은보화 다 모여드나니

한걸음 나아가
새로 지은 소실 거처가
떨거둥이 본부인댁보다 곱절이 컸다
그 마당마다
그 곳간마다
으리으리한 부담롱들 채우나니

그 소실댁 개들은 날마다 고기 먹나니
2천만 백성 거의가
굶주리고
굶주려 죽어가는데
길가에 송장 널려 있는데
그 소실댁 노비 무려 1백명
양씨의 꿈은 이것으로도 차지 않아
아예 대궐을 차지하고 싶었나니

허나

보부상 임자동의 한쪽 다리

동무님은 북관 함흥보(褓)이시구
나는 남도 갈재 너머 나룻길이구랴

숫고개 봉놋방
하룻밤 함께 자고 헤어지며
웃적삼 바꿔입고
서로 먼 길을 빌어 마지않았다
보부상 두 사나이
무거운 짐으로
뒤돌아다보고
뒤돌아다보고 씽긋 웃어 보였다

등짐에는 소금 담배 건어 해조류
도자기 질그릇 체 등속
봇짐에는 화장품 장식품 세공품 잡화 등속

보부상 사나이 규율 지엄타
여자의 짚신짝 넘지 않을 것
거짓말하지 않을 것
행패부리지 말 것
음행하지 말 것
도둑질하지 말 것
여기에 더하여
신용을 생명으로 삼아야 한다

그래서
보부상 조합 상무사에서는
각자에게 돈 꾸어줄 때
아무런 증서도 받지 않는다
만약 금령을 지키지 않을 때는
금세 사발통문 삥 돌려
붙잡아다 치도곤

과연 불효자는 매 50대
불경자 40대
폭리죄와 남의 이익 방해죄 20대
동료 간병 피한 죄 30대
주색잡기 20대
회의 불참자 10대
특히 도둑질과 강간은 멍석말이로 죽여버린다

나라가 위급할 때는
의병이 되고
왕실 양식 댄다
경복궁 재건 동참은 물론
나라의 급보 파발마로 뛰었다
나라의 세곡도 걷고
나라 잃은 뒤로는
독립자금도 걷었다

그러나 한말 만민공동회 독립협회에 맞서
어용 황국협회 폭력배가 된 적 있다
아니 동학란 때는
동학도들을 밀고한 적 있다

1949년 여름
경기도 수원 팔달문 밖
임자동이 다리 하나가 없다
두 아들 불러놓고
유언을 남겼다

일태야
일성아
이 아비의 다리 하나 없어진 사연인즉
강원도 홍천장에서
50년짜리 산삼을 훔친 죄가 드러나
상무사에 불려가
멍석말이로 두들겨맞은 나머지
한쪽 다리가 잘려나간 것
일태야
일성아
너희는 굶어죽어도
남의 물건에 손대지 말거라

또 한가지
너희는 굶어죽어도
너희 자식들이 굶어죽어도
속이는 장사는 하지 말거라
속이는 것이
가장 큰 죄란다

지난날의 보부상 임자동
조선팔도 그 어드메도
그의 발 디디지 않은 곳 없다
평안도 묘향산 가는 길
구장읍내
우물이 서른넷이나 있는 것
훤히 알고 있다
그의 머릿속
거기에는 조선팔도가 다 들어 있다
그런 임자동이 3년 전 몸져누워
오늘 눈감았다

일년 뒤에는 전쟁이 날 텐데
그 일년 전
오늘 한 사람이 편안히 눈감았다

가야산 효봉 법어

큰 소리였다
서래(西來) 달마 이래
큰 소리였다

아기 효봉이 사자 효봉이 되었다
봄바람이 태풍으로 바뀌었다
이 큰 소리
어찌된 노릇인가

가야산 해인사
상당법어

괜스레 무슨 마음 일으켜
저 설산에 들어가
6년 동안 잠자코 앉아
무슨 짓을 했던고
오늘밤 샛별 보고 도를 깨쳤다 하니
도란 무슨 물건이며 깨달음이란 또 무엇이던가
부처란 청정법계를 더럽힌 미친 도적이요
부처란 생사고해에 빠져 있는 죄인이로다
왜 그런가
법계는 본래 청정 평등한데
어찌 육도 차별을 말하였는가
어찌 일체중생

모두 다 위없는 큰 열반에 들어가거늘
어찌 생사에 윤회한다는 법 만들어
중생으로 하여금 의혹을 내게 하였더란 말인가

오늘 이 산승(山僧)이
석가모니 부처님을 대신해서
대중 앞에 참회하리니
대중은 받아들여 용서하겠는가

잠시 뒤 한마디
이제 부처님의 죄과는 다 없어졌도다

6·25 전년 저 지리산과 달리 태평천하 가야산중

차근호의 잠꼬대

이 위인의 잠이란
순 잠꼬대였지
밤새도록
아침이 되어
눈뜰 때까지
잠꼬대였지

잠꼬대라는 것이
숙자씨
순자씨
그런 것이 아니라
오로지 작품에 관한 것
작품 구상
작품 계획
다른 사람의 작품 평가
그런 예술독백 예술잡담이었지

작업실 장의자가 그래도 침실이라
그 장의자에서 자다가
굴러떨어져
작업실 바닥에서도
그대로 잠꼬대 이어갔지

이제 자꼬메띠는 넘어서야 해

아니 한국의 윤효중도 낡았어
새로운 시대의 조각
새로운 시대의 초상이란
이전의 뭣을 모방하지 않는 거야
나는 누구냐
나는 뭐냐
나의 예술은 어디 가느냐 어쩌고저쩌고

이런 잠꼬대로 잠을 자고 나면
하루 내내
거의 입을 열지 않았지

어쩌다 내뱉는 말 몇마디는
늘 날이 섰지
면도날
섬뻑 피가 날 만큼
오싹하는 저주도 조롱도 박힌
말이었지

당신은 속물이나 벼슬아치와 어울려
저쪽으로 가구려 어쩌고저쩌고

50년대 말
광주 상무대 을지문덕상

논산 연무대 동상
육사 화랑기마상

4월혁명 뒤
4월혁명 묘지 기념조상 공모에
낙선한 것으로
음독
치료받고 살아난
4일 뒤
다시 음독
세상을 떠났다

죽어
영원한 잠꼬대였지

매국노 조중응의 두 부인

순종 때
법부대신 조중응
한일합방조약 앞장
정미7적 중의 하나
자작 조중응

59세 일생을
일본 가서
일본 여자 미쯔오까(光岡)를 아내로 맞았다
본부인 최씨가
우부인이고
일본 부인이 좌부인

조중응이 죽자
미쯔오까는
남편 있을 때 우부인과 의좋았고
남편 죽은 뒤
홱 돌아서서 일본인 거리 신마찌(新町)로 가버렸다
이제 나는 한 사내의 계집이 아니다
요정 가오루를 개업
밤마다 일본 사내한테 간드러지고
낮에는 늘어지게 잤다 가운(假運) 뒤 본운(本運)이라

회광

회광을 아는가
회광불(晦光佛)이
회광적(晦光賊)이 되고 만 것을 아는가
조선팔도
뜨르르
뜨르르
조선팔도 절마다
회광 설법은 부처님 설법 다음이던 것을 아는가
그 조선불교중앙종무원장 이회광
일본 조동종과
조선불교 합종을 은밀히 체결하고 돌아온 것을 아는가
이것이 알려지자
조선불교
조선 산중이 발칵 뒤집힌 것을 아는가
박한영
진진응
오성월
한용운 들이 뭉쳐
조선불교 임제종을 부랴사랴 내세운 것을 아는가

10년 뒤
또한 일본 임제종이
조선불교 합병을 꾀한 것을 아는가
몇해 뒤

일본 조동종이
조선불교 31본산을 손아귀에 넣으려 한 것을 아는가
총독부 조선인 관리 김대우가
오대산 월정사 지암에게
이 음모를 알리자
아니된다 아니된다
조선불교 31본산 주지회의 소집
조선불교 총본산을 짓기로 한 것을 아는가
정읍 차천자(車天子) 천제각 11전(殿)을 사들여
서울 수송동에 옮겨 지으니
이것이 태고사
이것이 조계사가 되어
이것이 오늘의 조계종이 된 것을 아는가

회광의 말로를 아는가

이대의

삼밭의 삼대인 양 훤출하시다
입은 말하라고 달렸고
눈은 여기저기 보라고 달렸고
코는 자다가도
큼큼 냄새 맡으라고 달렸다
그 귀는 누가 뭐라 하는가
다 들어야겠다고 쌍으로 달렸다

이대의 스님

성큼성큼
계룡 갑사 숲속
이대의

거기에 계룡 도인 1백여명을 모아놓으니
무슨 교
무슨 교
무슨 도
무슨 회 도인들에게
돼지머리 푸짐한 안주에
막걸리통을 대령하니
한잔 술에 거나한 도인들
계룡산 통합불법 이루기로 합심하였다

그러나 도인들 돌아간 뒤
도로아미타불이 되고 말았다
그래도 낙심하지 않고
곧 모여들 게야 하고
혼자 중얼거렸다

양더러 염소라 하고
염소더러 양이라 하고

혼자 걸어가며
혼자가 여럿이 되어
주거니
받거니
핏대 올리다
허허 웃다 하며
입은 말하라고
달려 있다

자다가도 입 열어
무어라
무어라
잔소리 늘어놓았다

이대의 스님

두 호주머니에는 다발돈이 잠들어 있다
아무한테도
땡전 한푼 주지 않았다
오직 누구한테 주는 것은 잔소리뿐이었다
이 소리
저 소리뿐이었다

세상의 가랑잎들 가만히 비에 젖는다

1893년 만공 23세

젊으나 젊은 만공
동짓달 초하루
충청도 조치원 들녘의 한 움막
오다가다 만난
어린아이와 함께 묵었다

아이의 눈빛에 서리가 돋았다
돌연 이 아이의 입이 열렸다

모든 이치가 하나로 돌아간다는데
그 하나는
대관절 어디로 간다 합니까

이 아이의 물음에 꽉 막힌 만공의 깜깜절벽

두 사람 모두 저녁을 굶었다

신라 당나귀왕

『삼국유사』에는 사랑방 당나귀 임금 이야기도 있더라

임금님 귀가 당나귀 귀로
쫑긋쫑긋 달려서
그 귀 숨기느라
긴 두건을 써 감추었더라
두건을 지은
두건장이는
임금님 귀 당나귀를 말하지 못하다가
한밤중 대나무숲에 들어가
대나무숲에 대고

임금님 귀는 당나귀 귀
임금님 귀는 당나귀 귀
실컷 말하였더라

그랬더니 그 대나무숲도 못 참았는지
소나무숲에 대고 말하고
소나무숲이
참나무숲에
참나무숲이
뽕나무 울타리에
뽕나무 울타리가
지나가는 사람들에게 말하였더라

온 나라 사람들이
임금님 귀는 당나귀 귀를 말하였더라
이 당나귀 임금이 바로 경문왕

이 왕은 본디 성골도 아니건만
선왕 헌안왕 앞에 나아가
바른말 세 마디
임금의 눈에 들어
부마가 되었더라

두 공주 가운데
첫째 박색
둘째 미색인데
첫째 박색 공주를 청하니
과연 내 사위로다 갸륵하도다
하여
뒷날 왕위까지 이어주었다

그런데 왕위에 오르자마자
왕비를 내쳐버리고
둘째 미색 공주를 냉큼
새 왕비로 맞이하여
두 아들을 더 낳았더라

첫 왕자가 헌강왕
둘째 왕자가 정강왕
그도 모자랐던지
공주 하나는
진성여왕으로 앉혔으니

아니 그것도 모자랐던지
미색 궁녀 취하여
아이를 낳으니
그 아이를
여왕이 죽이려 하자
멀리 보내어
절간 아이로 살려내니
그가 나중의 애꾸눈 궁예였더라
태봉국 임금
미륵화현
궁예였더라

허풍선이

흥부전
흥부네 박 속 보아라
흥부네 박 속 보물 보아라

보물 1호
발에 신고 내달리면
단숨 천릿길 가는 축지 미투리 한 켤레

보물 2호
머리에 쓰고 돌리면
회오리쳐
백두고 곤륜이고
단숨에 오르는 회오리 상모

보물 3호
저고리 위 덧저고리로 겹쳐입으면
이승과 저승 마음대로 오가는
나찰 배자

이런 보물 하나 없는 허풍선이 홍귀남이
어느날 콧구멍 후비다가
큰소리치기를
주막 공술에 취해
큰소리치기를

옛날 달마라는 허깨비가
갈대 한 줄기로
장강 하나 건넜다지만
나는야
억새 한 줄기
입에 물고 헤엄치면
작약도에서 곧장
바다 건너
중국 산동성 등주에 이를 것이야

어느날 그 홍귀남을
큰소리에
큰소리에 넌더리난 인방섭이가
연안부두 저녁 밀물에
밀어넣었다

한뼘 헤엄은커녕
짠물만 헉헉 삼키고 가라앉았다
떴다 가라앉았다
어디 중국에나 가 태어나시게 이 허풍선아

한참 뒤
인방섭이

물속에 들어가
뻗은 홍귀남을 건져올렸다
물배를 눌러
쿨럭쿨럭 물을 내뱉게 했다

어디 십만팔천리 밖 귀신고래로나 태어나 드넓은 창해 오고 가시게
이 허풍선아

다시 운부

금강산 장안사 위 지장암에
운부가 있다
금강산 정양사 암굴에
운부가 있다

그 가슴속 허공에 무엇이 들어 있다
일흔살 운부의 꿈
장차 중국천하 정벌의 꿈이 들어 있다

송나라 유신 왕조(王藻)의 후예
조선으로 건너와
금강산 중이 되었다
운부

천문(天文)에 통
지리(地理)에 통
인사(人事)에 통

조선팔도 산중의 중들이 호응하여
운부의 휘하에 들었다
조선의 이씨 왕조를 뒤엎고 나면
왜를 조복받고 나면
이윽고 중원정벌에 나서
3국을 1국으로 만드는 꿈이 들어 있다

제자 옥여 일여 묘정 등에게
운부 술법을 전수
팔도 승병과
장길산 민초들을 아울러
조선 대궐을 접수할 꿈이 들어 있다

조선 왕을 진인(眞人) 정씨로 세우고
중국 왕을 진인 최씨로 세울 꿈
동양 삼국 국사(國師) 왕사(王師)의 부푼 꿈이 그 허공에 들어 있다
바야흐로 무르익은 혁명의 꿈이 들어 있다

그러나 운부의 큰 꿈은 꿈으로 뚝 멈췄다

사전 발각된 산중은 쑥밭
장길산과 그의 기병 5천은
압록강 건너
옥수수밭으로 사라져버렸다 영영 돌아오지 않았다

금강산 못미처
단발령
그 고개 너머 오막살이
거기 운부 따르던 자
변희강 거사가 살아남았다

2년 뒤
3년 뒤
그가 스승 운부를 사칭하다가
포졸에게 오라 받아
매 서른 대 맞고
쭉 뻗어버렸다

그가 살던 오막살이
두 딸깍발이
거지 내외가 신방 꾸며 살았다
비 와도 좋다
눈 와도 좋다
마당에 싸리비 한 자루 누워 있다

운부의 꿈 어디 갔나

김상덕

1891년 섣달
그는 가야의 땅에서 태어났다
나라가 기울어갔다
기울어가며
세계가 밀려왔다
서울 유학
일본 유학

동경 2·8 독립선언 주도
일본에서 조선청년독립단 주도 투옥
중국 상해로 건너갔다
망명생활

상해 프랑스 조계(租界)
임시정부 선전위원으로
모스끄바 동방혁명대표자대회 참가
상해 국민대표회의 개조파(改造派) 참가
재만(在滿)농민동맹 책임비서
그러다가
중국 내륙 한국독립군 참모
임시정부 의정원 의원
임시정부 문화부장

1945년 늦가을 임시정부 귀국단으로 돌아왔다

고향 고령에서 출마
재헌 국회의원
반민족특위 위원장이 되었다

친일파 재벌 박흥식
친일파 문인 최남선 이광수
친일파 최린
친일파 악질 경찰
친일파 악질 관리 등을
가차없이 체포
에그머니나
에그머니나
이때부터 자오선 꽉 기울어
친일파는 어느새 이승만의 반공파가 되어
빨갱이 죽여라
빨갱이 특위 죽여라
색깔 반격 색깔 작전 개시

반민특위 사무실이 대낮에 습격당했고
반민특위 위원장은 한밤중에 협박당했다

김상덕은 1950년 북으로 끌려갔다

나의 길은 내가 만들기 전에는 없는 길이다

그 길 끝
나의 조국이 있다

북으로 가는 트럭에 실려서
미군 공습을 피해
밤에는 전조등 꺼버린 칠흑 속 가며
그는 중얼거렸다
이 길 끝 어딘가에
나의 조국이 있다

그러나 그의 조국은
어디에도 없었다
조각달 밑에서 울었다

두 진인

조선
임진왜란
병자호란 이후에는
나라 곳곳에
새로운 세상을 꿈꾸는 떼거리들이 생겨났다
그런 떼거리 씨를 말리는 나라임에도
그런 떼거리 씨가 마르지 않았다

서로 의형제를 맺었다
서로 동일동시 사생계(死生契)를 맺었다
서로 정씨(鄭氏) 세상
가섭 아난
문수 보현
협시보살을 맺었다

저 남녘에
자칭 진인(眞人)
정씨와
최씨는
둘이 죽이 맞았다

장길산 부대 기병 5천이
쫓기고 쫓겨
압록강 건너

청나라 봉금(封禁) 땅으로 숨어버린 뒤

한동안 조용조용하던
나라 곳곳에
다시
새 세상을 꿈꾸는 떼거리가 고개들었다

자칭 진인 두 사람
정씨
최씨
조선 이씨 왕조를 끊고
청나라 여진 왕조 끊어
정씨는 조선 황제
최씨는 중국 황제가 되기로 약정하고
떼거리들을 모았다
온갖 잡새들 천둥벌거숭이 장돌뱅이들을 모았다

남의 지리산 노고단 밑에도 모이고
북의 구월산 극락봉 밑에도 모였다

일러 그 진인부대가
군량을 위해서
해주 관아를 섣불리 노리다가 들통나니
새 세상 꿈은 그만 일각에 사라져버렸다

허나 정감록 비결이사 그러거나 말거나 새 세상을 기다렸다
한자 한 획을 떼어서 해석하고
한자 두 획을 붙여서 해석하면
동이 서가 되고
남이 북이 된다
서가 동이 되고
북이 남이 된다
암 되구말구 새 세상은 그런 세상이구말구

정씨
최씨 사생계 그대로
도망길 새재
서로 핏줄 끊어 피 쏟고 죽어갔다
새 세상이구말구

그 스님

대둔산에서는 홍인스님
영암 도갑사에서는
무각스님
동으로 동으로 가서
통영 미륵도 용화사에서는
일오스님
지리산 은적암에서는
초월스님

그런데 그 스님들이 사실인즉 한 스님이셨다
낮에는 드르렁드르렁 골방에서 잠자는 스님
한밤중에는 절마당 돌며
보선(步禪) 삼매에 든 스님

북으로 가더니
오대산 중대에서는 무명스님이라
그 암자 나무꾼하고 함께 살며
낮에는 잠
밤에는 부엉이 참선이던 스님
그곳에서는 이름도 없는 스님

어느날 아침
나무꾼더러

나 가네
하고 눈감았다

나무꾼이 울며불며 송장을 태웠다
그날밤
죽은 스님이 꿈에 나타나
내가 나무 몇짐 해놓았으니
며칠 쉬거라

다음날 마당에 나무 서너 짐이 쌓여 있었다

웃음의 집

태인스님은
세살 때
절에 맡겨져 자라났다

아이 때부터
웃었다
미타전 아미타불상 바라보며
웃었다
겨울 감나무에 달랑달랑 달린
새빨간 감 바라보며
웃었다

잠자다가
방에 들어온 강도 바라보며
웃었다
강도가
그 웃음에 놀라 뛰쳐나가버렸다

태인스님은
서른살 때
절을 맡았다
아이들 받아들여
살강거리는 동승 열여섯을 길러냈다

그 녀석들
아난이
가섭이
목련이
관음이
문수
보현이
미륵이
대세지
지장이

그 녀석들 하나하나도
매미소리 듣고 웃었다
부엉이소리 듣고 웃었다
비 구죽죽이 내리는 날
젖은 멧비둘기 소리 듣고 젖어 웃었다

그 녀석들
천수경 따라가다가 웃었다
반야심경 끝
아제아제 바라아제 바라승아제 하고 웃었다

태인스님
일흔일곱살 때 눈감으니

그 스님 잠든 얼굴
빙그레 웃는 얼굴

그 얼굴 바라보며
그 녀석 열여섯 젊은 스님들
빙그레 웃었다

웃음의 집

죽란시사의 한 사내

정조 초반
자하문 밖 오얏골
오얏 익어
맏며느리 같았다
청상 같았다
그 오얏 맛
초생달 밑 삼단머리 낭자 같았다

거기 젊은이 몇이 모였다

죽란시사(竹欄詩社)

즉흥으로 시를 돌렸다
시를 돌려받고
시를 돌려주었다

오얏 익으니 벗이 오셨네
벗이 오시니 비가 오셨네
비가 오시니 술이 오셨네
술이 오시니 시가 오셨네

누군가가 일어나 술잔 들었다

일년에 네 번

봄
여름
가을
겨울

이 강산 어디에서 만나
이 강산 새소리 벌레소리
물소리
바람소리 들었다
시를 돌려받고 돌려주었다

몇해 뒤
그 죽란시사 못 잊은 한 사나이

여름밤
연못에 배 저어갔다
밤새 기다려서
신새벽
연꽃 피는 소리
그 소리
숨죽이고 들었다

이런 풍류 뒤
그 사나이마저

아직껏 시파 벽파 죽고 죽이는 세상에서
이런 풍류 이어가기는커녕
사도세자 뒤주에 얽혀
쥐도 새도 모르게 사라졌다

멀리 강진 유배의 정약용이 그 죽란시사 동인이었다
아슬아슬하였다

어린 세자 세자빈

상감마마께오서 일년 내내 누워 계시와
상감마마께오서 김종서만 믿어 계시옵고
상감마마께오서 아우 수양이
아우 안평이 항상 걸리시옵고

꽃자국
꽃자국
경복궁 동궁 뜰
모란꽃 흐드러졌다

새도 없었다 쥐도 없었다
귀먹어 괴괴하다

중전마마께오서
일년 내내
궐내 법당에 납시어
상감마마 쾌유기도
백팔배 드리옵고

화초담
화초굴뚝
눈멀어 괴괴하다

열두살 세자

열다섯살 세자빈
오직 천진난만 두 아이만이
모란꽃 옆에서 하품하셨다
열두살이
열다섯살의 치맛자락을 히히히 들어올리셨다
얇은 단속곳이 드러나셨다

야 그러지 마 누가 본다 누가 본다

누가 보아 누가 보아
모란꽃이 보지

이제껏 의젓하게 써오는 궁중말 아닌
궁중 밖 반말이었다

저쪽에서 늙은 상원이 아뢴다
동궁마마
동궁마마 시강(侍講) 시각이옵니다

이런 세자 세자빈이 장차 어떻게 국운 왕운 이어가신다는 말인가

무상

돈황 막고굴의 한 석실에서
그 이름이 살아나왔다
1천 2백년 지나서야
그 이름이 살아나왔다

낯선 무상(無相)

신라 성덕왕 아들이던
무상
일찍이 왕권 다툼 궁궐 떠나
중국으로 건너간
무상

세상 떠나자
보살로 존자로 추앙받은
오백나한
455번째 나한으로 추대된
무상

처음으로
저 티베트에 들어가
선을 가르친
무상

그 산소 희박의 라싸에 들어가
할죽할죽 숨 익혀
그곳 라마 선객들의 스승이 된
무상

마조도일(馬祖道一)이
남악의 제자가 아니라
무상의 제자라는 것
뒤에야 알려지니

동방 구산선문 마조도일의 법맥이야
본디 무상의 법맥 아니던가
암 그렇고말고

이 뭐꼬 똥막대기 이 뭐꼬

호박잎 담배

불씨 묻어
호박잎 가루담배
대꼬바리에 눌러담아
한 모금 들이마신다
들이마셨다가
푸우 내쉰다

그것도 담배연기라고 좀 푸르기는 푸르다

양반 나리 돌아가시면
좌청룡 우백호
남주작 북현무라
그 방위 반푼이라도 어긋날세라

양반 나리 돌아가시면
그런 명산 명당에 묻히시거니와

호박잎 담배나 피우던 무지렁이 상것이야
죽어
그 혼백 들판으로 간다
들판으로 가
잊혀
정월대보름 들불이 된다

그 먹밤
그 백성 먹밤
갑오 남접
을미 남접
하늘 우짖는 들불이 되고 만다

익산 왕궁면 소부자네
왕머슴
도상두 할아범

오늘 머슴살이 생애 마치고
왕궁 들
거기로 묻히러 간다

고이 잠드시라 편히 잠드시라
이제 그 지긋지긋한 남의 집 고용살이 일손일랑 영영 놓으시라

일주문

동래 범어사에 내려가봐
금정산성 넘어
범어사에 내려가봐

방금 범어사 일주문 훌쩍 뛰어넘은 중 하나가
사뿐 내려선 것 좀 봐
이 소문이
다음날로 동래 온천
다음날로 부산으로
그 다음날 대전으로 서울로 퍼져나갔다

범어사 일주문 뛰어넘은 중 하나가
높이 4미터의 일주문
서른다섯살짜리 중 하나가
훌쩍 뛰어올라
일주문 지붕에 섰다가
사뿐 내려선 것 좀 봐

범어사 청련암 양익화상
그 발아래로
전국 무술인들 내공인들 모여들어
청련암 도량은
온종일
뛰어오르는 놈

뛰어내리는 놈
날아오르는 놈
날개 펴
내려앉은 놈으로 심심하지 않았다

몸의 자재는 마음의 집중 그것

저 봐
저 봐
허허 저 봐

오직 양익화상 혼자
방문 열어놓고
벌렁 누워 있다
눈감고 누워 있어도
볼 것을 다 보고 있다

저놈 봐
저놈이 어제보다 좀 낫군

백초월 스님

초월
최승
의수
인상
인영
이런 이름들 말고 또 있다

백낙규의 둘째아들 백구국

아명 도수
법명 동조
법호 초월(初月)

14세 지리산 영원사 입산
24년 뒤 명진학교 교장
만주 독립군 11년
상해임정 6년
1919년 이강 김가진 등과 민족대표
그해 투옥
1920년 일본 동경 피검
미치광이 행세로 석방
1944년 피검
그해 청주감옥 옥사

본명
가명
법명 등 20여개로 살았다

만법귀일(萬法歸一)인가
감옥에서 나온 시체 이름
백구국
그럴진대 일귀하처(一歸何處)인가
백구국

어느날 박용래

그대는 저 황하수를 보지 못했는가
하늘에서 내려와
바다로 간다
다시 돌아오지 않는
저 물을 보았는가

이백의 시인가

그대는 이 실개천 물을 보았는가
한방울 이슬
한방울 눈물로 시작하여
내가 되고
강이 되더니
기필코 바다에 이르는
이 아기의 옹알이인 실개천 물을 보았는가
아직 송사리도 둘 줄 모르는
이 어린 실개천 물을 보지 못했는가

고은의 시인가

술 먹은 박용래가
대전 유성온천 냇둑
술 먹은 고은에게 물었다

은이 자네는
저 냇물이 다 술이기 바라지? 공연스레 호방하지?
나는 안 그려
나는 저 냇물이 그냥 냇물이기를 바라고
술이 그냥 술이기를 바라네

고은이 킬킬 웃어대며
냇물에 돌 한 개를 던졌다
물은 말 없고
그 대신 냇둑의 새가
화를 내며 날아갔다

박용래가 울었다 안주 없이 먹은 술을 토했다
괜히 새를 쫓았다고 화를 냈다

은이는 나빠
은이는 나빠

박용래가 울었다 고은은 앞서가며 울지 않았다

제산선사의 뱃노래

이 바다에 그물 펼쳐
이 바다에 그물 펼쳐
이 바다에 그물 펼쳐
이 바다에 그물 펼쳐

여덟 바다 10년
그물 펼쳐
잡아들인 것
나는 놈 위에
뛰는 놈
고기들이 아니라
빈 공중 가득한 달빛이었네

내 가슴 가득한 달빛이었네
훤하여라
훤하여라
내일모레까지
훤하여라

일제 때 금강산 대처승 보월의 상좌였고
해방 후 임석두의 참회 상좌였다
제자를 한놈도 두지 않았다 혼자 훨훨 떠났다

사랑은 시작이다

옛날 진나라 공주
페르시아로 시집가는데
페르시아가 어디던가
거기
저승 같은
페르시아로 시집가는데 다시는 돌아오지 못하는데
호위군 행렬 삼엄하여
저승길 가는데
가마 속 공주
울다
울다
울다 지쳤는데
바로 호위군 사령과 눈맞아

타림분지 야영에서
둘이 도망쳤다

페르시아도 아닌
고국도 아닌
북녘길로 도망쳤다

가다
가다
오아시스 만나

426

그곳 수박밭 일꾼 부부로
사막마을 가시버시로 살아갔다

이로부터
3천 5백여년 뒤
해동 조선
1960년대 후반
재벌 정재동의 막내딸
정호수가
정재동의 운전사 용병구와 눈맞았다

돈 궤짝 들고 도망쳐
온데간데없었다

극비로 수사진 펴
두 연놈을 찾았으나
끝내 찾지 못했다

그들
두 연놈 섬진강 위
천운사 뒤
은적암 지어
거기서 처사로 보살로 살았다

청정거사라
연화보살이라

제법 절공부도 무르익은 듯
저녁 냉갈 자욱하였다
연화보살 웃음이
벌써 초승달에 닿고
청정거사 헛기침에
벌써 촛불 껐다

진묵

동에 사명
서에 진묵

만경 들에서 태어났다
자운영꽃
들에 찼다
일곱살에 전주 봉서사에 들어갔다

변산 월명암
전주 원등암
대원사에 머물렀다
석가여래 화신이라 하였다

주지의 꿈에
신장(神將)들이 나타나
어찌 우리가 부처의 예배를
받아야 하느냐고 꾸짖어
진묵을 부처로 섬겼다

과연 물 위의 제 그림자 본 진묵께서 이르시기를
이것은 내 그림자가 아니다
석가모니의 그림자니라

허나 그 진묵께서는 백성의 갑을병정과 함께 사셨다

막걸리 잡수고
새우젓 찍어잡수니
이판사판 승려들과 등져 사셨다

나 간다
하고 길가에서 앉아 세상 마치셨다
사명은 나라와 놀고
진묵은 마을과 놀았다

나 온다
하고 길가에서 죽었다 살아나셨다

그 오누이

신라 북녘 첩첩산중
송이버섯 따
송이버섯 팔고
산삼 캐어
산삼 내고
그렇게 살아가는 가시버시

본디
서라벌 알천의 오누이였으니
어릴 때
가시버시놀이하더니
오빠가
밭에 나가 일하는 놀이
누이가
부엌에서 밥 짓는 놀이
그렇게 가시버시놀이 뒤
날 저물면
업고
업혀 돌아오더니

누이에게 초경이 오자
떠나자
떠나자
하고 오누이 집을 뛰쳐나갔다

가고 갔다
낮에는
남의 일 해주고
밥 얻어먹고
밤에는
외양간에서 자며
가고 갔다

북으로 갔다
빈 산중
빈 산중을 차지했다

샘물 떠놓고
하늘의 별 우러러
맞절하고
첫날밤에
비로소 몸을 합했다

무 뽑아
무 깎아
한입씩 베어먹고 기뻤다

함께 일어나고
함께 잠들었다

하루가 상피붙어
함께 있어도 모자라 저물어갔다
석달 열흘 상피붙어
함께 있어도 모자라고 모자랐다

선물

1681년 숙종 7년
남녘땅 먼 물길 끝
임자도
하얀 모래로
삥 두른 섬
임자도

1년 내내 2년 내내 무슨 일이 일어나리오
어느날 그 섬 모래밭에
배 한척이 닿았다
해당화 꽃들도 활짝 피어 놀라고
섬사람들도 우세두세 놀랐다

귀신이 타고 온 배다
용왕이 타고 온 배다

벌벌 떨었다

한 사내가 이 악물고
그 배에 올라가 보았다
배 안에는 아무도 없었다
오직 책만이
가득 실려 있었다

한 달 뒤 무안현감에게 알려졌다
가보니
화엄경소초
금강경간정기
대승기신론소
정토보서
대명법수
회현기 등 1백 90권

과연 이는 명나라 평림섭(平林葉)이
애써 간행한 것들인데
바다 건너
조선사람들에게 보내는 선물이었다

뒷날 이 소식 듣고
백암 성총화상께서는
궁중으로 어디로 흩어져간 그것들 한권 한권
기필코 찾아내어
정성껏 베껴내니
15년 뒤 5천판을 새겨 간행하였다

과연 고려 의천의
속장경 간행에 견줄 바

백암 성총스님의 오른손은
그 평림섭 경서를 베껴쓴 나머지
굳어졌고
그의 왼손은
5천판 새긴 나머지
아주 못쓰게 되었다

밥은 상좌가 떠먹여주었고
물은 옹달샘에
엉거주춤 입을 대고 마셨다

늘 웃었다 임자도에 평생 소원으로 다녀와 눈감았다

세월

마을 고샅길
세 아이
소꿉놀이

30년 뒤
하나는 진사이시고
하나는 동지사 일행에
종사했다가
요서땅에서 눈감으시고
하나는 남한산성 산채
부두목이시다

지난날 고향으로부터 너무 멀리 와 있다

춘성

만해용운께서는

산중 괴각(乖角)이시라
상좌도 딱 하나밖에 두지 않았다
상좌도
산중 괴각이시라
승어사(勝於師)
산중 괴각이시라

춘성선사

만해용운이 감옥에 갇혀 계실 때
만해의 「조선독립이유서」를
몰래 받아내어
상해 임시정부 기관지에
보내었다

춘성선사

그는 아직 상좌 하나도 두지 않았다

이불 없이 살았다
하기야
절 뒤안에 항아리 묻어

거기 물 채워
물속에 들어가
머리 내놓고 졸음 쫓는
선정(禪定)이니
기어이 수마(睡魔)를 모조리 내쫓아버렸으니

경찰서에 불려가 신문받을 때
본적 어디냐 하면
우리 아버지 자지 끝이다
고향이 어디냐 하면
우리 어머니 보지 속이다

누군가가
부활을 말하자
뭐 부활
뭐 죽었다 살아?
나는 여태껏
죽었다 살아나는 건
내 자지밖에 보지 못했다
이놈

한밤중에 다 잠들었는데
그는 마당에 나와
돌고

돌며
행선삼매라

신새벽 잠깐만 눈 붙이고
다시 새벽 선정에 새치름히 들어간다 무릇 아지 못거라

빗소리

비 오시누나
비 오시누나

나라 안 온통 가물었을 때
벌써 두 달이나 가물었을 때
꼬박 열흘 밤
눕지 않으시고
앉아서
밤을 새우신 마마이셨으니

그 세종의 밤
비 오시누나
비 오시누나

마마 이제 누워 계시옵소서

빗소리에
3년 전 세상 떠난 중전 혼령의
한마디도 섞여 있던가

이제 누워 계시옵소서

일찬당

어디서 깊으나 깊은 아득하디아득한 하늘
옥양목 빨래 널리는 하늘 만나랴 펄럭이는 하늘 만나랴
일러 심광심(深廣心)

몇십년 동안 먹은 밥알들이
몇십년 동안 먹은
푸성귀들이
생선 살점들이
생선 대가리
생선 눈알들이
돼지고기 익은 살점들이
살아나서
방 안 네 귀퉁이 소리치는 듯하구나

내가 뭣을 하였던가
이제까지 내가 이 세상 위하여
뭣을 하였던가

소루쟁이 잎사귀 하나 섬기지 않은
순 건달 아닌가

지렁이 한마리 벗하지 못하는
순 무위도식 아니었던가

화엄경 십지품
깊고
드넓은 마음 심광심

이런 말 한마디가 어디에 소용 있단 말인가

나는 얼마나 얕고
좁고
오로지 내 몸뚱이 하나만 있어온
얌체 얌심 소갈머리일 따름
순 좀도둑 아닌가

밤중에 혼자 흐득흐득 느껴 우는
노승 일찬당(一讚堂)
낮에는 눈감고 오도송(悟道頌)의 단주(短珠) 의연히 굴리다가
밤에는 혼자
달빛 골짝 울어대는
그 참회

그 참회 26년 만인가
그 새벽 골짝에서 눈감아버렸다

참회 회향(回向)

고무신

1915년 처음으로 고무신이 나왔다
군산역전 경성고무공장에서도
고무신이 나왔다
이 공장에
시인 김광균이 전무로 왔다

나막신 대신
짚세기
미투리 대신
아예
맨발 대신

그 맨발에 고무신 신고
신을 줄 몰라
거꾸로 신고
이쪽에서 저쪽으로 걸어보았다

허허 걸어보았다

한 마을 한두 켤레로 시작했다
으스댔다
큰소리가 나왔다
심씨네 과부도
고무신 신고

비로소 울밖으로 나와
공연스레
이쪽에서 저쪽으로 걸어보았다

소문이 쫙악 퍼졌다
김상덕이가 사다준 고무신이라지
김상덕이가
소 풀 뜯기며
심씨네 과부 밭두렁에 다가가
오늘밤 자시
문고리 걸지 말고 기다리구려
그 김상덕이가 사다준 고무신이라지

김상덕이도
남자 고무신 신고
큰소리친다지
그 뻔뻔한 사내
김상덕이가

우두암

아궁이불 보고 깨닫는 사람 있었지
깊은 사람이
넓은 사람이 되지
넓은 사람이
깊은 사람 되어야 하지
깊거나
넓거나
그 하나로는 섭섭하지
아궁이불 보고
깊고 넓은 사람
넓고 깊은 사람 되어야 하지

어디 아궁이불뿐이랴
화톳불 쬐며
아이고아이고
저 산불 보며
확 머리 쪼개지며
도끼날에 나무토막 빠개지며
깨달은 사람 있었지

1910년 평안도 맹산 산꼭대기
우두암
바람에 용케 날아가지 않는
우두암

거기 용케 날아가지 않는
수좌 하나
부엌 아궁이 군불 때다가
그 불 앞에
확 머리 쪼개지게
한 소식 깨달았지
서른다섯 방중원 수좌

다음날 걸망 지고
쏜살로 우두암을 내려가
우두암 텅 비었다 아궁이도 식었다

방중원 떠났으니
누가 오겠지
누가 와 한 소식 얻거나 못 얻거나
둘 중 하나겠지

우두암 굴뚝이야 심심하면
새 거미줄 열두 줄 열여섯 줄 치고 놀겠지

낮닭

석가의 자비 천오백년
공자의 인 오백년

도무지 말뿐이었다

이 나라는 미움이 너무 많구나
동인이
서인을 미워하고
남인이
북인을 미워했다

아깝디아까운 세월이 미움으로 가버렸다

천오백 계모들 가운데서
세 계모가
배다른 자식을 안아주었다
1만 5천의 갑부들 가운데
두 갑부가
병든 청지기를 살려냈다
굶어
죽어가는 산지기 영감에게
쌀 반 말
보리 두 말 보냈다

이 나라는 온통 내 집안만이 철갑으로 으뜸이라

내 조상에 올릴
제사상 으리으리하고
내 자식에게 남겨줄
문전옥답 풍년 들어
워이워이
새 쫓는 소리 사나웠다

이 나라는 언제부터 언제부터 이웃이 없어졌다
오로지 저 무지렁이 가난만이
오막살이
오막살이
그 초가삼간
옥봉이네와
순복이네
글자 한자 모르는
두레꾼 핏줄 말고는
저 화초담 재실이 어른네한테는
누구하고 나눌
희로애락 찌끄러기도
아무런 이웃 찌끄러기도 쓸데없다

그런 마을에 옥봉이네 순복이네 낮닭 서로 울어주누나

인제 산골

지나간 것은 지나간 것
지나간 것에는
출발이 없노라
지나가지 않은 것은
지나가지 않은 것
지나가지 않은 것에는
출발이 없노라
아직 오지 않았으니
어디에 출발이라는 것 있겠느냐

지금 지나가고 있는 것은
지나가고 있는 것
지나가고 있는 것에는
출발이 없노라
이것도 이미 지나가고 있기 때문이노라

그러므로 어떤 것에도 출발은 없노라
출발하지 않은 것은
지나갈 수 없노라
그러므로 어떤 것도 지나가지 않노라

일체가 공하노라
공도 공하노라
이런 용수보살의 큰 담력으로

중관(中觀)이 있는가 하면
중관이기보다
극관(極觀)이 있는가 하면

강원도 인제 화전골 아낙
방금 옥수수
한솥 쪄내니
다섯 아이
우르르 몰려들어
하나씩 둘씩 들고 뜯어먹는다

호적에 넣은 이름도 없이
큰애
둘째
셋째
넷째
막내
만일 또 낳으면
막내는 다섯째로
바뀌어야지
하기야 아비도 이름 없지
강원도에 와서
김강원이 되었지

아낙이 빙그레 웃는다
아낙의 늘어진 가슴젖도
빙그레 웃는다

이 방 어디에
여래 있고
공 있고
극 있겠나

그런 수작
여기 못 있어

혜적

스물넷 혜적 비구
청정하여라
청정하여라
푸른 하늘 밑
두 눈동자 풍덩 물에 잠겨라

스물다섯 혜적 비구
아름다워라
아름다워라
하염없는 뒷모습 달 떠올라라

스물여섯 혜적 비구
원통하여라
절통하여라
사흘 앓고 시방정토 가는 길 아득하여라

군산 은적사 혜적 비구
적막하여라
적막하여라
저녁바다 파도 위로 그 얼굴 슬피슬피 돌아오거라

봉익동 대각사

기미년 독립선언서 서명한
백용성 스님
그 스님을 찾아간 하영신이 놀랐다
웬 상고머리
웬 비단마고자
섬돌에는
웬 칠피구두

기미년 독립선언서 서명으로
감옥 1년 6개월 풀려나와
이로부터 승려 양성에 나섰으니
인재를 키우려면
손에 쥔 것이 있어야 하니

함경도 북청 구리 광산을 차렸다
그곳 덕대에게
그곳 광부들에게
위엄을 보이려면
속인 행세를 해야 했다

종로와 돈화문 사이
쪼르르
단층 기와집
뒷골목 기와집 하나를

대각사라 불렀다

그 대각사에서 몇걸음 나서면
단성사
임자 없는 나룻배로
사람들이 북적댔다

그 봉익동 대각사에
고모부 오세창의 심부름으로
한 젊은이가 찾아왔다
막 의학전문 졸업생 하영신 호적명 동규
그가 조계종 대종사 하동산의 시작이었다

필경 부처도 없다 필경 중생도 없다

속인 행세 백용성의 몇마디가
하동산의 시작이었다 머리 깎았다

태호

지리산 쌍계사 벚꽃 이전
그 쌍계사

호젓하여라
호젓하여라

되새떼 우르르 몰려오다
돌아가고
다시 오지 않는다
호젓하여라
호젓하여라

그 쌍계사 동방장 뒷방
혼자 있는
운송 태호선사
호젓하여라

누더기옷 입은 것 한벌
누가 새옷 주지 말 것
옷 받지 않는다
누가 쌀 주지 말 것
쌀밥 먹은 적 없다
솔잎가루 한줌 먹고
흐르는 물

한 바가지 아끼고 아꼈다
아궁이 군불도
몸소
죽은 삭정이
죽은 뿌리 주워다가 땠다

어쩌자고 뒷방 벽에 한마디 있다
하루 내내
단 한마디 말도 없는데
그 벽에 한마디 있다

달도 달비침도 할(喝)이다
달 아닌 것도
달비침 아닌 것도 할이다

누가 찾아와도 말 없으니
괜히 노여워하며
가버린다

다 할이라

혜월

통도사 극락암
소나무숲 누구의 넋이 드러나고 누구의 몸이 사라진다
소나무숲 누구네 이야기가 가고
누구네 이야기가 온다
누구네 물소리가 온다
어쩌다가
한 점 한두 점
아니 서너 점 누구네 새소리가 간다

극락암 조실 혜월
누구시더라

경허의 제자
만공
한암
수월
혜월
이 가운데 혜월이시라

이 선덕(禪德)께서야 숫제 농투성이시라
소 두 마리를 기르느라
소꼴 베고
외양간 쳐내고
이 선덕께서야 숫제 아랫것이시라

누구한테 반말한 적 없으시고
어느 아이한테
심부름 시켜본 적 없으셨다

떨어진 솔방울 모아다가
솔방울 때어
늘 방 안이 뜨뜻미지근

방에 들어가면
좌선 대신
독경 대신
짚신 삼아
학인들에게
수좌들에게 두루 신발 보시

세상 떠날 때도
요란한 임종게 없이
상좌들 잠든 뒤
큰절 주지와 강원 조실 물러간 뒤
아무도 없는 빈방에서
언제 갔는지 모르게 딸꾹 가셨다

새벽예불 뒤에야
혜월 열반이 별수없이 알려졌다

삭발

1950년 6월 25일 이래
어느 전투도
격전이 아닌 적 없었지
북의 남진
남의 북진
그리고 중공군 인해전술
어느 전투도
격전이 아닌 적 없었지

1951년 7월 10일
휴전회담이 시작되어 더욱 격전이었지
동부전선
중부전선
회담장소 근처
서부전선
어느 전투도 더욱 격전이었지

휴전회담이 교착되면
더욱더 격전이었지

1953년 4월 12일
다시 휴전회담이 열릴 때까지
지난 일년 내내
격전이었지

포로 17만 5천명의 거제도수용소
거기서도
스딸린 원수 만세
김일성 장군 만세 부르는 포로와
반공포로
2년이 20년이 되도록
거기 또한 격전이었지

밤마다 납치 타살
드럼통 변소
시체 도막이 잠겨 있었지
흙구덩이 속에
시체들이 쌓여 묻혀 있었지

61 62 63 64 68 69
76 77 78 85 95 수용소
조선민주주의인민공화국이었지
인공기가 펄럭였지

60 65 66 71 73 74
81 82 83 84 91 93 94 96 수용소
반공의 대한민국이었지
태극기가 펄럭였지

86 수용소는 중공군 공산포로
92 수용소는 중공군 반공포로였지

6 수용소 여자 포로수용소
한 수용소 안에
반공포로
공산포로가 서로 젖가슴을 도려냈지
손가락을 잘랐지

거제도 고현만 앞바다를 둘러싼
고현리
상동리
문동리
양정리
수월리
그 수월리 언덕
거기 여자 포로수용소
반공포로 임순례

충북 제천 여맹 출신
공산포로 옥기숙이 붙잡아다
방금 머리 깎고
음부 음모 깎은 뒤

야 여기 백색분자 납신다
하고 충혈된 웃음 터뜨렸지
모두 웃지 않았지

발가벗겨 음모 깎인 곳에 막대를 박았지
임순례의 비명 기절
모두 웃지 않았지

다산의 마음

18년간 귀양살이 풀려
한강 가
능내 본가로 돌아왔다
다산

스승 떠난 뒤
스승 못내 그리워
천릿길 마다않고 찾아왔다
다산 제자
윤종삼
윤종진 형제

두 제자에게 스승이 묻는다

올해 동암(東庵)은 이엉을 이었는가
이었습니다
홍도(紅桃)는 아울러 이울지 않았는가
생생하고 곱습니다
우물 축대의 돌은 무너지지 않았는가
무너지지 않았습니다

물속의 잉어 두 마리는 더 자랐는가
두 자나 됩니다
백련사 가는 길 옆에 심은 선춘화(先春花)는 모두 번성하는가

그렇습니다
올 적에 일찍 된 찻잎은 따로 말리도록 하였는가
때가 아직 미치지 못하였습니다
다신계(茶信契) 전곡(錢穀)은 결손이 없는가
없습니다
옛사람 말씀에 죽은 사람이 다시 살아와도 능히 마음에 부끄러움이
없어야 한다고 하였다
　나는 다시 다산초당에 갈 수 없는 몸이니 죽은 사람과 마찬가지이다
　그러나 내가 혹시 가게 되는 때 모름지기 부끄러운 빛이 생기지 않도
록 힘써야 할 것이야

다산의 제자들
다신계 사람들은
다산 떠난 뒤에도
묵연히 다산학을 연마하였다

다산초당 동암에
그들이 있고
서암에는
다산 소실과 여아 홍임(紅任) 모녀가 살았다

끝내 다산의 입에서
홍임 모녀 문안(問安)이 나오지 않았다

마음이란 그 무엇이더뇨
마음속
거기에
홍도 문안
선춘화 문안 말고
홍임아 홍임아
홍임 모 홍임 모
그 두 이름이 아리게 파묻혀 있던가 없어야 하던가

설법 입적

1920년대의 어느 시러베아들놈이 칭하기를
8문사 8대 문사

역사 최남선 철학 오상순
소설 이광수 한학 정인보
시문 백기만 이상화 유엽
경학 박한영 화상이라

박한영 최남선은 둘이 자주 나섰다
백두산에도 함께 가고
가야산에도 함께 가고
금강산에도 함께 가고

어디 어느 두메산골
천장에 쥐가 내달리는
쥐절 빈 절에도 함께 갔다

1940년대 산중의 어느 반거들충이가 칭하기를
4대사 4대 화상
정진제일 효봉 설법제일 동산
지혜제일 전강 인욕제일 청담이라

그 지혜제일 전강화상
바둑도 잘 두시고

막걸리도 잘 드시고
그러다가 한번 결가부좌 틀고 앉으면
소경 되고
벙어리 되고
귀머거리 되어
삼매에 듭신다

춘향가 심청가 불러
금강경 오가해를 싸게싸게 씨원씨원 풀어나가신다

그 전강화상
1975년 1월 13일 오후 두시쯤
법상에 올라

무엇이 생사대사이러뇨
9 9는 81이라
억!
그대로 앉아 눈감으셨다 등이 앞으로 기우셨다
향년 77세
법랍 62세라

세상이란 백사지
인생은 나그네

엉긴 날

가평 들녘
해 진다
가평 들녘
몸뚱이 두 개
세 개 엉긴 날
가평 들녘
해 진다
까마귀도 갔다 매도 갔다
엉켜든 몸뚱이 세 개

누가 뒤집었는가
하나 국군
하나 인민군
하나 미군 흑인

넋 잃은 할멈 남아 세발 장대로
뒤집어보니
아이고아이고
이 어린것들이
죽어 엎어져
등짝끼리
등짝끼리
등짝끼리
엉긴 날 해가 진다

이런 주검들
4백만인가
5백만인가
이 산야에 널린
몇백만인가

가평들 할멈 한숨도 없는 밤 온다

허허허

모두 대들보만 외치는구나
모두 네 귀퉁이
네 기둥 옹두리만 외치는구나
서까래는 어디 있으며
넉가래는 어디 있느냐

모두 선지식만 외치는구나
모두 조실
모두 강원 조실만 외치는구나

지전(知殿)
지객(知客)
별좌(別座)는 어디 있느냐
채공(菜供) 공양주는 어디 있느냐

모두 대지문수사리보살만 외치는구나
모두 수보리만 외치는구나
모두 눈 밝은 납자
청풍명월만 외치는구나

부처 제자 중에 10대 제자만이냐
천치바보 주리반특(周利槃特)도 있지 않느냐
하나 가르치면
하나 잊어버리고

둘 가르치면
둘 잊어버린다
두 손 들었다

조선 양주 봉선사에도
암제라는 천치바보 주리반특이 있다

암제 이놈
마당 쓸고
방 닦는 일밖에 할 줄 모른다
먼지 털 때
먼지라는 말도 몰랐다

먼지 털어라
먼지 털어라
이 말을 외우게 했다

3년 뒤에야 겨우 외웠다

나이 서른이면 모두 큰스님이 되는구나
나이 쉰이면 모두 조실이 되는구나
헛소리 큰소리만 치는구나
개부처 되어 개부처 소리만 내는구나

허허허
이런 산판
과연 8만 4천 법문 중의 으뜸
그대 암제당이시여
먼지나 실컷 털어라 털어라 사바하

허허허

두 번의 결혼식

가만가만 천주교 신부가 남아 있었다
가만가만 천주교 밤 미사가
두메산골 공소(公所)에 남아 있었다
제국의 군대들이
만주를 먹고
중국 평야를 먹을 때
오직 천황폐하 만세만이 있어야 할 때
들어온 지 백년 넘는
천주교 단층집 성당이 처마 들치고 남아 있었다

1938년 3월 25일
조선 남쪽 진양군 옥봉
천주교 옥봉 본당
봉계공소에
한쌍 신부신랑이
면사포를 쓰고 서 있었다

신랑 김 가브리엘 시종 24세
신부 김 젤마 계월 20세
주례신부 김 베드로 계룡

신부의 증인
신랑의 증인

이렇게 공소에서
가만가만 결혼을 마친 뒤
신랑은 신부와 함께
저 아래 광명학원으로 가서
이번에는
만해 한용운 선사 주례로
두번째 결혼식을 하였다
다솔사 주지
다솔사 동료
광명학원 학도들이 축하하였다

한번은 서양 결혼
또 한번은 동양 결혼

그제야 신랑이 큰 입으로 웃었다
그제야 신부도 굳은 얼굴 풀려서 쌍눈으로 웃었다

사람들이 부러워하였다
나도 한번 더 할까부다 한번 더 장가갈까부다 한번 더 시집갈까부다
에끼

헛소리 한바탕

이 사람아
네
내가 이 사람아 했더니
네 했것다
네
그대 오른손 들어봐
네
그대가 든 오른손이
그대인가
아닙니다
아닙니다라고 한 그대 입이
그대인가
그것도 아닙니다
그렇다면
그대의 이름 송몽호가 그대인가
그것도 아닌 것 같습니다
그렇다면 내가 그대라고 하는
'그대'가 그대인가
아닙니다
여기 종이 한 장 있네
여기에 불붙이면 어찌되나
불에 탑니다
그러면 어찌되는가
그야 재가 되니

그것을 재라 부릅니다
손으로 후욱 불어버리면 무엇인가
먼지가 됩니다
허허 이제까지
그대 형상
그대 호칭에 매달렸네그려
석가에게 여래에게
매달렸네그려
이번에는 거꾸로 제자가 묻고 스승이 대답했다
이것이 무엇입니까 하고
쑥떡을 먹였다
여기 느에미 구멍 있다
집어넣어라 하니
스승이 대답했다
지랄하고 자빠졌네

그놈이 그놈이시군
송몽호나
송몽호의 스승이나
햇도토리하고 묵은 도토리로군 다람쥐 몰래 상수리로군

어느 사자(師資)

김해 교당

누가 살다가 떠나버렸다
법당에는
이따금 신도들이 새벽에 왔다 가는가
만수향 냄새가 희끄무레

빈방 하나
거미 있고
거미줄 있다

빈방이 빈방 냄새를 냈다

스승과 제자
이런 방에서
둘이 꼬부라져 잤다

추운 밤
얻어온 누덕이불 속에서
치문을 가르치고
치문을 배웠다
능엄경을 가르치고
능엄경을 배웠다

스승과 제자
채마밭 일구어
무 심고
배추 심었다
시금치도 심었다

정이월 추위에도
시금치는
시퍼렇게
시퍼렇게 살아 신푸녕스러웠다

스승과 제자
추운 방에서 가르치고 배웠다
그런 5년이 썸벅 갔다

새벽 해소기침 마치고
스승 진허가 말하였다
이제 됐다
너 가고 싶은 데 가거라
제자 인묵이 대답하였다
가고 싶은 데 없습니다
아침에 스승의 해소기침 약 지으러
제자가 나섰다
약값이 좀 모자랐다

지홍

유불선을 두루 꿰는
김범부
다솔사에 깃들였다
아들 지홍을
다솔사 주지의 상좌로 삼았다

김범부의 아우 시종도
형을 따라
다솔사에 스며들었다
1935년
걸핏하면 일제 예비검속으로
몇달씩
유치장에 처박혀 있다가 나오는
불온한 학자
불온한 사상가

김범부는 그렇게 깃들여
다솔사 처사가 되었다
어쩌다가
서울에서 한용운이 오면
뜰의 모란꽃 보며
목백일홍 벙어리떼 분홍꽃 보며
소신공양 얘기를 나누노라면
주지 최범술은

차 대신 곡차를 내오는 날이었다

차를 내올 때는
상좌 지홍을 시키고
곡차를 내올 때는
반드시 자신이 내오는 날들이었다

한해 뒤
금강반야바라밀경을 외웠다
두해 뒤
원각경과 기신론소 달달
스물여섯 지홍 수좌 놀라우셔라
멀리
저문 지리산 천왕봉 꼭대기 놀라우셔라

한수 영감 소실댁

재식 마을
아래뜸에는
다섯칸 겹집 하나 별채 셋이나 되는 천석꾼
고한수 영감 본댁이오
위뜸 세칸 홑집
백토벽 눈부신
대밭 안집
거기는 늘 옥비녀 꽂은 머리 정숙한 소실댁이라

그 소실댁
사흘에 한번
나흘에 한번
본댁 머물던 영감께서 납시는 날이면
쓸고 닦고
티끌 하나
내려앉을 겨를 없이
치맛자락 분주하여라
부엌이라 뒤란
뒤란 옆길 우물
외씨버선 분주하여라

그런 소실댁이라
한겨울이면
한겨울 납일(臘日)이면

동지 뒤
세번째 미일(未日)
그 납일이면
눈 내리신다
눈 내리시면 돈 내리신다고
빈 그릇 내다놓고
이불보 깔아놓고
그 눈 받아놓는다

바로 그 눈 녹은 물이
납설수(臘雪水)라
영감님 드릴 물이라
그 물로
술 담그면 술 쉬지 않는다
그 물로
차 끓이면 차맛
그윽해 마지않는다
그 물로
약 달이면
그 약 효험이 높아라
그 물에
씨앗 담갔다가
논밭에 뿌리면
가뭄 타는 법 없어라

납설수로
영감님 보약 달이고
납설수로
영감님 딸
소실 딸 약 달였다
그 소실 딸
작년에 세상 떠났다
울지 못했다
울지 못했다
요망떤다 손가락질할까보아
울음 삼키고 벽을 보았다

올 정월 첫 상진일(上辰日)
아무도 길어가지 않은
우물물 알 뜨기
용란(龍卵) 뜨기
하늘의 용 내려오셔
우물에 알 낳은 날이라
그 용의 정기 스민
우물물
그 첫 우물물 떠다두고
나흘에 한번
닷새에 한번

본댁의 영감 납시는 날
그 첫 우물로 담은 식혜 한 그릇
날아갈 듯
날아올 듯
옥색치마 접어올리니
비로소 영감의 헛기침 소리

임자 그간 적적하였네그려
오늘밤은
국화주나 한잔 내오시게나

소실댁 눈 속 눈물 나올 듯 말 듯

그 할아버지 그 손자

찬바람 속 연 날렸다
연실에
유리가루 먹여
다른 연들과 겨루었다
연실 끊긴 연이야
훠이
훠이
저승 하늘로 날아갔다
춤추며 날아갔다

연 놓쳐버린 아이 엉엉 울었다
울다가
몸속이 뒤틀려
토사곽란 일어났다
죽어갔다
몸 떨며
죽어갔다

집에 데려다가 정수리에 침 꽂았다
쑥뜸을 떴다
죽었다
윗목에 홑이불 뜯어 덮어뒀다
내일 묻어야 했다

할아버지가 애통했다
술 퍼마시고
토사곽란 일어나
그 자리서 죽었다

한집에 할아버지와
손자의 주검이 이 방 저 방 누웠다
멀리 간 삼촌이 달려와
죽은 아버님을 보고 울다가
죽은 조카도 보겠다며
홑이불 걷고 만져보니
그 어린 주검에 온기가 돌았다
핏기가 돌았다
숨이 있다
죽은 지 하루가 되었는데
숨결이 있다

마을 어른이 망건바람에 중얼거렸다

흐음
그 녀석
할아버지의 명운을 대신 받았느니
그 녀석
제 할아버지의 명운을 이어받았느니

이원명
어린 시절 토사곽란 뜸뜬 자리
머리 정수리 흉터
가을 햇빛에 문득 반짝이느니

어릴 적부터
이날 입때에 이르도록
어쩐지
아이 같지 않더니만
어쩐지
총각 같지 않더니만
어릴 적 그 할아버지 그대로
할아버지 같더니만

그 할아버지 일흔 평생
뭇 벌레
뭇 푸나무
손자손녀로 여기며 살더니만

영규

왜적 침노
동래성이 무너졌다
계룡산 갑사 청련암 영규화상
좌선삼매 뒤
이 소식을 들었다

사흘간 밥을 먹지 않았다
사흘간 물을 마시지 않았다

본디 장사이던 사람
봉술과
태껸 능하던 사람
숲속에서
무쇠지팡이 찍찍 그어
검법을 익힌 사람

이윽고 조선 최초로 승병을 불러모았다
격문 돌렸다

충청도 방어사 이옥의
관군과 연합
의병장 조헌의
의병과 연합

무너진 청주성
다시 찾았다

1천 승병
이윽고 금산을 삼킨 적진으로 진격
여기서
7백 의병과 함께 전사

죽어
와선삼매

어느날

선조가 사명에게
환속을 권하였다

지금 나라를 생각해서
그대가 환속한다면
큰 책임을 맡겨
삼군을 통솔케 하겠노라

사명 사양했다

다만 승병장으로 산성 쌓고
4천여석 군량미 모으고
병사 1만명 소지품 조달
임진년 이어
정유년도 울산과 순천에서 크게 왜적을 물리쳤다
강화사절로 일본에 가
포로 3천 5백명을 데려왔다
돌아와 가야산 홍제암에서 머물다가
67세로 입적

그의 벗들
고경명과 허균
임제
이달 등

32세 늦깎이 입산이었다

팔공산
청량산
태백산
오대산
금강산
묘향산
지리산 대둔산
32세 늦깎이 입산이었다

그 이래
그는 이미 조선의 명운 앞에서
늦깎이 입산과 하산 그리고 또 입산이었다

어느날 가야산 홍제암 물소리 멈췄다
그가 숨졌다 땅속 너레 밑 더덕뿌리가 울었다

정수일

그냥 거기 살았으면 될 것을
고향 명천
안 칠보 바깥 칠보
바다 칠보
그 칠보산 기암괴석
칠보사나 몇번 놀러 가고
명천읍내 곡마단이나 몇번 보고
그냥 거기
그렇게 살았으면 될 것을

3남 2녀
하나하나 짝지어
윗말 아랫말
그렇게 살았으면
그렇게 살았으면 될 것을
어찌 그다지도
장남으로 지나치게 뛰어나
명천 길주로 안되었던지
평양으로 가고
평양으로 안되었던지
북경으로 가고
평양으로 오고
다시 저 이집트로 가고
필리핀으로 가고

이윽고
서울에 스며와
아랍인 무함마드 깐수로 와
고대 대륙문화교류학 열더니
마누라도 맞이하고
자식도 두고
수십년 교수 노릇 잘해오더니

북괴간첩 웬말이냐

감옥에 가
5년 살고 나와서
본명 정수일로 살기 시작하니

그의 아우 정수만
두만강 건너
조선족으로 살다가
서울에 와 공장 다니던 그 아우가
형의 사건을 알고
감옥 면회
40년 만에
수일
수만
늙은 형제 만나니

그냥 여기 대한민국 국민으로 살아가누나
산에도 오르고
글도 쓰고
지난날 어머니 세상 떠날 때
수일아 수일아 부르며 눈감은 날
그날 제사 드리며
그냥 여기 대한민국 국민의 하나로
굽은 소나무같이 살아가누나

북으로 돌아갈 수 있어도
가지 않고
여기 남에서 생뿌리내려 그마마한 잣나무같이 살아가누나

분단이여 너 일장춘몽 아니런가

그냥 여기 아시아의 이 나무 저 나무로 잘도 살아가누나

원각사

일찍이 공자 가라사대
서방의 큰 성인은
다스리지 않아도 어지럽지 않았다라고
석가세존을 찬하였다
이래야 한다
이래야 한다
이 산이
다른 산을 난적으로 삼지 말아야 한다

또 일찍이 세조는
석씨의 도는 공씨의 도보다 나을 뿐 아니라
하늘과 땅 차이이다
라고 술회하며
유자의 배척을
외우 벗어났다

세조는 죽은 아들의 명복을 빌어
금강경을 손수 사경(寫經)하였고
능엄경 법화경을 간행하였고

당대의 명승
혜각존자 신미
선종판사 수미
영산회상곡 한글로 지어

한글을 정착시켰다

원각사 10층탑 세워
원각사를 왕실 원찰로 삼았다
청기와 8만장
구리 5만근짜리 범종 매달고
승려 2만 모여
원각사 준공 법회를 베풀었다
왕과
백부 효령화상이 함께였다 노산군 명복 빌지 못했다

오대산
금강산 참배
낙산사
건봉사
속리산 법주사 참배

신미
학조와
자주 만나 마음을 나눴다

보름달 뜨면 미복 차림 원각사에 납시었다 가슴 한쪽 없는 듯

애꾸눈 오복녀

두 눈 가지고
제대로 못 보았노라
한 눈을 찔러
소경 만들어
한 눈만으로 산 사람 있지

일목요연(一目瞭然)

한 눈으로
한 눈길로 훤히 내다본 사람 있지

오복녀야
너 두 눈한테 주눅들지 마
너 두 눈한테 기죽지 마
두 눈 가진 자들
하는 짓이
이 꼴이란다
이 꼬라지란다

그저께 석탄공사 석탄
트럭 3백대분
착복한 놈도
두 눈이고
어제 계(契) 오야로

두 동네 80가호 곗돈
2천 8백만원을 몽땅 삼키고
삼십육계 놓아버린 년도
두 눈 가진 년이란다

오복녀야
오복녀야
네 물지게 물로
이웃집 할멈도
가실이네 병든 어멈도
밥해 먹고 죽 쑤어 먹는단다

부디 동네 사내녀석들 조심하거라
그 녀석들이
네 궁둥이
네 젖통에 꿀꺽꿀꺽 침 삼킨단다

오복녀야
너 떳떳하거라
네 어머니처럼
당당하거라
한 눈 멀었어도 떳떳하거라

해도 달도

너 이쁘다 한다
오복녀야
애꾸눈 오복녀야
한 눈 뜨고 천릿길 가거라

홍임이

저는 다산 정약용의 딸이어요
강진땅
다산초당
그 동당 방에서 태어났어요
어머니는
강진 고을 바닷가 남당에서 온
어여쁘디어여쁜 시악시였어요
어찌어찌하여
귀양살이 아버지 이불 속에 들어
그분의 아낙이 되었어요
제가 태어났어요
붉은 동백꽃 핀 날 태어나
홍임(紅任)이라 이름 지었어요
어머니도 글 익히고
저도 자라나며
글 익혔어요
그렇게 글 집안 이루어 살았어요
그러다가 아버지는 귀양살이 풀려
떠나서
다시 돌아오지 않았어요
끝내 어머니와
저를 부르지 않았어요

저는 어머니의 아픔 받아

해남 대흥사 일지암
초의스님에게 가서
머리 깎고
비구니가 되었어요
차를 따
아버지에게 보내고 싶었으나
이미 아버지는 이 세상 사람이 아니었어요
어머니는
저에게 가끔 와서
서방정토를 염(念)하였어요

저는 부처님에게도
초의스님에게도
아버지에게도
어머니에게도
개구리에게도
모기 빈대에게도 높이는 말 쓰지 않아요
하셨어요 따위
안하셨어요 따위
아버지 아닌 아버님
어머니 아닌 어머님도 부르지 않아요
왜 그런지 몰라도 좋아요
내 속명 홍임 뒤
내 법명 우전(雨前)이어요 우수(雨水) 앞 여린 잎이어요

어느 마지막

하늘천도 몰랐다 따지도 몰랐다
기역니은도 몰랐다
아는 것이라고는
1과 2와 3까지였다
4나 5나 그런 것 있는지도 몰랐다
하루 내내 말 몇마디뿐
네가
상복이 아들놈이냐 하면 네
그동안 잘 있었느냐 하면 네

이런 대답 말고는
이랴
이랴
워
이런 소궁둥이 뒷말밖에 몰랐다

이승 하직하는 밤

하늘이 두 눈 감으니
나 또한
두 눈 감는다

아쭈 이런 말을 남겼다
이제껏 해본 적 없는

이런 말을 남겼다
곡하는 마누라
이런 뚱딴지 말 알아들을 턱이 없다

토방의 늙은 개가 초상집 개로 그 말을 알아들었다
컹컹컹
짖어보았다

도선 귀국

신라말 도선은 당으로 건너갔다
난세 신라
저잣거리도
산중도 다 거덜났다

당나라 대혜(大慧) 선사가
한마디 남겼다
저 아래 골짜기 물이 거꾸로 흐르는 날
내 도를 전할 사람이 오리라

어느날 골짜기 물이 거꾸로 흘렀다
내려가던 물이
올라오고 있었다
이를 본 시자가 헐레벌떡
스승 대혜한테 달려왔다

그가 방을 나와
문밖에 나가 보았다
저 골짜기 아래에서 한 사람이 올라왔다

동방에서 건너왔나이다
기다린 지 오래였소
왜 이토록
우리 만남이 더디었단 말이오

하고 반갑게 맞아들였다

그리하여 대혜의 법을
신라 도선이 받아안았다
뜻밖의 일이라
그동안의 여러 제자들이 술렁였다

스승은 비법 술법을
도선에게 전했다
지리도참을 전했다 놋좆이 놋구멍에 박혔다

6년 뒤 도선이 떠나는 날
스승이 말하였다
이로부터 나의 벗이 동방으로 가는구나

밀봉서책 한 권이 선물이었다
그것을 받은
도선이 바다를 건넜다 놋구멍이 삐꺽거렸다
고국땅 당진에 내려
서라벌로 향하지 않고
웬일로 송도 벽란도 가는 배를 갈아탔다
송악산 밑
여각 주인 왕융을 찾았다

장차 왕공께서는 임금의 아버지가 되실 것이오
이 말이 세상에 나가면
왕공과
소승은 죽게 되오
부디 입을 꽉 다물고 때를 기다리시오

왕융은 술을 끊었다 색을 끊었다
자주 박연폭포에 가
폭포소리를 들으며 빌었다

도선 자취 없다 놋좆이 놋구멍에서 빠졌다

전두환

아쭈
K는 King의 약자라더라
K를 만들기 위한
무슨 작전이
K작전이라 하더라 아쭈

1980년 봄날

대령
중령
소령
이 쇳덩이들이 장애물 하나하나 없앴다더라
체포했다더라 처넣었다더라
총대를 들이댔다더라
포신을 들어올렸다더라

이윽고 부처님 오신 날 무렵
무자비가 판쳤다더라
공수특전단 달려가
패대고
쏘아댔다 하더라
학살 몇천
학살 몇백이라더라
고문 투옥

몇십만이라더라
정신이상자
부상이
몇만이라더라

서울 장충체육관 만장일치
대통령이 되었다더라

아쭈 미국에 건너가
아쭈 백악관 레이건에게

소장(小將)이
한국의 워싱턴이 되겠나이다
사뢰었다더라

그럴 터이지
조지 워싱턴이라는 이름을 너도 알기는 아는구나
서울 을지로 2가 복덕방 영감이
한잔 술에 이런 말 하고
남산에 잡혀갔다더라

수박

1949년 정월 제주도 북제주 제주읍 동쪽
일흔 가호
화북리 배릿내 하구 곤흘
거기 지나가던 경찰부대를
한라산 무장대가 습격한바
그날밤 경찰기동대 들이닥쳐
화북리 마을 남자들
바다로 내몰았다
바다 밀물
허리에 찰 때
총 난사하니
시체들 태왁처럼
어둠속 파도 위 두둥실 떴다
석유 뿌려
마을을 다 불태웠다
비바리는 끌려가
이놈 저놈 노리개였다가 생몸으로 파묻었다

그런 주검 속에서
그런 주검 밑에서
살아남은 아낙 신유생
정신을 아주 놓아버리고
실성 실성으로 사는데
유복자 낳았다

태 자르고
피 씻고
어엿한 갓난아기
응애응애 우는데
에미는
그 아기가 수박으로 헛보여
목 타
목 타
외치다가 부엌 식칼로
아기를 토막내니

불타버린 집 한쪽
움막 안
피범벅이었다

목 타
목 타

장난

사명이 그릇에
바늘을 가득 담았다
그 바늘이 국수로 변했다
국수 먹고
국수 나머지를
서산에게 잡수시지요 했다

서산이 구시렁댔다
원 참 찬물도 위아래가 있다던데
이 늙은이더러
먹고 남은 찌꺼기나 먹으라 하노
그리고 남은 국수를 다 먹고 나서
먹은 것 다 내뱉으니
도로 바늘이 되었다
하나는 바늘을 국수로 만드는 지경
하나는 국수를
다시 바늘로 되돌려놓는 지경

장차 나라의 위급에 나설 스승과 제자에게
이런 바늘장난
이런 국수장난
얼마나 어여쁘신지
어린 바늘들도 어지러이 춤추고
늙은 국수들도 서로 엉겨 산골짝 산울림 내며 제법 노닐었네그려

주고받기

어느날 어린 청화(靑化)가
늙은 화석(化釋)께 반말로 물었다

큰길에는 문이 없다 하였는데
그 뜻이 무엇이냐

늙은 화석이
어린 청화에게 높여 답하였다

쉬쉬! 말조심하셔야지요

어린 청화가 물었다
쉬쉬!는 무슨 뜻이냐
늙은 화석이 답하였다
동쪽 서쪽이 백억세계요
남쪽 북쪽이 십억국토이옵니다

어린 청화가 투덜거렸다
제기럴 허사가 되었다 그만둬라
늙은 화석이 답하였다
잘하셨나이다
그만두시지요

잎새들이

잎새 달린 가지들이
자지러지게 웃어댔다

천한 밥 잡숫고
귀한 똥 싸고 자빠졌네 깔깔깔

벽송

북관 야인정벌에 참가하여
무공을 세우고
돌아오는 길로
계룡산에 담쑥 안겨들어가 머리를 깎았다

머리 깎고 나서
자신이
자신에게
칠언시 한 쪼가리 읊어주니

만 조각 꽃잎 물 따라가고
피리소리 한 곡조 구름에서 솟아나누나

벽송대사

그뒤 상좌들이 늘어났다

상좌 범준에게 칠언시 주다
상좌 진일에게 오언시 주다
상좌 옥륜에게 오언시 주다
상좌 영지에게 오언시 주다
상좌 신임에게 칠언시 주어

그뒤 상좌들

하나
하나
하나 부촉(咐囑)하고
눈을 감았다

세월이 흘러
뒷날 서산휴정이
저승의 벽송에게 칠언시를 주니

우락부락한 무사이다가
어쩌자고
시승이 되었던가

이승의 시승 서산이 저승의 시승 벽송에게
칠언시 한 쪼가리를 아득히 보내니

동방의 살갗에 서천의 뼈
중원과 변방의 풍모에 움직이는 머리칼
어두운 거리의 촛불 바다의 외딴 배
오호라 사라지지 않을 천추만대여

장하인

조선 강원도 고성군
그 백두대간
그 태백산맥 긴 산줄기
등 가파른
동쪽 산기슭
가슴 드넓은
동해 기슭
거기 고성읍내에 장하인이 왔다
1941년
불란서 유학에서
장하인이 왔다
멋진 베레모를 쓰고 왔다
이튿날부터
베레모를 벗어놓고
가는베적삼
모시적삼
날아갈 듯 입고
세벌 김맨 푸른 들녘
논두렁길에 서면
읍내 처녀들
읍내 아낙들
침 넘어가며 꼴깍 바라보았다

샤를르 드 보들레르라는

이름을 혼자 입에 달고 다녔다
벌써 경성에서도
시인 장하인의 이름
불란서 유학
장하인의 이름 퍼져갔다

빠리의 보들레르에 이어
스위스
쮜리히의 다다파
그 다다이즘 몰고 와
식민지 고국의 절망인
또 하나의 다다이즘을 만들어갔다
그 다다이즘으로
돼지새끼 한 마리를 끌고
바닷가 모래울음을
진종일 듣다가 오면
읍내 남정네들
수군거렸다

암만해도
저 장부자댁 맏아드님
제정신 아니구만그랴
돼지새끼하고
노는 실성(失性)이구만그랴

미쳤어
미쳐버렸구만
불란서 갔다가
미쳐 왔구만그랴

필시 다다이즘이란 미쳐야 하는 이름인가

기와스님

세상에
기와 굽는 스님도 있어야 하나

기와스님 해선(海宣)
조선 태종 6년
태종의 유학(儒學) 왕조가
불교를 타파하는 판인데
한양성에는
한 스님이 장삼 대신
베잠방이 걸치고 된욕 못 들은 척 기와를 구웠다

성안의 굼실굼실한 초가마다
기와지붕 얹기를 서원
10년 지나
20년 지나
한양성 북촌 남촌
하나둘 기와집으로 바뀌고
청계천 기슭 초가들도 사라졌다

기와스님 어디론가 사라졌다 듣자하니 남녘 내장산에 가 기와 굽는다
한다
기와 굽다가 죽었다 한다
저세상에도
기와 굽는 스님 있어야 하나

장원심

불교승려가 귀족신분에서 천민신분으로 난밭에 떨어져버렸다
그 팔자 좋던 고려가 가고
절간 없애고
중 내쫓는 조선이 왔다
그런 시절에
장원심(長遠心)이란 장대키의 스님이 있었다

남산골 아이들이
키다리 대사
키다리 대사
외쳐대며 따랐다

아이들을 어깨 위에 세워
네가 나보다
더 키다리로다
하고 웃어댔다
아이들이 손뼉쳤다

장원심 스님
남산골에도 시구문에도 서대문 밖에도
여기도
저기도 나타나면
아이들이 달무리로 모여든다

굶는 사람에게
밥 얻어다주고
옷 없는 사람에게
옷 벗어준다
버려진 송장 장사 지낸다

비 온 뒤 떠내려간
나무다리 다시 놓는다
그런 뒤 사라진다

장안 어른들 아이들 모들떠 기다린다
장원심 대사 언제 오시누
키다리 대사 언제 오시누
한 달 뒤쯤 다시 나타나
한잠 자고 났더니
남산도
북악도 더 높아졌다고
큰 소리로 웃어댄다
그런 뒤 사라진다

새댁 옥분이

산 영덕꽃게를 도마 위에 놓았다
이 꽃게 다리 끝을
칼로 다듬으려 하자
꽃게가 먼저
제 다리를 스스로 잘라버렸다
툭
툭
저절로 잘려나갔다 새댁 옥분이 지그시 눈감았다

꽃게 두 눈 부릅떠
제 몸에서 가장 먼 곳인
다리
한 마디
한 마디를 그렇게 툭 툭 잘라내버렸다

제 다리 그렇게 그렇게 잘라낸 뒤
한번 꿈틀하고 가만히 입 다물었다

칼을 든 새댁 옥분이
칼을
칼도마에 찍어놓고
부엌을 떠났다
신방 들어가
신방 옷장의 옷 한벌을 쌌다

쪽지 하나

부디 행복하셔요 저는 떠나요

그 새댁 옥분이
신혼생활 일주일 만에
신접살이 뛰쳐나와

그길로 아무 절에 들어가 삭발해버렸다

꽃게 한 마리가
그녀의 다른 길을 내주었다 열린 문 닫고 잠긴 문 확 열었다

장이두

전란 직후
한 젊은이가 금오스님을 찾았다
대구 관음사
제자 탄성이 써보낸 소개장을 가졌다

금오 묻기를
너 쌀 한섬 질 수 있냐
젊은이 답하기를
쌀 한섬을요? 네 질 수 있습니다
금오 묻기를
정말이냐?
젊은이 답하기를
네

금오 말하기를
공부하려면 먼저 힘이 있어야 하느니라
비실비실하면
선방 정진에 들 수 없느니라
쌀 한섬 진다니
어디 한번 공부해보거라

그날 머리 깎아버렸다
이튿날 선방에 앉혔다
하루 네 번 정진 여덟 시간

공부 설었다
공부 익었다
금오 말하기를
허 그놈 싹수가 보인다
그런데 해제 무렵
젊은이가
헛소리를 하였다
선방 헛소리라니
장군죽비가 날아왔다
딱!
딱!
딱!

그러나 다음날도
그 다음날도
그 다음날도
헛소리를 하였다

장군죽비가 날아왔다
살려주십시오
살려주십시오
아악 살려주십시오

비지땀 비 오듯 하며

장군죽비 맞으며
그 헛소리 멈추지 않았다

금오가 불러다 앉혀 자세자세 살펴보았다
금오 묻기를
너 여기 오기 전
무슨 일을 하였느냐
젊은이 답하기를
학도병이었습니다
금오 묻기를
너 무슨 병이 있었더냐
젊은이 답하기를
자다가
깜짝깜짝 놀라는 병이 있었습니다
금오 말하기를
너 그 병이 어디서 왔는지 살펴보아라

젊은이 답하기를
사실인즉 제가 학도병일 때
중대장의 명령으로
인민군 여군 한 명을 총살하였습니다
살려주십시오
살려주십시오
애원하는 여자였습니다

꿈속에서
그 여자가 거지옷 입고 나타났습니다
절에 들어온 뒤
한동안 나타나지 않더니
얼마 전부터
화두 잡으면
화두 대신
한 점이 나타납니다
그 점이 점점 커지다가
그 여자로 바뀌어 나타납니다

금오 말하기를
너 참선 쉬고 천수주력(千手呪力)을 하여라

젊은이 선방에서 나와
법당에 앉아
신묘장구 대다라니…의 주력을 시작하였다

천수주력 한 달
마침내
그 여자도 무엇도 나타나지 않았다
다시 선방에 들어갔다

그 이두 수좌

금오 상좌들
달 월(月)자로 나가는데
오직 그는 달 월자 말고
쌀 한 섬 대신
쌀 두 말 이두(二斗)

고봉

1911년 상주 남장사 혜봉을 찾아갔다
다음날 머리 깎았다
머리 깎을 놈
뜸 들일 것 없다
알아볼 것 없다
다음날 바로 머리 깎았다
1915년 파계사 성전
바위너설에 앉아
비바람 맞고
이슬 맞으며 선정삼매
멀리서 스승 혜봉이 이 소식 들었다

호호호
내가 머리 깎은 놈 가운데
가장 패씸한 놈이로고 호호
하고 기뻐하였다

1922년
정혜사 만공 찾아갔다
너 왜 왔느냐
무슨 말씀을 그리하십니까
소승은 태초 이래
여기 있었습니다

만공이 패씸한 놈이다 하고 함박웃음 인가하였다

혜월
금봉
석우
운봉
혜암
춘성
전강
패씸한 놈들이 즐비늘비

모호하구나
눈을 떠도
눈을 감은 듯
눈을 감고 있어도
눈을 뜬 듯
모호한 고봉
그 해골 속
그 흉금 속
거기에는 밑도 끝도 없는 허공 모호하구나

어느날 고봉은 금봉하고 조실에 들어가
백지 한 장에
자지를 그려 보였다

조실이 죽비로 종아리 쳤다
그것으로 다시 인가하였다

고봉이 절의 소 한마리를 팔아버렸다
혜월이 소 어디 갔느냐 물으니
고봉이 옷 할딱 벗고
음매음매
하고 울었다
혜월이 고봉의 궁둥이를 쳤다
내 소는 어미소지
요런 송아지가 아니로다

이 소식 듣고
조실 만공이 괘씸한 놈들이로고 하고 껄껄 웃으며
두짝 문을 활짝 열었다

저녁 무렵 매미소리가 산지사방 해일로 쳐들어왔다

원각사 기방

연산군은 불법을 불법승을
몹시도
몹시도 미워하여 마지않았다

어쩌다 사냥길 산중에서
암자에 이르면
불상을 도끼로 찍어내버리라 하고
노승을 만나면
옷 벗겨 늙은 불알 찬 알몸으로 오리 십리 뛰어가라 하였다

어쩌다 거둥길에
성안의 절간 보면
크게 화를 내니

그동안 근근이 맥을 잇던
선종 본산 홍천사
교종 본산 홍덕사
둘 다
궐 밖에 납시는 홍청망청 잔칫집이 되었다
밤마다
횃불 달고
외줄놀이 화살놀이
처녀들 알몸놀이 질탕하였다

그것으로 모자라
하나 남은 원각사도 기방(妓房)으로 만들었으니
궐 안 채홍사
궐 밖 채홍사
제철 만나 납시었으니
여염집 마님도
어느날 밤 기녀로 와야 하고
궐 안 궁인도
어느날 밤 기녀로 나와야 하니

조선의 정절 수절 온데간데없더라

원각사 기녀 60여명 중
옥천 처녀
유말녀(柳末女)

새 이름 노류(路柳)라
새 이름에 성씨가 올라 있구나

앳된 기녀 노류

1505년 가을
어머니의 장도(粧刀) 간직해오던 중
그 장도로

534

가슴팍 찔러
목 찔러
세상을 마쳤으나

쥐도 새도 모르게
그 시신 없애버리고
채홍사 나리 가라사대

노류 이년 달아났다
노류 이년
간밤에 달아났다고
헛소리를 퍼뜨렸다

노류의 단짝 기녀
오심(五心)이가
밤마다 혼자 울며 명복을 빌더니
어느날 밤 꿈에 나타난
노류가
산발 귀신 노류가
말하기를

곧 세상이 바뀌니 기다리고 있거라

몇해 뒤 연산군께서

강화도 가고
중종께서 등극한 것 그것이던가

두 전사

태항산 싸움
독립동맹 김학철이 쉬쉬쉬 날아온 포탄에
다리 하나 없어졌다
김시광이
피범벅 김학철을 업고 가다가
쏭 총탄에
팔 하나 없어졌다
허리에 찬 물통 하나 대롱거렸다
타는 목마름
그러나 김학철
마시는 척 흉내내고
그 물통을 시광에게 건넸다
피범벅이었다
피칠갑이었다
그들은 살아남았다
다리 하나 없이
팔 하나 없이
그리하여 그들은
이인삼각으로 살아남았다
껄껄 웃어 불구자동맹 결성
태항산 작전 앞두고
서로 질투하고
서로 시기하였다
서로 영웅을 자웅을 다투었다

부상 뒤
두 전사는 동지가 되었다

하나는 일본군에게 생포되어
일본 카고시마형무소에 처박혔고
하나는
그뒤의 전투로
행방불명이었다

대륙의 혹한 속에서
두 전사의 시뻘건 넋이 떨었다

봄이 오리라

까막섬

남녘 땅끝 강진 마량 앞바다
둥그스름한 섬 둘이
두둥실 떴다
본디 저 아래 바다
적도 근처
거기에 떠 있다가
두둥실 두둥실 떠내려왔다

마침 한 아낙이
두 섬을 보았다
저기 좀 보아
저기 좀 보아
섬이 떠내려오네
하나도 아니고
둘이나 떠내려오네
그 아낙이 탄식하기를
앉은뱅이 아이 생각에 탄식하기를

두 다리 없는 섬도 오는데
두 발 달린 우리 아이
어이하여 못 걷는고
그 탄식을 듣자마자
물 위의 섬들
딱 멈춰

거기 있었다

그 대신 앉은뱅이가 벌떡 일어섰다
앉은뱅이가 성큼성큼 걸었다

두 섬이 멈춘 이래
온갖 나무
온갖 풀들이 돋아나
1천 가지가 넘었다

후박나무 돈나무
생달나무 졸참나무
대낮에도 캄캄한 섬

수천 마리 까마귀 내려앉으니
검은 섬이라 까막섬
아니 수많은 나무 울울하여
대낮에도 캄캄하니
검은 섬이라 까막섬

마량의 어린이 정보남이
썰물 때마다
호젓이 건너가
후박나무 졸참나무 꺾어 방을 만들고

이제부터 내가 까막섬의 왕이다 외치니
까마귀들 일제히 날아올랐다

밀물 파도들 일제히 파도쳤다
나무들 일제히 흔들렸다
물속 고기들
일제히 꼬리 쳤다

두 까막섬 어린 왕의 위엄에 몇번 기우뚱 기우뚱 기우뚱거렸다

두 중죄인

참나무 울의 옥방
낮이나
밤이나
둘이 족쇄 쇳덩이 차고 갇혀 있구나

심심하구나
심심하구나

하나는 어른
낮주름깨나 잠주름깨나 패었구나
하나는 아이인데
누가 떼어갔는지 귀때기 한쪽 없구나

심심하구나
심심하여
욕이 나오는구나

어른이 까닭없이
족쇄 발길로 찬다

이눔아
이 팔푼이 자슥
이눔아
사당패 석쟁이 갈보 씹구녕이 퍼질러낳은 자슥아

애비 없는 후레자슥아

아이는 입 다물고 태연자약이구나
한 시간 넘게
한 욕 또 하고
한 욕 또 하고
욕이란 욕 다 게워낸 뒤에야
욕쟁이 어른 주름낯짝에 슬슬 잠이 왔다
잠 쫓으며
남은 욕을 퍼부었다
잠이 왔다
코 골았다

그러자 아이도 슬슬 졸음이 왔다

옥방이 사이좋게 괴괴하구나
욕이란 욕
다 가버렸구나

옥사정도 꾸벅꾸벅 졸고 있구나

하나는 살인강도 지대걸이
하나는 택도 없는 강도살인 엄바우란 놈

양익 입적

내가 태어나기 위하여
아버지와
어머니의 밤이 있었던가
어머니와
아버지의 밤이 있어
내가 공연히 태어났던가
아니
전생의 내가 죽어
금생의 내가 보시닥보시닥 눌어붙어
아버지
어머니를 빌려 태어났던가

모를레라
한 마리 붕어가
낚싯바늘을 무는 것
산딸꽃 피고 지는 것 아지 못거라

두 날개로 공중을 날아가는 스님
양익(兩翼)스님
저켠에서 우람한 너럭바위 형상이더니
이켠에서 청승맞은
풀피리 소리 심금(心琴)이라네

근대 선객

한암
만암
효봉
구산
서옹 들이 꼿꼿이 앉아
화두 꼭 붙들고 죽어갔으니

그 한갓 뒷사람인 양익께서도
결가부좌로 앉아 죽어 있더라

강원도 홍천에 다녀왔다
오는 길에
법흥사 들러
초파일 등도 달았다

암자에 돌아와
제자들에게
이것저것 나누어주었다
너 부채 가져라
너 염주 가져라
너 시계 없구나 시계 가져라
너 춘설차 다기 가져라
너 붓과 벼루 가져라
너 양말 갖다가 신어라

산 넘어 통도사 적멸보궁에 가서
초파일 등을 달았다

돌아와
저녁 호젓이 입정(入定)

상좌 혜봉이 문밖에서
오늘 하루 일을 사뢰었다
방 안에서
흠
흠
흠
하고 기침소리 세 번 났다

스님! 하고 혜봉이 불렀다
문 여니
이미 결가부좌로
허리 세워 죽어 있었다

내생의 어머니와 아버지 어디 가서 태어날 밤 빌려 만나리오

선화

구리 밥그릇 두들기며
대안
대안
대안이오

거리에 나타난 거지중 대안

거리에 나타났다가
거리에서 사라지는 거지중 대안

바위굴 속

거기에 원효가 찾아왔다

어이 이 사람아
가세
가세
가세 보살의 입에 술이나 한 동이 쏟아붓세
가서 보살의 몸에
보살의 몸을 쑤욱 집어넣어보세나

이리하여 한 거지중과 한 학승이
밤거리에 나타났다

대안의 단골
풍심굴(風心窟)에 나타났다
풍심굴 선화(仙花)가 허리 울며 맞아들였다

오늘밤은 소첩의 욕심이 크옵니다
둘을 다 품고저 하옵니다

그러나 대안은 벗을 옷이 없었고
원효는 벗을 옷을 잊었다

선화가 나가서
몽둥이를 들고 왔다
둘을 다 실컷 패고저 하옵니다

허허
대안보다 낫구나
원효보다 낫구나

금산사 정행자

열한살 때부터 사냥에 나섰다 활을 잘 쏘았다
토끼 잡고
오소리 잡았다
그런 사냥길
빈손으로 돌아올 때 있다

돌아오는 길
개구리 한 마리 잡아
버들가지 꿰어
개울물에 담가두었다

잊어버렸다
그까짓 것
잊어버렸다

다음해 사냥길에
장끼 세 마리
여우 한 마리
삵 한 마리를 잡으니
천하가 내 것

의기양양 산을 내려오다가
개구리 우는 소리 듣다가
지난해 생각이 났다

그 개울에 가보았더니
버들가지 꿰인 채
그 개구리가 울고 있었다 그럴 리 없다 아니다

한 목숨 앞
활을 버렸다
사냥한 것 버렸다
개구리 앞에 무릎 꿇었다

한해살이 개구리인데 살아 있다니
겨우살이
땅속 아닌데
살아 있다니
이놈이 무슨 화신인가

그길로 집에 가지 않고 절로 갔다
정진내말의 아들이었다
장차 미륵성전이 설 곳
그 아이가 갔다
그놈도 어두커니 무슨 화신인가 장차 진표인가

총각

지금부터 5백년 전
여자 몸값이
달걀 한 개 값이던 시절
5백년 전
빈속 술지게미 먹고 취해버린
멍청이 총각 하나이
달걀 한 개를 훔쳐들고 나와
이걸 깨뜨려
훌훌 들이마실까
이걸 주고
여자 한번 안아볼까

이 길로 갈까 저 길로 갈까

삼거리에 서서
밤하늘 사글사글한 은하수를 보고
땅 위의 개똥벌레 불빛을 보고
진작 나오신
여낙낙한 귀뚜리 울음소리 듣고
히히
히히 웃는
귀신의 웃음소리도 듣고
망설이다가
그만 그 밤 꼴깍 지새우고 나서

아침이슬에 푸짐히도 젖은 몸 뻗대어보다가
그만
그 애지중지 달걀을 떨어뜨려버렸으니
어쩐다
담양 대숲에 바람 일고
곡성 솔밭에 바람 자느니
어쩐다
멍청이 총각
성씨 없고
이름은 총각
어쩐다

법장과 혜인

저 고구려땅 북관까지
한때는
신라 영토였지비
여기까지
진흥왕께옵서
활 메고 납시었지비

사냥하셨지비
두루
북관의 새 충성맹세들을 받아들이셨지비

시근벌떡 일어선 순수비
신라의 위엄을 남기셨지비

고라니 잡아
안주로 삼으셨지비
다리 저는 사슴 잡아
놓아주셨지비
거기 왕실 수행의
두 스님
법장과 혜인
두 스님께옵서도
여러 중신들 윗자리에 에헴에헴 앉으셨지비

걸핏하면 타아불 타아불
합장하셨지비

법장대사께 묻고자 하오
내가
고구려를 다 삼킬 수 있겠소이까
법장이 합장하고
삼키시다마다
이를 말씀이시오니까
혜인대사께 묻고자 하오
내가 옛 부여땅에
신라 순수비를 세울 수 있겠소이까
세우시다마다
이를 말씀이시오니까
허허허
이 북관 술맛이 어찌 이리 좋은고

순 어용들

인오당

남도 진도에서 태어났는데
어찌어찌
황해도 성불사에 들어가
머리 깎은 이래

진파(塵坡)스님이라는 은사 만나
머리 깎은 이래
어찌어찌
안변 석왕사로 갔다가
거기서
금강산 신계사에 갔다
그 이래
이름 없는 수좌로
이 선방
저 선방 다니며
수좌생활 칠십여년이라

그 흔하디흔한
조실 한번 못되고
유나(維那) 한번 못되고
오직 평승으로
이 뭐꼬
하고 앉아서 보낸 세월 칠십여년이라

91세 인오당(印悟堂)

그래도 법상좌 아닌 은상좌는 둘이나 있어
은사의 마지막 병석을 찾아왔다
한마디 안 나올 수 없어
이제 나 갈 모양이라
수허(守虛)
수진(守眞)
자네들 공부 놓지 말게나

인곡당도
지월당도
자운당도
월산당도
어엿한 임종게 남기고 갔는데
큰소리 떵떵 치고 눈감았는데

두 상좌 수허 수진
은사께 청하기를
스님 한 말씀 남기십시오

말은 무슨 말
하고 한동안 두 상좌를 연민으로 번갈아 바라보았다
바라보다가

스르르 눈감았다

그뿐

밖에서 까마귀가
인오당 임종게 대신으로
까악 깍 울어주었다
겨울 감나무에 얼어터진 감 두어 개 대롱대롱 달려 있다

두 처녀

576년
신라는
영토를 넓혔다
진흥왕은
새 영토에 발디뎠다
발디뎌
비석을 세웠다

이로부터 더더욱이나 사람이 있어야 했다

아름다운 처녀 뽑아
원화(源花)를 내세웠다
원화 두령
그 아래로
총각들이 뽑혀왔다
원화 두령으로 하여금
총각들의 품위를 살피게 했다
그런데 어쩌랴
원화 준정(俊貞)이
원화 남모(南毛)를 시새우기 시작했으니
한 총각이
남모와 노니는 것 못 견디어
준정이
남모를 술 먹여

강물에 밀어버렸다

이 신라는 내 세상이니
네년은
저세상에나 가거라
퉤
퉤

그뒤로 아이들 노래 퍼져가니

준정 아씨는 땅에 서고
남모 아씨는 물에 누웠네
누가 누가
물에 넣었나
준정 아씨 잠 못 이루네

드디어 북천 아래쪽에서 남모 시신 찾아낸 뒤
준정의 목 베어버렸다

이로부터
왕명 삼엄
원화 두령 폐하라
오직 총각들
총각 화랑들

깊은 산에 보내어 수신케 하라

두 처녀 간 뒤
총각 화랑들 펑깃 꽂고
태백산에
소백산에 들어가
신명에 통하였더라

어느 총각이
어느 총각을 별룩별룩 껴안았더라 설한풍에도 뜨거웠더라

어느 며느리의 한숨

수래마을 허참판댁 대대 며느리들
이른바 종부(宗婦)들
겉이야
이웃마을까지
가근방까지
참판댁 맏며느리 위엄을 떨쳤으나
그 속내는
얼마나 고되었으리
그 맏며느리뿐이랴
둘째며느리
셋째며느리
넷째며느리뿐이랴

그 며느리들
식모 찬모 몸종
얼마나 얼마나 고되었으리
콧구멍 코피쏟기
넋 놓고 주저앉기
목구멍 단내나기
삼동 얼음빨래 동상나기
손톱 빠지고
발가락 썩고
얼마나 고되었으리
차려내는

칠첩 구첩 반상이야 찬란하나
부엌 부뚜막
남은 밥 남은 반찬
눈치코치로 속 채우고
기명 치우고
솥 씻고
살강 닦고
언제 허리 펼 겨를 있나

시집살이도
시집살이거니와
시집가려면
어디 몸 하나 달랑 가랴

된장
고추장
간장
띠엄장
막장
무슨 장
무슨 장
무슨 장 서른여섯 가지

황석어젓

갈치젓
창란젓
무슨 젓 무슨 젓 서른여섯 가지

인절미
가래떡
백설기
모시떡
무슨 떡 무슨 떡 서른여섯 가지

이런 세 가지 서른여섯 가지
도합 일백팔십 가지를 익혀야
시집살이 소박 막으니

어찌 그뿐이랴
시집가자마자
덜컥
아들 낳아야 하지
아들 삼형제 낳아야
비로소
그 집 사람
그 집 귀신이 되어
제대로 푸우 숨쉬고 허리 편다
혹여 딸이라도 낳을작시면

서방님께오서 당장
작은댁 두니 오름세에 내림세 시앗이라

이런 종부 시집살이 오십년 김씨
나이 예순여덟
길고 긴 세월이라
아들 삼형제
작은댁 소생
아들 삼형제 임종하는데
큰아들이 어머님! 하고 부르자
셋째아들이 어머님! 하고 부르자
그제야
감은 눈
반듯이 뜨고
가까스로 입 열리더니

내 몸에…… 들어 있는…… 것이야…… 탄식…… 탄식뿐이로구
나……

너희들……
너희……

통도사 범종

일제 끝무렵
대동아전쟁 끝무렵
그때가
끝무렵인지도 몰랐다
그 끝무렵

국민학교 아이들은
날마다
전나무 열매 따고
아주까리 열매 땄다
그것이 카미까제 전투기
요까렌(豫科練) 전투기 기름이 된다 했다

그 끝무렵
다리 난간 쇠붙이 뜯고
칠성암 종도 떼어갔다
아랫말
윗말
정잣말 집집마다
놋그릇 놋수저
놋요강 걷어갔다
쟁기보습도 나무보습으로 바꿨다
부엌식칼도 걷어갔다

봉섭이 할아버지 단장
그 단장 끝
쇠 장식도 떼어갔다

허나 영축산 통도사 범종은 떼어가지 못했다
보국대 철거반
본서 순사
지서 순사 들이닥치기 전
하루 전 밤중에
범종 떼어다 절 뒤 중턱에 묻었다

일년 반이나
그 범종 땅속에 묻혀 있다가
해방이 되자
1945년 8월 17일
다시 세상에 나왔다

데엥 데엥 데엥

세상에 나와 육백번이나 울렸다

이 스님이 치고
저 스님이 치고
이 스님이 치고

저 스님이 치고

번갈아 육백번이나 쳤다

그런 다음
새벽 스물여덟 번
저녁 서른세 번 치는 범종
하루에 두 번씩 꼭 울렸다

이것이 해방이었다

귀산과 추항

신라 이차돈 이래
불법이
국법이 된 지 칠십여년

당나라 유학승
명관
지명이 돌아왔다
고구려 망명승 혜량을 승통으로 추대하였다
왜 혜량 따위를 섬기느냐고
국내파 유학파가 술렁거렸다
그러다가 원광이 돌아왔다

청도 호거산 운문사에 머물렀다
나라 안팎
불법 안팎을 살피는 중이었다

거기에
화랑 귀산(貴山)
화랑 추항(箒項)이 찾아왔다
그들의 청에 못 이기는 척
세속오계를 말하였다
불법에 충성이라
불법에 공맹효도라
불법에 교우이신이라

불법에 임전무퇴라
불법에 살생유택이라

과연 원광불교는
석가불교
용수불교 아니었다
자비불교 아니었다

귀산과 추항 돌아갔다
돌아가
화랑을 풍월도에서
무사도로 바꿔갔다 이로부터 화랑은 검수도산(劍水刀山) 군대였다

포장마차 중얼중얼

진경(眞經)인지 위경(僞經)인지 모르겠다
숱한 대장경 가운데 여기 한 경전 있다
빈두로돌라사위우타연왕설법경(賓頭盧突羅闍爲優陀延王說法經)이라
　빈두로돌라사 존자께서 우타연왕을 위해 설법한 경전이라 무슨 놈의
제목은 장황하고 무슨 본문은 단출하다

　한 사나이 트인 벌판을 거닐고 있었다 아무 걱정도 없었다
　그런데 그의 뒤에 난데없는 사나운 코끼리가 마구 내달려왔다 사나이
도 그 코끼리를 피하기 위해 마구 내달려갔다 숨었다
　얼마나 갔을까 거기 난데없는 마른 우물이 있어 우선 그 우물 속으로
내려가 숨었다 그 우물에는 칡넝쿨이 드리워졌으니 그것을 타고 우물
아래로 내려갔다
　내려가니 우물 바닥에는 독사 몇마리가 아가리를 벌리고 있었다 사나
이는 질겁을 하고 우물 위로 올라가려 했으나 거기에는 성난 코끼리가
씩씩거리며 긴 코로 우물 가녘을 쳐대고 있었다
　과연 밑으로 내려갈 수도 없고 위로 올라갈 수도 없다
　이를 어쩌랴
　그뿐 아니었다 우물 벽 사방에는 또한 작은 뱀들이 벽틈을 드나들며
매달린 사나이를 휘어감으려 하고 있었다 간담이 오그라지고 있었다
　그뿐이 아니었다 사나이가 매달린 칡넝쿨 위쪽을 하얀 쥐와 검은 쥐
가 갉아대고 있었다
　이를 어쩌랴
　이를 어쩌랴
　위는 코끼리가 떡 버티고 있고 아래는 독사가 버티고 있다 올라가자

570

니 영락없이 코끼리에게 당할 것이고 내려가자니 독사 밥이 될 것이다
매달린 채 가만히 있자니 매달린 칡넝쿨이 끝내 잘리고 말 것이다
　이를 어쩌랴
　이를 어쩌랴
　이를 어쩌랴
　그런데 이런 막다른 판에 그 우물 안에 난데없는 벌 다섯 마리가 내려
와 붕붕거리며 단 꿀을 한 방울씩 떨어뜨려 사나이의 입을 적셔주었다
　이를 어쩌랴
　그 단 꿀맛이 얼마나 고마운 것인지 몰라 한동안 사나이는 자신의 처
지를 잊을 만하였다

　사나이는 인간을 뜻하였다
　벌판은 이 세상을 뜻하였다
　코끼리는 덧없는 세월을 뜻하였다
　우물은 인간의 몸을 뜻하였다
　독사는 죽음을
　칡넝쿨은 생명의 유한을 뜻하였다
　하얀 쥐는 낮
　검은 쥐는 밤을 뜻하였다
　밤과 낮이 가므로 생명은 줄어가고 있었다
　우물 벽의 뱀들은
　몸에 병이 드는 것을 뜻하였다
　그리하여 다섯 마리의 꿀벌은
　인간의 다섯 가지 욕망

재물 색 먹는 것 명예 안락을 뜻하였다

자 이 비유의 경전은 공포의 경전이기도 하다
그러나 이 비유는 사실을 구성한 경전이기도 하다

공갈 마라
하고 한 녀석이 말하였다
아녀 공갈 아니여
하고 한 녀석이 맞받아 말하였다

그 포장마차집 아주머니가 하품 뒤 한마디 말하였다
아이고 무슨 귀신 씻나락 까먹는 소리여 그런 개타령 쇠타령이나 하며
아까운 술맛 구기지 말더라고
이제 그만 집으로 가봐
집에 가
마누라 몸뚱이나 건드려봐
마누라 몸뚱이에 풀 나면 못써
풀에 못된 풀벌레 생겨난단 말이여

아이고 이놈의 술장사 십년!

네수좌

늘 네네 해서 네대사라 네수좌라 불렀다

저 뻐꾸기소리 듣고 있지

네

그렇지
뻐꾸기소리 들으면 되었지
뻐꾸기가 어느 산
어느 둥지에서 자랐는지 알아서
어디다 써

네

너는 네만 하면 되느냐

헤헤 네

에끼 이천오백년 석가모니 새끼들 가운데
너 같은 놈도 있구나

네

네란 이렇게 너도 없고 나도 없는 막막하기 짝이 없는 것

여섯 도둑 여섯 부처

여섯 도둑이라
저 좋아하는 것을 좋아하느라 발버둥치고
저 싫어하는 것을 싫어하느라 벌버둥치고
온갖 근심걱정 온갖 집착 온갖 시시비비 그칠 날 없는
이놈의 여섯 도둑

눈 도둑
코 도둑
귀 도둑
입 도둑
몸 도둑
뜻 도둑

이놈들을 홱 돌려놓아
바야흐로 눈 도둑은 일월광명세존
코 도둑은 향적여래불
귀 도둑은 성문여래불
입 도둑은 법회여래불
몸 도둑은 비로자나불
뜻 도둑은 부동광명여래가 되느니라

잘못 다스리면 여섯 도둑이나
잘 다스리면 여섯 부처라

1891년쯤 태어나 중이 되어
나라 없어지는 것 보고
나라 돌아오는 것 보아온
팔십 구하노장
법상에 올라앉아
하지 않아도 될 소리
이런 여섯 도둑 여섯 부처 소리나 늘어놓고 내려오니
때는 바람난 봄날이라 산벚꽃들 화냥질하러 부랴부랴 나서는 봄날
이라

환봉노장의 밥

쌀 한 톨이 내 입에 들어오기 위해서
사람의 일손 여든여덟이라 하지
그래서 쌀이라는 글자 하나에
여든여덟 씌어졌지

쌀 씻다가
쌀 몇톨 개울물에 흘리면
제석천이 내려와
그 쌀알이 썩을 때까지
붉은 눈물 흔들린다 하며
환봉노장
용케 알지
용케 알지
반드시 그 쌀 몇톨 건져다
물에 씻어 말리지
말려 모으지

10년 뒤인가
15년 뒤인가
어느덧 한 되가웃이나 되어
그 쌀로 밥 지으니
일러 수챗구멍 공양밥이라 환봉노장 공양이라

흠 오늘은 제석천의 눈물깨나 만반진수로 닦아주는 날이로군

그 노장의 말씀

햇볕이 마루에 내려앉았다
속적삼 뒤집어 이 잡다가
이 잡아 휘익 던지더니
효명노장
어느새 이 잡는 것 잊어버리고
나에게 중언부언 말하셨다

아무리 급해도
바늘허리에
실 매어가지고는
옷 깁지 못하느니라

아무리 급해도
삐악삐악 병아리가
활개칠 수 없느니라

아무리 급해도
갓난아기 입 벌려
고추장을 먹일 수 없느니라
찰밥
찰떡
먹일 수 없느니라

벼 빻아 쌀이 되느니라

쌀이 솥에 들어가야
솥에 들어가
푸욱 익어야
밥이 되느니라

쟁기질도 하지 않고
씨앗을 뿌려서는 안되느니라
계집도 품지 않고
아기를 바라서는 안되느니라

일층 짓지 않고
이층
삼층 지으려 해서는 안되느니라
하신 말씀 잊으셨나
이층 짓지 않고
삼층 지으려 해서는 안되느니라

이런 잔소리 이삼십년 들었더니
어느덧 나도
큰스님 소리 듣는구나

나 순 빈 깡통인데
큰일이구나

북 치는 날

1922년 3월 26일 종로거리
구경꾼이
이쪽저쪽 인도에 희끗 모여들었다

북 치는 행렬이 나타난 것

일본의 총독부가 엄연한데
일본의 조선주차군이 삼엄한데

용주사 주지 강대련을
일본에 붙어
갖은 충성 다 바친
바로 그 강대련을
젊은 승려 1백여명이 끌고 나와
북을 지워
뒤에서 그 북을 치며
종로거리에 나섰으니

조선불교 중앙학림 학사
김상호 강신창 정맹일 양재홍 등
1백여명이 나섰으니

둥
둥 두둥

둥
여기 일본 개 한마리 지나가니
앞으로 보시오
뒤로 보시오
오른쪽으로 보시오
왼쪽으로 보시오

용주사 주지 나리 강대련 화상 나리
이 일본 개 보시오

둥
두둥
둥
두둥

기어이 일본 기마경찰 나왔다
일본 헌병대 나타나
해산하라 해산하라 호령해도 나 몰라라

둥
두둥
둥
둥

윤달봉이

붙잡혀왔다
포도청

너 이놈 자백하렷다
이 말은
앞이 아니라 뒤였다

먼저 잡혀오자마자
거꾸로 매달아
발가락
발가락 사이
불심지 불붙였다

거꾸로 매달아
콧구멍에
잿물 잘도 들어갔다

마구 두들겨패니
흑태가
황태 되었다
황태가
적태 되었다
적태가
흑태로 돌아갔다

정신 놓았다
물속에 집어넣었다 꺼냈다

이쯤에서
붓장난이 시작되었다
너 이놈 자백하렷다
지난 수개월
북촌 반가 내방을 털어낸 놈
금비녀
옥비녀 삼킨 놈
바로 네놈이렷다

절도 4범 윤달봉이
정신이 돌아왔다

나 아니오
이번에는 나 아니오
나 모친상
탈상 앞두고 있소
탈상 뒤에나
다시 밤일하려던 참이었소

너 이놈

이제는 헛타령까지 내뱉는구나

이번에는 압슬
무릎과
무릎 사이
몽둥이 하나 들어가
두 다리 살점이 떨어져나가고
흰 뼈가 드러난다

오호라
벌은 관의 대도(大盜)에 미치지 못하고
예는 양서(良庶)에 미치지 못하는도다

그날밤
윤달봉이 자백 거부하고
끝내 목숨 놓아버렸다

쉬쉬쉬

포졸 둘이
윤달봉이 송장 끌고
별똥 밤 먹밤중 소만 추위에 덜덜 납시었다

쉬쉬

혜인의 전생

겨울산 빨간 열매 알알이
찬바람에 떨어대는
열매 알알이
그 열매 같은
열세살 꼬맹이
오늘도 노승 능허당의 뒤를 알알이 따른다

도봉 내려갔다
도봉 오르는 길

도봉 원통암
전란으로 무너진 뒤
움집 하나 지어
여기가 능허당의 처소렷다

오늘도 관음재 넘어
탁발 돌아
쌀 두 되를 걷어들였다
오늘도 꼬맹이가 뒤를 알알이 따랐다

저 아래 창동 윗골까지 따라오더니
오늘은 관음재까지 따라왔다
모르는 척하다가
처음으로 뒤돌아보았다

너 이놈아
웬일로 나를 따라오느냐
너 웬놈이냐

대사님이 좋아서
대사님만 보면
따라가고 싶어요
왜 그런지 몰라요

너 이놈 부모는 있느냐

지지난해 가을
인민군 후퇴 때 폭격으로
동네사람 다 죽었어요
어머니만 팔 하나 없어진 채
살았다가
지난해 세상 떠났어요

능허당이 말했다
할 수 없다 너 나하고
절에 가자
절도 다 무너졌다
다시 세우자

원통암 혜인의 금생 이렇게 시작했다
시냇물 속 돌멩이들 알알이 놀았다

상걸이 왕고모

만주와 내몽골과
황하 하류에 가
독립군 뒤에서 일하다 돌아온 이래
그 상걸이 왕고모께서
남장 남복으로 사시다가
어찌어찌하여 돌아온 이래

딸만 쪼르르 쪼르르
열하나 낳고
열두번째
또 딸 낳더니

이제 딸은 지긋지긋하구나
하고
열두번째 딸아기
엎어놓으니
죽어 저승 가라고
엎어놓으니
질긴 목숨이라 죽지 않고
응애응애 울어댔다
그 열두번째 딸 무럭무럭 자라나
어느새 땀지근한 처녀로구나

그 열두번째 딸 두고

다시 중국으로 가
독립군 밥 나르고
총 맞은 전사 업어왔다

팔달령 만리장성 올라
애간장 녹이는
되년 노래 들으며
고향 생각
고국 생각 하였다

그 늙어버린 상걸이 왕고모께서
어찌어찌하여 돌아온 이래

어느날 밤
혼자 통곡하기를
이제 나에게 사위 집에나 딸네 집에나 가서
외할머니 노릇이나 하는 것뿐인가
이제 열두 딸년들
시집 보낸
친정어미 노릇이나 소락소락 하는 것뿐인가

귓속
태항산 총소리 감감 아득하구나

허백명조

속명 이희국께서는
통정대부 이춘문의 아드님이시라
열세살 아이
홀연히 집 나가
묵연히 절에 들어가셨다

저 장엄
저 아기자기
두루 지닌
묘향산 보영당께 의탁하셨고
사명당께 수계하셨다

때로 학승
때로 선승이셨다
이 산 저 산이 내 집 한칸이었고
정묘호란
그 폐허가 내 싸움터이셨다
팔도승병대장이셨다
10년 뒤
병자호란
팔도승병장이셨다
금강산
지리산
구월산 패엽사에 승군을 모으셨고

묘향산 보현사에 승군을 펼치셨다

그의 제자들 여기저기
불어나는 강물이셨다
보현사파
갑사파
담양 법운산 옥천사파로
피어오르는 구름이셨다

오늘 입적(入寂)

산하가 입을 다무셨다 죽음은 장엄하고
씻긴 법구(法軀)는 이쁘디이쁘다

명월 흉금

누가 증명하시는가
누가 증명하시기보다
내가 짐짓
믿어 의심치 않는 그것으로
산 너머 달이 떠
산 위에 오른다 환하도다

고려 보조지눌 간절한 바
보조 수심결 간절한 바
그것으로
시든 나뭇가지 살아나
파릇파릇
푸릇푸릇하였다 환하도다

여기 한 젊은 수좌 한우선사
서른살에 통도사 조실
쉰살에 봉은사 조실
그러는 사이
하다 말고
하다 말고
저 평안도 산골 들어가
혼자 댕그랑 앉았도다
저 강원도 오대산 상원에 올라가
한번도 내려올 줄 몰랐도다 소식 없도다

혼자 앉아
달빛을 먹었도다
가슴속 배꼽 밑 미주알
달빛 가득하였도다

언필칭 도(道)라는 것

한번으로 끝나지 않고 세세상상 닦으리로다

보조선 점수
더도 말고
덜도 말고
그것이면 되리로다
어찌 저 달이 오늘밤뿐이리오 이내 동가슴 똥끝까지 환하도다

설사

후대 순창 설씨 족보에 의하면
옛 신라 원효의 속명
다음과 같다

성은 설씨요
이름은 사(思)라
아잇적부터
생각이 많았던가

설사(薛思)

그가 홀연 산에 들어가
법명 원효였고
산에서 내려와
소성거사(小性居士)로
소인배 노릇
복성거사(卜性居士)로
납작 엎드려 살았던가

요석궁 과부공주의 지아비였고
아들 설총의 아비였다

동쪽 나라 불교의 으뜸이
동쪽 나라 유교의 첫걸음을 이루었으니

멋져

그 설총의 아들
설중업이 신라 사신으로
파도 넘실넘실
일본에 건너갔다
혜공왕 15년 여름이었다

일본의 석학
일본의 대작(大爵)
오우미 미후네(淡海三船)를 만나
상응하니

오오 공께서
『금강삼매경론』을
사흘 만에 지으신
화엄교주 원효의 손자시구려
기뻐라
기뻐라
그 자리에서 시를 지으니

일찍이 원효께서 지으신
『금강삼매경론』을 읽고
감동하였건만

그이를 뵙지 못한 한이 있는데
이제
그이의 후손을 만나니
여기 기꺼이 시 한수 써드리노라

원효 사후 백여년 뒤의 일
그때까지 잊혀진 원효
기지개 펴
다시 신라 산야를 거닐었으니
여기서도 원효
저기서도 원효
가는 곳마다 원효와 거짓 원효 쌓이고 쌓이더라

죽어
백년 뒤
어찌 천년 뒤
천오백년 뒤
그이의 자취만이랴

저 고려 의천
석가 이래 용수
용수 이래 원효라 일컫더라
어찌 그이의 자취만이랴

또한 원효 『십문화쟁론』도
일본은 물론
중국까지 건너가
설산 넘어
인도까지 넘어가
싼스크리트어로 옮겨 펴내었더라
어찌 그이의 자취만이랴

바로 네가 설사요
옛 설사가 너 아니랴 네 아홉 구멍 드나드는 백욕백정 아니랴

진정

의상사마의 소문 자자했다
서라벌 기와집 골목에도
색주가에도 자자했다
지방군 막사에까지
그 소문 자자했다

한 병졸
지방군 초병 여가에
품 팔아
홀어머니 봉양하였다

그 홀어머니한테까지
의상사마 소문이 자자했다

어서 가거라
의상사마 찾아가거라
내 걱정 말고
어서 가거라

아들
세 번 사양
어머니
네 번 분부
끝내 홀어머니 뜻 따라 떠났다

감히 의상사마 문하에 들었다
화랑도 있고
진골 핏줄도 있고
육두품 자제도 있고
무엇도 있었다
지방군 병졸도 거기에 들었다 천출도 있다

수행의 세월 밤을 낮 삼았다
의상사마 10대 제자
병졸 출신 진정(眞定)은
해인삼매
스승의 법계도에
사구게(四句偈)와
삼문(三門)을 지어 바치고
표훈은
오관(五觀)을 지어 바쳤다
스승 의상이 고개 끄덕였다

그런 진정의 홀어머니 세상 떠나자
진정이
7일간 선정에 들어
명복을 빌었다

이것을 안 스승 의상도

제자 진정의 어머니 명복을 빌어
화엄경 법회를 열었으니
소백산 기슭 추동 초막
거기에
회중 삼천이 모여들더라

며칠 뒤 진정 자취 없더라
더 깊은 산중
혼자 들어가
스승 의상의 법으로 허공을 채웠더라
밥도 물도 잊고
해골이 되어
대화엄 대허공을 이루었더라

결의

금강산 내금강 높디높은 곳
갈까마귀도 가지 않는 곳
나비도 가지 않는 곳
거기 마하연 선방
눈빛 푸르른
두 젊은이의 마음이 하나였다

도광
도천

우리 둘은 둘이 아니노라
우리 둘은
두 은사를 다 섬기노라

그리하여
도광의 은사 효천
도천의 은사 무각이
도천의 효천
도광의 무각이었다

우리 둘은
장차 상좌도
따로 두지 않겠노라
네 상좌가

내 상좌요
내 상좌가
네 상좌이리라
우리 둘은 걸망 하나를
번갈아 지리라

우리 둘은
함께 아프고
함께 배고프리라
함께 얼음덩어리 지고 정진하리라

우리 둘은
한날한시에 이승을 떠나리라

뒷날
도광의 상좌들 손상좌들
도천의 상좌들 손상좌들
각자의 가문이다가

초파일 잔치 끝나고
두 가문 문도회(門徒會)를 열어
도광 도천 문도회 결성
두 스승의 한뜻을 이어내려가기 시작하였다

때마침
저 부찰(富刹) 무국사 날일자 문중과
저 대찰(大刹) 태어사 문중이
제 문중
종정 추대에 목숨 걸고 싸움판 벌이고 있다 딱하디딱하구나

친일승 몇대

임진왜란 7년 전이라
이미
일본 오오따니파(大谷派)
본원사 별원 고덕사를 세웠으니
부산포에 세웠으니
그 별원 주지
오꾸무라(奧村淨信)가
일본 정탐꾼의 노릇을 다 하였으니
1877년 가을
그 후손인
오꾸무라(奧村圓心)가
부산에 와
대곡파 별원을 지어
일본불교를
조선에 퍼뜨리고 있었으니
푸짐한 낚싯밥에
덜컥 걸려든 고기 한 마리
월척이라
범어사 승 김철주라

어느새 일본인으로 변장
일본 쿄오또
본원사에 건너가
황공하옵게도

일본 승적(僧籍)을 받아왔으니

그 김철주를 뒤이어
3백년 뒤
한양 본원사 이동인이
일본불교를 받아왔으니
그뒤를 이어
무불(無不)
인전(仁典)
묵암(默庵) 들이
본원사 불상을 섬겼으니

이윽고
가야산 이회광이
조선불교를 버리고
일본불교를 세우려
현해탄을 분주히 오고 가다가
그 등짝에 화인(火印) 찍혀 주저앉았으니
오호 친일승도(親日僧徒) 누대무상(累代無常)이라

편양언기

열살짜리 아이가
금강산에 들어와
서산의 상좌 현빈에게서 득도하였습니다
금강산 유점사에 살다가
임진왜란 뒤
묘향산 서산노장을 사분사분 찾아갔습니다
그해 현빈 수좌가 세상 떠난 뒤였습니다

서산노장 79세입니다
아기 수좌
편양언기(鞭羊彦機) 18세입니다
흠흠 네가 이제 왔구나
하고 노장이 그 손자 상좌를 막내 상좌로 올려 삼았습니다

어언 23세의 청년승 편양언기였습니다
그때
서산노장 열반에 들었습니다

노장의 상족
정관은 48세
사명은 37세
소요는 19세
이런 몇십명 상좌 중의 하나로
편양이 스승의 뒤 즈려밟고

스승의 행장기를 냉큼 씁니다

그리하여 써 스승의 교는 사명이 잇고
스승의 선은 편양이 스스로 이었습니다

금강산 내금강에도
묘향산에도
스승 서산대사 비를 우뚝 세웠습니다
그뒤로 편양은 힘껏 닦고 힘껏 폈습니다
평양성으로 들어가
참숯장수
물장수로
백성들을 힘껏 귀의시켰습니다
그는 선을 이어가되
선교를 아울러 이루었고
세간 출세간을 아울러 이루었습니다

서산 4대문파
사명
정관
소요
편양이 법을 떨치는데
오직 편양 가문이
스승 서산을 능가하는 우렁우렁한 가문이 되었습니다

세월은 무상신속
서산 이후
편양 이후
오직 63대 서산 64대 편양으로
조선불교 법통을 굳게 만들어냈습니다

내 등짝이 불을 지고 가노라
내가 가는 곳
극락이 아니라
지옥이니라
스승께서 잃은 나라 찾으셨으니
내가 잃은 법을 찾아오리라

북녘사람도
남녘사람도
산중에서도
시중에서도

편양언기 대사라
편양언기 화신이라
편양언기 대선사라
편양언기 보살이라
편양언기 해동불타라
이런 칭호로 자욱하였습니다

안개 끼면
편기무(霧)라 하고
맑은 날이면
편기청(晴)이라 하였습니다

암 세상이 좀 지나치다 하였습니다

운수승 김시습

생애 59년의 38년을
이 절
저 절에서 보냈구려
유학이었으나
불학으로 살았구려
불교였으나
유교를 버리지 못하였구려
설잠(雪岑)이라 칭하다가
매월당(梅月堂)이라 칭하다가
또 뭐라 칭하다가
여기 있다가
저기 있다가
저기 있는가 하면
여기 있고
여기 있는가 하면
여기 없는 그 사람
또 뭐라 뭐라 칭하다가

시 지어
지은 시
흐르는 개울에 떠내려보내는 사람

살되
살지 않은 사람

살지 않되
살아야 했던 사람

세살 때 시를 짓고
다섯살 때
임금 앞에서 시를 짓고
중용 대학을
줄줄 외우던 사람
그리하여 세상이
오세(五歲)! 오세! 오세!
놀라던 사람
그 5세 신동이
21세 준재가 되었을 때
수양 정변이 일어나니
3일 통곡
그길로 설악산에 들어갔구려
머리 깎아버렸구려
내설악 백담사
내설악 오세암
그 산중에서 가사(袈裟)를 걸었구려
관동 호남 영남 나그네
17년 뒤
서울에 돌아왔구려
춘풍추우 세조의 시대

운수승(雲水僧) 26년
머리 길렀구려
순흥 안씨 노처녀를
아내로 맞이했구려
그 아내 죽자
다시 머리 깎고 산으로 갔구려
설악으로 가고
어디로 가고
그러다가
충청도 부여 무량사로 갔구려
거기서 눈감았구려
절 뒤에 누가 묻었구려

그의 시 하나

천봉만학 밖 구름 한 조각
새 한 마리 오네
올해는 이 절에 머물건만
내년은 어디 가나
바람 자니 솔 그림자 창도 자고
향불 삭아 방 고요하네
이생 이미 나를 내버렸으니
물 가는 곳 구름 가는 곳 그렇게 가리

공상

경주에 간다
황룡사터 3만평 폐허 그 절터 돌아다본다
그 폐허 빈터에
그 풀밭에
금당이 선다
요사들이 선다
그 자주 기둥 회랑들이 선다
구층목탑이 선다
어언 1백년 내내 지었던
그 절이 1천 2백년을 지나
그 빈터에
새로 선다
구층탑
80미터 그 밑
여왕이 서 있다
여왕이
구레나룻 상대등과 함께 서서 웃고 있다
모란꽃 만개

요즘 여왕의 번뇌 하나
어찌하여 진골에는 쓸 만한 사내 없을까
육두품 천우 그런 사내 없을까
경건한 도량에 와서
문득 떠오른 것

그 육두품 젊은이 천우의 모습이었다 거기 안기고 싶었다

탑을 돌았다
일층은 어디
이층은 어디
삼층은 어디
사층 어디
오층 어디
육층 어디
칠층 어디
팔층 어디
구층은 어디

내 마음속 십층에는
꼭 내가 나를 바쳐 다스릴
젊은이 천우를 놓으리라

원적암 입적

시로 비롯하여 시로 마치도다

쾅! 하고 지팡이 내리치니
천하가 놀라 달아나고
옛 성현 깨우친 길 분명하거늘
걸음이 어김없어라
나고 죽고 가고 옴이
본디 하나이니
라라리라리라라(羅羅哩羅哩羅羅)

이 시 지어 읊고 나서
남녘에서
북녘에서 모여든 제자들에게
나 오늘 호강 한번 시켜다오 하니
가마에 태워
묘향산 여러 암자를 오르내리며
법당 참예를 마쳤다
날 춥고 눈길 험하니
눈 녹은 뒤 가시오소서 만류해도
오늘 가지 않으면 갈 수 없는 일이구나
가고 싶구나
가고 싶구나 해서
험한 산길 가마를 탔다

원적암에 내려와
아이고
아이고
소원성취하였구나 하고 좋아하였다

1604년 선조 37년 정월 23일의 일
아침 목욕하고
그해 정월 23일
새옷 갈아입고
향 사르고
법당 대중에게 가르치니

이 한 물건을 찾아라
이 한 물건은
멀리 가서 찾지 말아라
내 몸 밖에도 없고
내 몸 안에도 없다
찾아라
고양이가 쥐 잡듯
어린아이가
엄마 젖 찾듯
마음속에서 찾아라

마침내 시가 나왔다

천만 가지 헤아림이
붉은 화롯불 한점 눈이로다
진흙소가 물 위를 가니
대지 허공이 짝 갈라지누나

마침내 또 시가 나와야 했다

초상화 가져오라 해서
거기에 한수 읊어내니

팔십년 전에는 네가 나이더니
팔십년 후에는 내가 너로구나

입적(入寂)!

오른발을 왼허벅에 놓고
왼발을 오른허벅에 놓았다
앉은 입적

시마(詩魔) 청허자(淸虛子) 라라리라리라라

금화

화상께서
달마조사 서쪽에서 오신 뜻은
무엇이냐고
물으니

이 미련한 놈 둘러대기를
달마조사 동쪽으로 오신 뜻은
궁금하기 짝이 없으나
서쪽에서 오신 뜻은 알고 싶지 않소이다

헉
억
절밥은 몇그릇이나 처먹는고

이 미련한 놈 둘러대기를
밥그릇으로 밥 먹지 않고
솥에서 바로 퍼먹은지라
밥그릇 수는 잘 모릅니다

헉
억
은사는 대체 누구인고
도자 암자이옵니다만
부르는 이름이 그럴 뿐이옵니다

헌데 왜
은사 밑에 있지 않고
여기에 이르렀는고
좁쌀이면 좁쌀
보리쌀이면 보리쌀
한가지만 정해놓고
한가지 밥만 먹기 싫습니다

헉
억
이 방 네가 다 차지하거라

세월네월 30년 뒤

이 미련한 놈의 제자 수백
그 제자들의 제자들 수천

절밥 한번 가마솥째 오지게 퍼먹었구나

성암

며칠 굶었다
거지 거지 상거지로
내금강 장안사에 이르렀다
장안사 중들이
뭬
뭬
하고 쫓았다
오직 한 중이
여기 있어보거라 불러들였다

나무하는 일 5년
밥하는 일 5년
그러다가
경 보는 일 5년

에잇 경 버리고
선 5년
다시
선 5년이라

혜월께서 이르기를
그래 밭이나 갈아라
만공께서 이르기를
배고프면 밥 먹어라

운봉께서 이르기를
푹 잠이나 자거라
석우께서 이르기를
도에 빠져죽지나 말어라
한암께서 이르기를
나무하기 몇년이매
도 닦지 않아도 되느니

이런 말씀을 다 듣고 나서도
한구석이 허전

이 스승들 말고
한구석 채울
한 스승이 떠올랐다

수월이라!

다음날 새벽
바랑 지고 떠나니
내금강 장안사에서
멀고 먼 길
두만강 건너
간도 용정 밖 거기까지
두 달 보름 동안

일보일배로 찾아가니
짚신 삼던
수월께서 이르기를

무엇하러 여기 오셨나
내가 그대에게 찾아가려는데
무엇하러 오셨나

함께 우물로 가서
물 한되 떠
둘이
꿀꺽꿀꺽 나눠마셨다

속명 윤석구
법명 성암이라

어느 사자(師資)의 시작

지국총 지국총
서부 다도해

바다
바다
섬
섬
섬과 섬 섬들

두 사람이 목포에서 만났다
우연이라
둘은 하나가 되어갔다
하나이다가
다시 둘이 되어왔다
둘이 다시
하나가 되어갔다

목선을 탔다 돛 하나 폈다
완도에 닿았다
떡 사먹었다
보길도로 갈까
보길도로 가자면
노화도로 가는 배를 타야 했다

배 떠날 시간을 내내 기다렸다
하품이 났다
금오가 돌멩이를 집어들고
월산에게 내밀었다

어디 한번 말해보아라
이 돌멩이
마음 밖이냐
마음 안이냐
월산이 그 돌멩이 빼앗아
냅다 바다에 던져버렸다

금오가 다시 돌멩이 들고 물었다
안에 있느냐
밖에 있느냐
월산이 또 그 돌멩이 던져버렸다
금오가 세번째 돌멩이 들었다
밖이냐
안이냐
월산이 그 돌멩이
멀뚱멀뚱 바라보았다

금오 가로되 더 익혀라

월산 가로되 예
그 돌멩이를 두 손으로 받쳐들었다

배가 떠났다

이렇게 아이들같이
동네방네
대여섯살짜리 아이들같이
두 사람은 시작했다

원 개똥 쇠똥 같은 날이로군

후시미의 시 두 편

관백(關伯) 토요또미가 죽었다
토꾸가와가
일본열도를 가졌다
조선의 강화사절 사명이
일본 후시미(伏見)성에 이르러
토꾸가와를 만났다

후시미성 7층
토꾸가와가 즉흥시를 지어 읊었다

독 위에는 풀이 나기 어렵고
방 안에는 구름이 일지 않는도다
그대는 어느 산새이기에
봉황의 무리를 찾아왔는가

사명이 즉흥으로 붓을 들어 읊었다

나는 본래 청산의 학이어서
항상 오색구름 위에 놀았는데
하루아침에 구름과 이슬이 다하여
들새 무리 속에 잘못 떨어졌노라

허허허
하하하

이렇게 웃고 나서 담판에 들어갔다
먼저 조선인 포로를
돌려줄 것

좋소

이렇게 담판 몇가지 마친 이래
반도와 열도 260년의 평화를 열어놓았다

조선통신사의 축제
왔소 왔소
사천왕사 왔소 왔소의 축제
조선의 사(詞)
조선의 학(學)
조선의 시서화 삼절이 전해진
천년의 문물을 이어놓았다

두 물건의 시 두 편 그것 썩 좋았다

향곡

동구 밖 장승이시네
천하대장군이시네 지하대장군이시네
아니
강감찬 장군이시네
우람우람하시네

향곡 혜림선사

열여덟살
벌써 청동 목소리 쩌렁

누가 옷 주면 옷 버린다
네가 주니
나도 준다
누가 신발 주면 바로 신발 없다
내가 주니
너도 준다

어느덧 마흔
누가 물었다
뉘 집 노래 부르십니까

운문(雲門)으로부터 일구(一句)를 받았으니
영겁 살고도 남았느니라

누가 다시 물었다

이 밤에 별다른 일구(一句) 없습니다

허리춤에 10만관 돈 두둑이 차고
하늘에나 땅에나 놀러 다닌다 어쩔래

바람 인다
솔잎들이 이슬을 털었다
어쩔래

너 이놈 성철
어디 두고 보자
껄껄

북관 수월

두만강을 건넜다
잿빛 먹물빛 옷 벗었다
머리 길러
상투를 음전히 올렸다

두만강 건너
회막동

거기서 소를 길렀다
열일곱 마리
열여덟 마리 길렀다
북관의 소들
간도땅 논갈이를 썩 잘했다

일관산 너머
풀밭에 있었다
뱀이 많았다
도라지가 많았다
곡괭이자루만한
백도라지를 캤다

밤에는 짚신을 삼았다

스무 켤레

서른 켤레
마당 나뭇가지에
주렁주렁 걸어두었다
덕지덕지 걸어두었다

강 건너온 조선동포들
신 없는 동포들
제 발에 맞는 것 신고 갔다

가마솥 안쳐
몇십명씩
주먹밥 먹여 보냈다
쉰여덟살
예순살
그런 나날을 웃으며 보냈다

그런 뒤 아라사 접경
흑룡강성 수분하로 갔다
개들이 꼬리 쳤다
꿩과 노루 도마뱀도 왔다
수분하 육년살이
거기서도 내내 미투리 삼았다
새끼 꼬았다

1928년 일흔네살
이만하면
이 세상 되었다
개울에 가 몸 씻었다
앉아
숨 놓았다

해가 벌써 짧아졌다

연 날리는 날

1898년 음력 10월 27일
북관 대처 함흥 부잣집 아들
박정걸
자라나며
가근방 자자하게
신동이 나타났다 하였다

공교롭게 그 아이의 생일
음력 10월 27일
이 마을
저 마을에서
모여든 사람들이 연 날리는 날이었다

아이 정걸도
할아버지가 만들어준
생일선물
연을 가지고
연날리기 시합장으로 갔다

함흥 진뜰 들녘
별써 연들이 날아올라
하늘 속에 꽃 피었다 나비 떠 있다
바람이 세어졌다
연줄의 팽팽한 힘이 무서웠다

연이 가자는 대로
연 따라 나아갔다
연줄이 끄는 대로
연줄 따라 나아갔다 무서웠다

가고 갔다

들녘 지났다
언덕 지났다 무서웠다

어느덧 십리 반이 넘은 곳
산기슭에 이르렀다
귀주사 입구
그곳에서 연을 내렸다

돌아오며
귀주사 쪽을 돌아다보았다
저녁 종소리
아이의 귀청에 들어왔다 무섭지 않았다

그뒤로 어머니를 따라
귀주사를 다녔다
그뒤로
귀주사에 들어가 살기 시작하였다

귀주사 사미
박정걸

일본 가서 공부하다가 그만두고
신문사 지국장하다가 그만두고
느지막이도 남쪽으로 내려와 범어사 비구가 되었다

속명 박정걸
법호 박추담

만암 입적

당나라 등은봉(鄧隱峰) 선사
물구나무서서
돌아가셨다
고려 보조선사
대중 법문 뒤
법상에 앉은 그대로
돌아가셨다

1957년 여든한살 만암께서는
때마침
눈이 펑펑 내리는 날
문 열고 보다가

눈이 많이 내리니 올해는 풍년 들겠다
이 한마디 뒤
돌아가셨다

세상 피붙이 인연 없으셨다
네살에 아버지 돌아가셨다
열한살에
어머니 돌아가셨다

절에 들어가셨다

절에 들어가
벌 기르고
대숲 기르고
밭 일구고
어제런 듯 선정에 들으셨다

고려 태고(太古)의 법맥 이어
조선불교 한짐 져 지키시다 놓으셨다

세상에서 제일 좋은 말씀 놓으셨다
올해는 풍년 들겠다

그런데 더 좋은 말씀 남겨두셨다
자네가 하여야지
자네가 하여야지
그 말씀
자네가 하여 멧새 잣새도 들어야지 안 그려

동과 서

서라벌 북산 산중 오두막
원효와 의상
몇살 차이
원효가 의상더러 아우라 하고
의상이 원효더러 형이라 하여

멀리 가서
함께 도를 이루자 하여

걷고 걸어
큰 강을 건넜다

거기 고구려 경계에서 첩자로 붙잡혔다 풀려났다 쫓겨났다

다시 서라벌 북산 오두막에 돌아왔다
오두막 지붕이 내려앉았다
갈 때는 언제고
올 때는 언제냐 하고
그 오두막 지붕이 폭삭 내려앉아
두 사람을 꾸짖었다

이번에는 뱃길로 가자 하고
아산 바닷가 포구로 향하였다
포구 가까워져

밤이 깊었다

굴 밖은 억수로 비가 오고
굴 안은 빈속이라
목이 말랐다

원효가 굴속을 더듬었다
물이 있었다
그 물을 마셨다 다디달았다

다음날 날 새었다
원효가 마신 물은
해골에 담긴 물이었다
토하려 했다
토할 것이 없었다

이렇구나 이렇구나 일체유심조(一切唯心造)로구나

이보게 아우
나는 서라벌로 돌아가겠네

의상이 말리지 않았다
돌아가겠으면 가시구려
나는 배를 탈 것이오

의상이 탄 배가 사라질 때까지
원효는 서 있다가
돌아섰다

하나는 동으로
하나는 서로
하나는 혼자로
하나는 여럿으로
하나는 붉은 연꽃으로
하나는 흰 연꽃으로

원효는 동으로 가 신라 여자를 만났고
의상은 바다 건너 당나라 여자를 만났다 이렇구나 이렇구나

누가 풋감이고 누가 홍시인가
이런 헛소리 그만두게나 그 동과 서에 함부로 잔소리 거들지 말게나

어느 태몽

꿈속에서 어머니와 아들이 함께 도를 이루었다
거봐라!
거봐요!
함께 도를 깨쳤다
길바닥에 떨어진 거울조각에
햇빛이 비쳐주었다

이 꿈으로 아들을 낳았다
아들을 길렀다
철새가 몇번 오고 몇번 갔다
어느새
아들 열여섯살

어머니가 말했다
너는 장차 목련존자가 되어
이 어미를 제도해다우

아들을 절에 보냈다
3년 뒤
그 아들을 불러왔다
이놈아 절에 가 원주(院主) 노릇이나 하려고 갔더냐
하고 지팡이로 두들겨팼다

아들이 다시 절에 가

범패를 배우고
바라춤을 익혔다
마침내 어산(魚山) 우두머리가 되었다

이번에도 어머니가 가서
그 우두머리를 두들겨팼다
이 못난 놈이
목련존자가 되라 했더니
기껏 무당 푸닥거리 흉내나 내느냐
썩 꺼져라

그뒤 아들은 경전을 다 배워
경학원 대강백이 되었다

늙은 어머니가 산에 왔다
아들이 학인들을 가르치는 것을 보고
지팡이로 두들겨팼다
기껏 훈장 흉내나 내느냐

그제야 늙은 아들은 어머니의 뜻을 알았다

다음날 다 버리고
뒷산 토굴에 들어박혀
이 뭐꼬

이 뭐꼬
삼매에 들었다

몇년 뒤 어머니가 찾아왔다
아들이야
누가 오는 줄 모르고
누가 가는 줄 모르고
좌선삼매로 앉아 있었다
어머니가 통곡했다
아들이 앉은 채 죽은 줄 알고
목놓아 통곡하는
그 찰나
어머니도 아들도 함께 도를 탕! 깨쳤다

세 일초

한 일초(一超)가
다른 일초에게 물었다
너는 누구냐
다른 일초가
한 일초에게 답했다
나는 너다

한 일초가
다른 일초에게 물었다
내가 너라고?
다른 일초가 답했다
그래 네가 나다
한 일초가 무릎을 쳤다
아 그렇구나
그런데 저쪽에서
또다른 일초가 왔다
한 일초가
그 일초에게 물었다
너는 누구냐
그 일초가 투덜댔다
내가 누구면 뭘하니 누구 아니면 뭘하니

세 일초가 함께 갔다
그런데

세 그림자는 없다

허깨비인가 허깨비가 허공중에 허우적허우적 빠져버렸는가

나옹

해진 옷 한벌과 지팡이 하나가 그이셨다

1320년 동해 영덕에서 태어나셨다
세곡을 내지 못한
아버지가 집을 떠나셨다
아버지 대신
어머니가 관아에 끌려가셨다
끌려가는
어머니 몸에서
세상에 나오셨다

어찌어찌 여섯살에 팔려나 서천축 승려 지공을 만나셨다

어찌어찌 원나라로 건너가
다시 지공을 만나셨다

눈 밝은 법당에게 하늘의 검을 내린다
하고 말하며
법의와
먼지떨이 불자(拂子)를 내리셨다

당나라 임제의 법맥을 이은
평산이 인가하셨다
그대 보리를 얻었도다고

정혜(定慧)를
두루 갖추었도다고

그가 고국 돌아오셨다
공민왕이
왕사로 추대하셨다

스님께서 두 번 세 번 사양하시니
짐이 불법에서 물러나겠소
하고 떼를 쓰며 간청하셨다 별수없이 수락하셨다

그러나 그는 머지않아
그 궁중의 왕사 자리 그 휘황찬란한 자리 버리고 산으로 돌아가셨다

나옹혜근

평범

환적 노스님께서는
다섯살에 절에 들어오신 이래
승랍 75년

금강산 마하연
묘향산 상원암
오대산 북대
지리산 천은사
영축산 내원암
진주 연화사
장성 백양사
대둔산 대흥사

여러 선방
여러 암자의 선객이셨으나
단 한번도
선방 거량(擧揚) 없으셨다
단 한번도
대웅전 법상 올라
큰 법문 한 적 없으셨다
누가 법문을 청하면
에끼 이 사람아
나귀더러
천리마 노릇 하라 하시는가

누가 한마디 내질러
산하대지가 잠들었는데
화상께서는
어찌 깨어 있는고
하고 거량을 청해도
에끼 이 사람아
벙어리더러
아리랑 부르라 하시는가

누가 찾아가면
할아버지인 듯
아버지인 듯
시아버지인 듯

자네 마누라한테
금반지 하나 해주시게나
자네 자식 말고
남의 자식도 한번씩 넌지시 바라보시게나

이윽고 세상 떠나시는데
어찌타
거창하게시리
임종게 읊으시리오
그저 그렇고 그런 상좌 서넛한테

깍듯이 한마디

나 먼저 가네
잘들 계시게

눈감아버리셨다
그렇고 그런 상좌 서넛이
이불 홑청 뜯어
얼굴을 덮어드렸다

괜히
나무아미타불 따위 불러대어드렸다

혜근

왜 이런저런 이야기들이 줄곧 따라다니는지요

당신께서
원나라에서 돌아오실 때
압록강 요하 강물 위로 걸으신 이야기

당신께서 개경
송악산 동쪽 일휴암에 계실 때
멀리 가야산 해인사에
큰불이 난 것을 알고
일휴암 밑 냇물을
손으로 떠
허공에 날려보내니
그 물이 멀리 해인사에까지 날아가
불을 껐다는 이야기

당신께서
방금 숨넘어가는 노파한테
아직 가지 마오
하고 말하자
방금 죽어간 노파가 살아나 벌떡 일어났다는 이야기

당신께서 양주에 계실 때
산허리 칡넝쿨에 걸려 넘어지자

산신을 꾸짖은 뒤로
칡넝쿨이 석 자 이상 자라지 못하게 되었다는 이야기

당신께서도 짚고 가던 지팡이를
내리막길에 꽂아두었더니
그것이 금방 뿌리내려
천년짜리 홰나무로 솟아올랐다는 이야기

이런저런 순 날도둑 이야기 가운데
제대로 된 이야기도 끼여 있었습죠
북방 홍건적 쳐들어왔을 때
당신은 피하지 않고
그대로 신광사에 계시다가
거기 온 홍건적 두목을 타일러
살인 약탈 방화 그 끄트머리 그치게 하셨다는 이야기

공민왕 왕사
우왕 왕사로 있다가
양주 회암사로 가서
남녀노소 십만여가 모여들어 공경하자
조정의 신진세력 유신들이
당신을 그곳에서 쫓아버린 이야기
아니
당신이 그곳에서 쫓겨가다가

한강 기슭 신륵사 하룻밤 머무는 사이
당신께서 암살당하셨다는 이야기

왜 이런저런 이야기들이
당신을 따라다니며
몇백년의 산야를 떠돌고 있는지요
혹시 그 이야기들이
당신의 떠돌이 혼백 그것이 퍼뜨리는 군소리는 아니신지요

보제존자시여
보제존자시여
일곱살 사미 시절
그 초롱초롱한 눈빛
혜근이시여

길

스승 향원과
제자 정수
두 사람이 간다
이상하다 매미가 울지 않는다

정수가 묻는다
오늘은 매미가 왜 울지 않을까요

향원이 대답한다
모르겠구나
너도 모르고
나도 모르니
누가 알겠느냐

정수가 돌부리에 채어 넘어진다
어이쿠
향원도 발 헛디뎌 넘어진다

둘이 일어나 서로 웃는다 서로 배가 고프다
이상하다 매미가 울지 않는다
비가 오려나
눈이 오려나
세상은 묵묵부답

정수가 묻는다
부처님은 참 심심하겠습니다
할 일이 없지 않습니까

향원이 대답한다
우리도 마찬가지 부처님 시늉으로 심심하지 않으냐

가도
가도
절이 보이지 않는구나

채하봉 아래

금강산
비로봉
영랑봉
그리고 제3봉 채하봉
항상 구름 속에 들어가 있지
그 채하봉 아래
항상 구름 속에 들어가 있는
처녀 김숙문

기어이 신계사 승려
석두화상에게
몸을 열어드렸다

구름 속에서
구름 다 걷히는 꿈을 꾸었다

아들 하나 나왔다

이미 아깃적부터 승려의 시작이었다

지아비 승려
자식 승려
그 아비 자식 사이 오래오래 구름 속이었다

서산의 석왕사기(釋王寺記)

우리 태조 강헌대왕(康憲大王, 이성계)은
홍무 17년 고려 우왕 10년
전라도 금마에서 함경도 학성으로 이사 와서 초가집 짓고 살았더라
어느날 졸다가 꿈을 꾸었더라 꿈속에서 만가(萬家)의 닭이 한꺼번에
울었더라 또 천가(千家)의 다듬잇돌이 일시에 다듬잇소리 내는 것을 들
었더라 허물어진 집에서 서까래 세 개를 짊어지고 나오는데 갑자기 곱
게 핀 꽃이 지고 거울이 땅에 떨어져 깨어지는 소리를 들었더라 꿈 깬
뒤 그곳 노파에게 물었더니 노파가 이르기를 여기서 사십리 가면 토굴
도인이 칡베옷 입고 살고 있으니 그에게 가서 물어보아라 하였더라 가
보니 얼굴 시꺼먼 사람이라 흑두타 칠(漆)도인이라 구년째 그 토굴에서
살고 있더라 그가 꿈을 풀어 임금 될 꿈이오 서까래 셋은 임금 왕자요
절 지어 절이름 석왕사라 지어두오 하더라 이성계 병마(兵馬)의 틈 내
어 일년간 절을 짓고 삼년간 오백나한을 모셨더라 마침내 우리 조선을
세워 등극한 뒤 그 흑두타 칠도인 무학대사를 왕사로 모셔왔더라

무술년(1598) 여름 하순 청허자는 나이 79세에 지난날을 생각하여
종이를 물들이자니 총명과 기억이 줄고 손은 떨리는도다 뒷사람의 웃음
을 받겠도다

이런 서산노장의 가슴속을 들여다보았던지 어린 상좌 소요가 써놓은
것을 슬쩍 보고 나서
스님 앞사람도 뒷사람도 다 허깨비입니다
라고 타박을 주었다

그러자
서산노장 파안대소로
네 말이 맞다
네 말이 정녕 맞다
오늘은 네가 내 스승이로다 내 가섭이로다

소요 군더더기로 또 타박을 주었다
삼세에 스승 없고
제자도 없습네다

서산 군더더기
에끼 놈 저리 가거라
가서 물이나 한 바가지 가져오너라 목이나 적시자꾸나

원측

송고승전(宋高僧傳)에는 원측(圓測)이 지은 바
시 한편 나와 있다

마음이 일어날 때
온갖 법이 생겨나더니
마음이 사라지니
무덤과 움집이 둘 아니네그려
삼계가 오직 마음이요
만법은 오직 의식이니
마음 밖에 법 없거늘
어찌 따로 구하리

카아

서라벌 왕손으로 태어나
대궐도
종친부도 다 내버려야 했으니
세살 때
달랑 절에 맡겨졌다
자칫 왕손의 목숨
위태위태할 때
절에 들어가
목숨 진득이 보전하였다

열다섯살 때
아예 당나라로 건너갔다
이 경 저 경 배우다가
유식학을 만났다
어학을 만났다
중국어 티베트어 범어 등
6개 국어에 두루 밝았다

현장이 지고 온 인도 불전을
원측이 다 해독
주석서를 쓰고 썼다

신라 신문왕이 돌아오라는
간곡한 분부였건만
측천무후가 못 돌아가게
붙잡아놓고
부처로 보살로 섬기니
웬놈의 모함
측천무후의 사내 노릇이라고

1천 5백년 뒤
중국 서안
그 당시의 장안에 가보았더니
거기

현장
규기와 함께
원측
세 분의 사리탑이 나란히 서 있더라
서안 흥교사 마당
원측의 사리탑이 입을 열더라

너희들 여기 뭘하러 왔노?
놀러 왔노?

이십릿길

속명도 필요없어
법명도 필요없어
초발심자경문(初發心自警文)도 읽은 적 없어
치문(緇門)도
서장(書狀)도 배운 적 없어
다만 천수경 하나
구성지게 읊조려
다만 반야심경 하나
오지게 읊조려
늘어진 청승 미풍에 수양버들
숨넘어갈 듯 말 듯
다라니타령
담 넘어가는 구렁이라

어잇
하고 누가 부르면
나무관세음보살
하고 넉살 좋은 화상
어잇
하고 누가 부르면
나무아미타불
하고 엇구수히 대꾸하는 화상

어잇

거기 이름이 있나? 없나?
물으면
헤헤헤 천수경 외울 때
천수경이여
반야심경 외울 때
반야심경이여

이십릿길 가며
마을마다 똥개 짖고
마을마다
아이들 나와 돌 던지고
마을마다
어엇
어엇 하고 건드리면 건드릴수록
그 설움 타지 않는 넓죽넓죽한 얼굴

해 아래이고
달 아래이고
별 삼천개 아래인
이 세상 이십릿길 벌써 저물어

아이고
아이고
어서 가야지

독성각 나반존자
산신각 산신령
칠성각 칠성님들 마록마록 꿀쩍꿀쩍 배고프시겠다

만인보

26

萬人譜

그만하면 되었네

오대산 중대(中臺) 밑 숲길
헛디디지 마라
한발 헛디디면
저 아래 흰 귀신 검은 귀신 고사리밭으로 굴러떨어지느니

사또오(佐藤) 나리께서
오대산 도인을 찾았겄다
함께 황장목 숲길 거닐었겄다
거닐다가
방 안에 들었겄다

차나 한잔

사또오 나리 입이 열려
어떤 것이
부처님 가르침의 큰 뜻입니까
도인
아무 말 없이
선상(禪床) 위 돋보기 안경집을 들었겄다
사또오 나리
온갖 경전과 어록을 보아오는 중
어디에서 깊은 감명을 받았습니까
도인 입 열어
저 위 적멸보궁에나 다녀오시게

다시 사또오 나리
화상께서
젊은 시절 이래 지금껏 도를 닦으셨는데
만년의 경계와
초년의 경계 같습니까 다릅니까
도인 입 열어
모르겠네

사또오 나리가 이 말 듣고 큰절 올렸겠다
큰절 올리고 나서
흐뭇이 입이 열려
과연 활구(活句) 법문을 주셔서 감사합니다

이 말 끝나기 무섭게
한암(漢巖) 도인 소리치기를
활구라 해버렸으니
이미 사구(死句)가 되고 말았구나

이 소문 쏜살같이 내려가
저 아래 월정사 노장 하나이 평창(評唱)커늘
그만하면 되었다
그만하면 되었다
내일 것까지
오늘 말하면 안되지 안되구말구

돌아온 마쯔이 오장

마쯔이 히데오!
그대는 우리의 오장(伍長) 우리의 자랑
그대는 조선 경기도 개성 사람
인씨(印氏)의 둘째아들 스물한살 먹은 사내

마쯔이 히데오!
그대는 우리의 카미까제(神風) 특별 공격대원
귀국대원

귀국대원의 푸른 영혼은
살아서 벌써 우리게로 왔느니
우리 숨쉬는 이 나라의 하늘 위에
조용히 조용히 돌아왔느니
(…)
원수 영미의 항공모함을
그대
몸뚱이로 내려쳐서 깨었는가?
깨뜨리며 깨뜨리며 자네도 깨졌는가!

장하도다
우리의 육군항공 오장 마쯔이 히데오여
너로 하여 향기로운 삼천리의 산천이여
한결 더 짙푸르른 우리의 하늘이여

이것은
카미까제 특공대 마쯔이 오장의 추모시
1944년 총독부 기관지 매일신보
거기 대문짝만한 시
서정주의 추모시 중 일부이거늘
마쯔이 오장의 전사로
일본 육군성의 특전
채권 3천 5백원을 보내고
또 2만원 조의금을 보냈다
그리고 개성 마쯔이의 집에는
'명예의 집' 명패가 걸렸다

조선총독부는 마쯔이 정신을 잇자고
일본 황군(皇軍)의 군신(軍神)
마쯔이 정신을 잇자고 날마다 날이 날마다 외쳤다

한 대의 전투기로
한 척의 전함
한 척의 항공모함을 침몰시키는 자
그것이 카미까제 특공대의 임무
마쯔이 히데오
그 임무를 마치고
대일본 천황폐하 만세를 부르고
대일본제국 만세 부르고

귀축 미국 전함을 폭발시키고
장렬하게 죽어갔다

그러나 그렇게 죽어간 것이 아니라
미군에 투항 포로가 되었던 것
1946년 1월 10일
장렬하게 전사했다던
마쯔이 오장
미군 포로수송선에 타고
인천 월미도 도착

개성의 부모가
인천 율목동에 와서
그 아들을 맞았다

마쯔이 히데오는 살아 있었다

지난날 거짓 전사에게 바친
서정주의 추모시도 헛것

마쯔이 히데오
그의 이름
인재웅(印在雄) 23세
이로부터 그는 경기도 개성 시민

아니
휴전선 이북 황해남도 개성 인민으로 살아가야 한다
저만치 6·25가 오고 있었다

인가

경허당 구척 장신
미륵불 같으시다
미타불 같으시다
솟은 벼랑 마애불 같으시다

바야흐로 쉰한살 경허당(鏡虛堂)
상주 청암사 금강경 법석

1천명 회중 그 가운데
스물네살 방한암(方漢巖)의 귀가 펑 뚫렸다

만일 모든 형상에서 형상 아닌 것을 보면
큰 여래를 보리라

이 한 구절에 방한암의 눈이 활짝 열렸다 읊었다

발밑에 하늘
머리 위 땅이라
본디 안과 밖 중간 없는 것
절름발이 걷고 소경이 다 보고 있음이여
북산 말없이 남산 만나노라

다음날 경허당은
지그시 눈 감았다 뜨고 입 열었다

큰 새가 와 있도다
방한암을 인가하였다

가시게
여기 더 있을 까닭 없으니
가서
그대의 회상(會上) 여시게
어서 가시게

며칠 앓던 박새가 처음으로 날개를 쳐 날았다
큰 새도 떠났다

경주 최부자

처음에는 선도산 느리배기 나무꾼이셨다 하루가 넉넉하였다
자손 중에
물을 다스리는 농사꾼도 계셨다
그러다가
그러다가

경주 최부자로 일어나니 물참때로 일어나니
최부자 12대 3백년 내내
만석꾼의 갑부를 이어내려왔으니
어찌
3대를 이을 수 있으리오
어찌
2대를 지킬 수 있으리오
이런 부의 덧없음 너머
경주 최부자 12대 어밀어밀 이어내려왔으니

아지 못거라

보아라 내 논밭 1백리 안에
굶어죽는 사람 없게 하라
만석꾼 최부자 3대 이래의 가훈이 이것이었다
다음
다음 대의 가훈이 불어났다

흉년에 내놓은 논이나 땅 사들이지 마라

다음 대의 가훈에 붙였다

반드시 지켜야 하느니라
우리 집안 만석이 넘으면
세상에 돌려드려라

이렇게 하여
선대 조상 다랑논 피사리하고
닭을 치고
도야지를 치고
돌밭 일구고
늪을 메워 얻은 진흙논으로 이루어온 부에
덕을 더하고
선을 더하니

최부잣집 안채 뒤란의 1백 장독 가득하고
최부잣집 사랑채
식객 3백
한끼 밥 지을 쌀 다섯 가마니였구나

이런 최부잣집 3백년 뒤의 맏며느리
미국음악학교 졸업하고 와

돌아오자마자
앞치마 두르고
부엌으로 들어갔다

식모 찬모와
한마디
이 정짓간 반칸 더 늘려야겠구나

딱따구리 노래

어린 사미 원담
산중 나무꾼들의 노래를 배웠다
딱따구리 노래

저 산의 딱따구리 생나무 구멍도 잘 뚫는데
우리집 멍텅구리는 뚫린 구멍도 못 뚫누나

이 노래를
배추포기 절이며 불렀다
이 노래를
빨래하며 불렀다

지나가던 만공이 원담의 노래를 들었다
꾸짖을 줄 알았는데
도리어 칭찬

너 이놈 노래 한번 좋구나

어느날 이왕가 상궁과 나인들이
수덕사 만공을 찾아와 법을 청하였다
원담을 불러
딱따구리 노래를 들려주었다
상궁 나인 질겁

만공 가라사대

이 노래는 청정법어이니라
청정한 마음으로 들으면
청정한 노래이고
음탕한 마음으로 들으면
음탕한 노래이니라
대도(大道)는 본디 막힘이 없음이니라
이 대도의 구멍을
그대들이 못 뚫으면
누가 뚫으리오

이 딱따구리 노래 법어를 듣고 돌아가서
순종의 후비 윤비께 아뢰었다
윤비 가라사대
정녕 내가 들을 노래로다

윤비는 수덕사 사미 원담을 궁궐로 초대하였다
어린 원담 어리둥절
윤비 어전에서 딱따구리 노래를 불렀다

왕비 감탄하기를 과시 대도의 노래로다

저 산의 딱따구리 생나무 구멍도 뚫는데

우리집 멍텅구리는 뚫린 구멍도 못 뚫는다
아이고대고
아이고대고

우길도 사당

우길도
스물여섯 가호 해녀들

큰 섬 방대도로 물질 간다

강원도 묵호 고성
거기까지 실려가
그 바다 물질 간다

소화 15년 여름
우길도 해녀
열일곱 명이
큰돈 벌러 강원도로 실려가

동해 해일을 만나 다 물귀신 되었다

우길도 남정네들
흐득흐득 울었다

각시 잃고
어멈 잃고
딸 잃고 울었다

남은 아낙 전달보 마누라가

반병신 서방
전달보를 타이른 뒤

밤마다
이 사내
저 사내에
몸 주어 울음 달랬다

그리하여
10년 사이
이씨 자식
홍씨 자식
석씨 자식
서씨 딸 낳아주었다

그 전달보 마누라
나이 여든한살에 세상 떠나니

성바지 다른
아들딸들
손자 외손자
우길도 여러 핏줄 다 모이어
장사 지내니

섬 위 당산나무 가지
거기에
시신 모셔놓으니
까마귀들 오고
갈매기들 오고
들쥐 오면
들고양이 와
들쥐 달아나더라

20년 뒤 그 당산나무 밑
한칸 집 지으니
그것이
허각시 사당

지난날 전달보 마누라
그 육덕(肉德)
그 심덕(心德) 기리어
허각시 사당
누군가가
허씨라 하여
허각시 사당이 되었으니

우길도 대대로 자손번성
빌어 마지않느니

입산

강원도 화천 두메
앞산
뒷산
하루가 잠깐이었다
그 두메에
늙은 훈장 앞에
아홉살 학동이 앉아 있다
사략(史略) 첫행

태고에 천황씨(天皇氏)가 있었다

이 첫행을 읽은 뒤 학동의 입이 열렸다
태고에 천황씨가 있다 하였는데
그 천황씨 이전에는
누가 있었습니까

이 물음에 훈장이 뭣이! 하고 놀라 자빠졌다

어린 학동
아무 대답도 들을 수 없었다

세월이 갔다

스물두살 금강산 구경에 나섰다

내금강산 만폭동
외금강 구룡연 보았다
볼 것이 아니라
살아보자

그는 집에 돌아가지 않았다 곧장 머리 깎았다

집에서는 찾다 찾다 그만두었다
점을 치니
이미 이승 떠나
저승에 있다 하였다

과연 저승이란 이승의 다른 한쪽인 거라

걸어가는 경전

행자 2년
사미 3년 넘도록
초발심자경문 하나 떼지 못했다
멍청했다 머릿속에 자갈만 들어 있었다

객승이 한마디 남겼다

그대는 공부하지 말고 기도나 하거라

기도 1년

꿈에 마당 복판에 누워 있는 칼 한자루를 보았다
그 꿈속 칼을 가슴에 품은 뒤
경전이 그의 몸속으로 들어왔다
읽지 않은 것
다 들어와 있다

백양사 학승들이 당해낼 수 없었다
그를 걸어다니는 경전
움직이는 경전
사지가 달린 경전이라 하였다

그가 도수 진한 돋보기 쓴 만호(晚湖)화상

검은여

충남 서산 부석면 갈마마을
검은여

당나라 산동 처녀 선묘가
그곳에 도착한
신라 의상에게 홀딱 반해
지극정성으로 섬겼으나
의상은 무정하게시리 돌아와버렸다

선묘 바다에 몸 던져 물귀신이 되어버렸다

뒷날 이를 알게 된 의상
서산 부석 도이산에 절 지어
선묘의 원혼 달래고자 하다가
뜻을 이루지 못했다
어쩌누
어쩌누

어느날 검은 바위 한 장
날아온 갈마마을
검은여에 절을 지었다

그 이래
검은여 암자 선묘 아씨

서산 일대 호신불로
무병장수
풍년
풍어의 보살로
해마다 제사를 받아잡수었다

이상한 노릇 아닌가
동쪽 산중에도
흰 바위가 날아와
절을 지어
부석사라 하였다

의상은 늘 바위 위에 서서
바위 울음을 울고
바위 경전을 읽고
선묘의 슬픈 바위 위
동방의 화엄세상 간절히 간절히 펼쳐나갔다
임 대신 무엇이 되어갔다

어린 수일이

오늘도 계모의 졸참나무 매가 사나웠다
무릎 정갱이가
어긋났다
기어이
오늘밤도 계모의 싸리빗자루가
어깻죽지를 쳤다
피범벅이었다

아이고 웬수
어서 뒈져라
이 웬수
칵 뒈져라

뒷산 생모 무덤에 왔다
무덤이 포근했다
울음 끝
스르르 잠이 왔다

아직 모기 없는 밤
어느새 먼동 텄다
온 세상은
어제 그대로였다
눈뜨자
배가 고팠다 내려가야 한다

울지 말자
울지 말자

무릎 정갱이 절름거리며
울음 벙어리로
뒷산을 내려갔다
개가 꼬리 쳤다

울지 말자
울지 말자

남색 사자

은사와 상좌라
세속 부자보다 더 진한
사자(師資)라
이럴 바에야
무엇하러
세속이 있고
탈속이 있어야 하나

1942년 그 어둑어둑한 시절
가야산 해인사에는
예순여섯살
통현화상이 계셨더라
절의 논 말고
따로 논을 몇두락 가지고 있었으니
지주의 대찰에
따로 지주의 노승이었으니
몇해 전까지 강원 학인에게
전등록을 가르치던
부자 강백 노승이었으니
그 이름 통현화상이더라

그 화상에게
아주 이쁜 열세살 사내 동승이 와 있었으니
오늘 저녁

산중 또래
60객
70객 노승 열둘이 모여들어

표고버섯 요리에
송엽주를 내어
거나하게 잔치를 벌였으니
사미 동승에게
꼬까옷 입혀
노승 통현화상 장가가는 잔치 벌였으니

그날밤
화촉동방
노승 신랑과 동승 신부의 첫날밤을 이루었으니

그 다음날 논 절반을
신부 명의로 이전 수속하고 나서
노승 신랑 싱글벙글
동승 신부 한낮에도 부리나케 불러들였으니

밖에 있지 말고
안에 있거라
밖은 지옥이고
안은 극락이니라

이리 오너라
이리 오너라
어서 이리 오너라

기숙이 여사

방금 경기도 평택 팽성읍 끝동네
현종모 영감의 재취부인 기숙이 여사 장례를 마쳤다
안성천 흘러
아산만 바다로 서둘러 접어들어가는 거기
그 밭두렁 가장자리
단팥빵 같은
만두 같은 무덤 새로 지었다 마침 가랑비가 내린다

전실 자식 둘은 그냥 고개만 떨구었고
제 몸으로 낳은 자식 하나는 주룩주룩 울었다

기숙이 여사 생애 52세

그네가 기숙이 여사이든 박숙이 여사이든 천숙이 여사이든
또는 강숙이 여사이든
끝내 다를 바 없겠지
길 가로지르는 개미행렬 중
어느 개미 하나이겠지
가을밤 뭇 벌레소리 중
어느 벌레 울음소리이겠지

이 세상에 와
서른다섯살 먹도록
혼기 놓쳤다가

논 9천평
밭 2천평 아등바등 불려놓고
숨진 마누라 삼년상 다음날
현종모 영감 안방에
초례청 원삼 족두리 각시 노릇도 없이
그냥 들어간 이래

벌써 14년차 밥 짓고 기명 치고
들에 나가고
들에서 돌아와 물 긷고
바람에 옷섶 들썩이고
밤중에
저리도 숱한 별들을 좀 보고
반벙어리인가
통 말수 없는 자식 하나 낳아 기르고
그만 눈감았다
얼마 뒤 골초 현종모 영감도 눈감았다

무릇 이 세상 시시한 대동소이의 생애인데 저세상인들 어쩌랴 하늘의
낮과 밤 그대로 두라

떡 노래

수궁골 아낙네들
위뜸
아래뜸 작인(作人) 아낙네들
떡타령을 하는구나

정월 보름 달떡이요
이월 한식 송편이라
삼월 삼질 쑥떡이요
사월 파일 느티떡이라
오월 단오 수리취떡
유월 유두 밀전병
칠월 칠석 수단이요
팔월 가위 오려송편
구월 구일 국화떡
시월 상달 무시루떡
동짓달 동지에 새알심이
섣달 그믐 골무떡이라

아이고 떡타령뿐
떡이 없구나

위뜸 지주댁 고한규 영감댁
부엌 시렁에
쉬어터진 가래떡 있나니

그 떡이나 훔쳐먹으러 갈거나
아이고대고 아이고 떡
쉬어터진 가래떡
그 떡이나 얻어다 잡수러 갈거나

수궁골 홀어미 절골댁 빈속에
웬 꼬르륵 소리인고
떡 달라
떡 달라
보채는 소리인고

떡 노래에 떡 없구나 군물이나 마시고 긴 낮 긴 밤이구나

두 사내

남접 손화중의 아우 손화문이
죽창 30개를 만들어
뒷산에 묻어두었다
손화문의 결의형제
김도택도
대장간 대낫 50개 벼려
땅속에 묻어두었다

왜놈들 왜놈 깡패들
대궐을 누구네 별채로 알고
함부로 넘보는데
왜놈들
제물포 앞바다를
감히 제놈들의
안마당 삼고 있는데

조선은 무슨 노릇을 하고 있는가

안으로
시시콜콜 성리학
시시콜콜 노론 당파
시시콜콜 외척이 다 썩어질 때
밖으로
양놈 왜놈 무시로 달려들 때

조선 백성들
동학 남접 퍼져가며
하나가 둘이 되고
셋이 아홉 되어
은연중 짜여갈 때

위로는 내외직 벼슬아치들
제 재물만 불리거늘
벼슬아치에 끈을 댄
왜놈 장사치들 판을 치거늘

조선의 장시(場市) 목을 맡아
심지어는
고을 사또 상대는
영주인(營主人)
조정 상대는 경주인(京主人)이라
서울 북촌마저 운종가마저
한 집 걸러
집 뒤안을
왜상이 차지하고

지방 방방곡곡
왜상이 임자 노릇

이제는 부싯돌 대신 왜놈의 왜성냥이라
부싯돌보다
당성냥보다
왜성냥이 좋아라

짚이나 보릿대 재를
떡시루에 안쳐
내린 잿물로 빨래하다가
왜싸전
양잿물 한덩이가 더 좋아라

전주 선화당
전라감사께서도
이런 왜싸전에 줄 대어
무명 세 필에
쌀 한 가마니보다
왜광목 다섯 필에
쌀 한 가마라

감사 밑 각 고을 각 현
그 사또들도
왜싸전에 줄을 대니
전라도 임피 왜싸전은

이런 사또 굽실굽실
고분고분 마지않더라

현감 조담제 나리께서 서찰을 써
파발마를 띄우니

현금 5백냥
어음 2백냥 보내니
부탁드린 물건을
기일 안에 보내주시기 앙망하외다

현감 이수만 서찰인즉
일본 나가사끼
마노
비취
금
백공단 다섯 필
홍공단 네 필
잘 수령하였소이다

그 현감들 백성 토색질하는 겨를에도
이런 왜싸전하고 짝짜꿍

백성들 하나둘 참대 왕대 베어 죽창을 만들었다

대장간 밤을 도와
몰래몰래 칼을 벼리었다
남접 각 고을이 사발통문을 부지런히 돌렸다
손화문 김도택 두 눈빛 두리두리
오늘밤 척양척왜의 막걸리 석잔
소쩍새 솥적다 솥적다 솥적다고 언제까지나 목 놓는 밤

살다라스님

기원 8백년
발해 스님들 시글시글했다
발해 절간들 시글시글했다

상경 18사 팔각형 정자식 전각
중경 21사 정사각형 전각
동경 15사 그 무전식(廡殿式) 전각이 으리으리했다

28수 33천의 종소리 댕갈댕갈했다

상경의 회주 살다라(薩多羅)
중경의 회주 인정
동경의 회주 정소 재웅
서로 오고 가며 의를 떨쳤다
가사도 바꿔입었다
백두 산삼
서로 사양

그러다가 살다라가
추운 북방 떠나
중국 남방으로 건너갔다
파초 잎사귀에 소나기가 지나갔다
귀가 밝아졌다

마음의 귀가 밝아졌다
그곳의 새와
짐승들의 말을 다 알아들었다
짐승들이 그의 발치에 와 있고
새들이 그의 어깨에 앉아 있고
밤의 모기들도
그의 둘레에서 소리를 낼 뿐
그의 몸에 침을 박지 않고
당나라 스님들이 모두 다
그의 귀
그의 몸과 마음을 숭상하고

또 한 사람 발해 재웅
나라가 망하자
60여명의 승려와 함께
새로 열린 나라 고려에 왔다
나라가 망하자
우세두세 귀족들도 고려에 와
고려 팔관회 승려가 되었다

저 남방 살다라스님이야 차라리 파초 잎사귀 소나기가 되어버렸나
고려에 온 재웅의 꿈속
살다라가 파초였고
파초가 살다라였다

704

큰언니 상희

큰언니가 업어 길렀어요
큰언니 상희 아래로
둘째언니 종희
셋째언니 삼희
그리고 막내딸 말희
제가 말희여요

아버지는 남의 논에 일 가시고
어머니는 남의 집에 일 가시고

집에서는 큰언니 등에 업혀
제가 자라났어요

큰언니가 시집갔다
형부와 헤어지고 돌아왔을 때
보퉁이 하나 들고
비닐가방 하나 들고 돌아왔을 때
제일 반가워한 것은
저였어요 제 깨끼발이었어요
큰언니의 설움 따위야 통 모르고
큰언니의 내 등짝만 반가웠어요
두 사람의 정
업은 정
업힌 정

큰언니 상희는 제 고향이었어요
어머니보다
더 어머니여요
큰언니가 길러낸 저
큰언니의 동생이 아니어요 딸이어요

이 나라의 큰언니들
어머니 절반
언니 절반
낳은 정 다한 기른 정이어요

저 아득한 창천(蒼天) 구만리도 이 세상 기른 정으로밖에 갈 수 없어요

백수광부 타령

머리 풀어헤치고
물속으로 가오
술병 들고
물속으로 가오

그의 아내
맨발로 뛰쳐나와
가지 마오
가지 마오
땅을 치며
가지 마오

취한 백수광부
물에 잠기오
물에 잠겨
떠올랐다
가라앉았다 하오

2천 5백년 뒤
그 백수광부
후신인가

너
나

둘 중의 하나

새벽 술상머리
널브러진
너 김동수
나 나도국
잠 깬 김동수
어둠속 술주전자 들어
꿀걱 꿀걱 꿀걱
새로 마신다
잠 깬 나도국도 마신다

무슨 큰일 마쳤다고 먼동 튼다

가지 마오
가지 마오

몽설당

1957년 서울 수송동 조계사
산중 비구들
무슨 일로 모였다
모였다 흩어지지 않고
서울살이 한철 난다

전차도 타고
드문드문 지나가는 택시도 탄다

그런데 산중 비구들
서울에서 살며 생긴 병 있다

한밤중 꿈속에서
색정에 빠지는 병
꿈속에서
색정의 절정
정액을 흔전만전 쏟아버리는 병

어느날 허물없이 실토한다
교무부장 경산도
월정사 탄허도
범어사 대월도
팔달암 범향도
선학원 일초도 실토한다

한 달에 한 번
일주일에 한 번
3일에 한 번

3일에 한 번인 병자가 당수렷다

몽설당(夢泄黨) 당수 경산
대월이 부당수
1년 뒤 탄허가 제안
우리 몽설당 해체하고
각자 산중으로 돌아가자고

각자 산중으로 돌아간즉
몽설이 씻은 듯이 사라졌다 시원섭섭이렷다

수덕사 귀신

40여년 귀신으로
수덕사에 살았다
수덕사밖에 몰랐다

어느 절도 가보지 않았다

수덕사 마당
수덕사 나무
수덕사 꽃
수덕사 수곽(水廓)
수덕사 계단
수덕사 기왓장 하나하나
그의 손 닿지 않은 데 없다

마벽초(馬碧超)

누가 물었다
스님 고향이 어디셔유
잊어버렸네그려
나 여기밖에
아는 데 없네그려

객승이 왔다

어서 오셔유
어서 오셔유

객승이 여쭙기를
소승 범어사에서 왔습니다

벽초 묻기를
그 절은 산 너머 있는 절인가유

하하 칠통(漆桶)이신가 동래 금정산 범어사도 모르시다니

사릉

일제말 이광수가
욕이랑 욕 다 먹고 나서
그곳으로 물러나 있었지
이를 두고 춘원의 사릉(思陵)시대라 하지

사릉

나이 15세에 왕비로 간택받아
대궐로 납시었다
1년 뒤
수양이 왕권을 가져가니
상왕 왕대비로 물러났다
그러다가 어린 지아비 단종이 처단되자
동대문 밖 초가삼간
노산부인으로 물러났다
이로부터 82세에 이르는 동안
두 시녀의 구걸로
백성들의 시혜로
목구멍 거미줄 걷어냈다
아침마다 동쪽 영월 쪽에 대고 함초롬히 서 있었다

중종 때 세상 떠나
여기 사릉에 묻힘
177년 뒤

숙종 때 단종 복위로
송씨 노산부인도
정순왕후로 추복(追復)되었다

어엿이 종묘 신위에 모셨다

세상의 무당들은
송씨 부인이라는
신을 섬긴다
원 붉고 한 푸른
그 신을 받든다

올해도 핏줄 없는 전주 이씨
여산 송씨
단종 누이의 시댁
해주 정씨 몇사람 모여
제사 음복술을 마신다

1년 신부로
팔십 평생 과부로 산 원한 구석구석에
쓴 소주를 올렸다가
이씨
송씨
정씨가 생광스러이 음복으로 잔 돌려 마신다

중목사

머리 빡빡 깎은 목사라
중목사
중목사였다

서울 아현동 아현교회
판잣집 다닥다닥 다닥한
아현 예배당

중목사 김현봉 목사
혼자서는 영 기도뿐이었다
밤 열두시 깨어나
기도였고
통금 해제 싸이렌 불면
뒷산 기도실에 올라가
기도였다

밤도 기도이고
낮도 기도였다
그 중목사 따라
남녀노소가
다 기도였다

교회 짓지 않았다
판잣집 늘어나면

그 집을 나누어주어
거기 살라 하였다
소금장사
신발장사
생선장사 시켜주었다

정작 그 자신은
판잣집 예배당 지하방 한칸에서 살았다
고기반찬 없었다
김치
된장 그뿐
중목사
김현봉 목사였다

그 중목사 따라
여자들 벨벳치마 입지 않았다
파마도 하지 않았다
남자들 덩달아
다 중머리 까까머리였다

신자가 숨지면
손수 시신 끌고 가 화장했다
어린 신자가 숨지면
손수 시신 지게에 지고 가

뒷산에 묻었다

1965년
1천 2백여 신도들
그의 화장장례에서 한나절 넘게 통곡했다

부디 울지 말라 그 말씀 남기셨건만
어디 가서 목사님 찾겠느냐고
해설피 통곡
한밤중 통곡

신미대사

본명 김수성 법명 신미(信眉)
아우 김수온
아버지는 전라도 옥구진 병사(兵使) 김훈

법주사 승려
그곳에서 도반 수미(守眉)와 더불어
팔만대장경을 다 읽었다
범어를 익혀
범어 경전을 다 읽었다

세종은 왕후와 두 아들 잃고 나서
궐내에 내불당 지어
신미
수미 데려다가
법요를 베풀었다

유신들이 내불당 반대
유신들이 법요를 배척하였다

세종은 창의 문살에서
새로 만들 글자를 떠올렸다
천지음양을 따라
글자를 이루어갔다
말하는 입모양을 본떠

글자를 고쳐갔다
그러나 신미의 범어문자
그 범어 자음문자 익혀
새 글자 만들어갔다
신미는
집현전 사람들과 자주 만났다
드디어
자모가 완성되었다

세종은
명나라 거스르지 않도록
조용조용 훈민정음을 세상에 알린 뒤
신미의 법주사 복천암에
아미타불 삼존상을 보냈다

애썼도다
고맙도다고 치하

효자 문종은 신미를
선교 도총섭에 임명하였다
사호(賜號) 혜각존자(慧覺尊者)를 내렸다

세종의 월인천강지곡 이어
세조의 석보상절이

신미의 증명으로 간행
세조도 신미를 왕사로 추대
세조의 속리산 복천암 법회 철마다
세조의 오대산 상원사 법회 해마다

뒷날 유신들이 혜각존자 신미대사의 행장을 파묻었다
복천암 지붕 풀 욱었다
복천암 뜰 쑥대밭

뒷모습

처녀 월계의 모습
다소곳이
다소곳이
함박꽃 옆에 있었다

총각 시종이
그 처녀와
떡을 먹고 싶었다
능금을 쪼개어
함께 먹고 싶었다

사랑하고 싶었다
사랑하며 보고지고
살고 싶었다

아버지 겸한
형님께 떨며 여쭈었다

제가 사모하는 여인이 있습니다

어디 보자
하여
그 처녀 걸어가는 모습
그 뒷모습 보았다

여자의 뒷모습
걸어가는
여자의 뒷모습에
그 여자의 일생이 다 보였던지

좋구나 좋아
네 뜻대로
네 마음대로 하거라

힘 얻은
총각 시종
처녀의 앞으로 나아가
눈감고 가만히 사뢰기를
제 친구한테 쓴 편지 속에다
당신을 사모한다고 밝혔습니다
제 못난 사랑을 허락하소서

다음날 저녁
처녀 월계는
동생 계선을 데리고
오색떡 한 판
자두 아홉 개를 가져왔다

드셔요
어서 드셔요

어느덧 뒷모습은 앞모습이었다

늙은 마부

찌는 날
온 몸뚱이 진땀범벅 날리며
내달리는 말을 뒤에서 본다

추운 날
입김 토해내며
비탈진 언덕길
허위허위허위
달리는 말을 뒤에서 본다 워낭소리 바쁘다

오늘은 만주 옥수수 배급양곡 짐 부린 뒤 날개 달린 빈 수레라

늙은 마부 진달곤 영감 꾸벅 졸다가 깨어
한번 말 엉덩이에 채찍을 먹인다
운송비 겨우 60전
하루벌이 너무 헐하다 이랴이랴

벌써 이내 긴 저녁때구나 개 한 마리 없구나

튀기 니나노

1904년 2월에 일어난
러일전쟁
처음에는 러시아가 승전고를 울렸다
까자흐부대 무서웠다
짜르 근위사단 무서웠다
블라지보스또끄에서
육로로 두만강 건너
조선땅을 먹었다
함경도 회령 일대를 먹었다

조선 남자를 죽이거나 쫓아내거나
그런 뒤
조선 여자를 가로챘다
아예 조선 여자와 살림을 차려
떠날 줄 몰랐다

조선땅을 러시아땅으로 삼았다
러시아 연해주로 넓혀
짜르의 영토로 삼아버렸다

일본군이 승전고를 울렸다
일본 혼성여단이 몰려오자
러시아 병사들이 도망쳤다
드디어 러시아가 졌다

함경도 회령땅 경원땅
쫓겨난 남정네 돌아오니
여자들은 만삭의 임산부였다
돌아온 남정네들
그 여자들을 때려죽이지 않았다
여자들은
쫓겨난 남정네
돌아온 남정네를 원망하지 않았다

아라사 씨들이 태어났다
아라사 씨들이 자라났다
튀기로 자라나
아버지의 땅으로 간다 간다 하다가 못 갔다
아니면
삼수갑산 화전꾼으로 갔다

계집아이 튀기
갑순이도
카츄사도 아닌 튀기
변방 삼거리
변방 나루터
술집으로 갔다
들병장수로 떠돌다가

이내 돌담 술집 니나노로 성긋성긋 들어앉았다

하얀 살갗에
갈색머리 니나노의 입에서 나오는
노래
꽃 본 듯이 꽃 본 듯이
동지섣달에 꽃 본 듯이
밀양아리랑 한 구절

튀기 니나노 노아(露兒)
노아야 이년 노아야
부르면
예에잇!
하고 내숭 없이 달려나왔다 엉덩이가 질펀하였다

목격전수(目擊傳授)

계율을 주고받을 때
전계대화상(傳戒大和尙)
계사와
십계
보살계
비구계 250계 받는 자
계첩(戒牒)에 앞서
전하는 자의 눈과
받는 자의 눈 마주쳐
이미
다 전해지는 것

열아홉살 비구계 받은 이래
멍청하게시리
단 한번도
파계한 적이 없는
일현

부모 모른다
두살 아기 때
철원 도피안사 무쇠부처 밑에서 자라났다
안변 석왕사에 가
열한살에 사미십계를 받았다

오종종하다 염불 골짝밖에 모른다
비 오면 비 맞는다 밥 없으면 사흘 굶는다

법당 예불밖에 모른다
그래서 늘 머리가 숙어져 있다
그래서 하루 내내
꾸뻑꾸뻑 절밖에 모른다

대웅전 석가여래밖에 모른다 그 석가여래와 일현 피차 매일반이다 심
심타

달의 형제들

금까마귀〔金烏〕는 해님이시라
해님의 자식들
달님이시라
달님들이시라

월산 월서 월국 월탄 월난 월성 월만 월조 월태 월랍
월대 월나 월선 월응
달님 50여명이라

그 가운데 월두가 법명 받고
다시 스승을 찾았다
제 법명은 달 월자 아닌 것으로 고쳐주십시오
혜정이라 해주십시오
스승은 그렇게 하거라

월두는 바로 혜정으로 바꿨다
월천도 이두로 바꿨다

그밖에도 달 월자 아닌 범행 탄성 정일 천룡 설정
혜덕 아원 묘각 삼적 혜성
20여명이라
장차 이 달님들이
달님 형제들이
조계종을 이끄는 삐걱대는 수레 노릇 수레꾼 노릇

730

마다하지 않았다

상좌 많기로는
동산혜일
그다음이
금오태전

하기사 1천의 달이 1천 강물에 순 생둥이로 뜨지 않느뇨
아이고
여기 와 월인천강지곡 달 하나가 진작 잘못 아니더뇨

색동옷

백일잔치 뒤
갑자기 죽었다

삼룡이 영감 늦둥이 만복이란 놈
이쁘디이쁜 놈
죽어 식었다

삼룡이 영감 울지 않았다
삼룡이 영감 마누라도
꾹꾹 가슴 눌러 울지 않았다

입 다물고
백일날 색동옷 꺼내
식은 만복이 몸에 입혔다

작은 관에 넣어 뚜껑 닫았다
그제야
만복이 에미
목 놓았다
울컥 피도 한움큼 토해내며
목 놓아
목 놓아 울었다

만복이 늙은 아비 삼룡이 영감

끝까지 울지 않고
처마 밑에 엄나무인 양 서 있다
비가 슬쩍슬쩍 오기 시작하였다 다시는 태어나지 말어라

친(琴)

중국 오지
남령
일본 북지군(北支軍) 본진에서
겨우 5킬로미터 떨어진 곳
거기
송아지 풀 먹고
복사꽃 피어 잠든 곳

농부 라오양(老楊)의 늦둥이 딸
열일곱살 처녀 친(琴)
조선의용군 제2지대 제7대 대장
김학철에게 반해버렸다
손 잡은 적 없이도
가슴 댄 적 없이도
마음 다 기울어져

옷 벗어요
벗어주어요 빨아야 해요
너무 더러워요

김대장의 빨래 풀밭에 널어놓으니
따가운 볕에 말라
금방 새옷이 되었다
빨래 마르는 동안

들꽃으로 꽃다발 만들어
하나는 김대장에게
하나는 자신이 가지고
호호호호호
하고 웃었다
청년 김대장도
온몸으로 기뻤다

요담에 나 조선에 태어날래요
조선에 태어나 어쩌고 어쩌고
그때 일본군 포탄
김대장이
친을 구덩이에 밀어넣었다
엎드려
엎드려

저쪽 송아지가 죽었다 이쪽 큰 나무가 잘렸다

둘의 눈이 살아서 빛났다

여승 묘전

연산군께서
나라의 본(本)인
성균관도 기방으로 만들었다
그 주둥이만 나불대는
유생들 쫓아버리고
문마다
처마마다
청사초롱 달아
기방을 열었다
세조의 원각사도
기방으로 만들어 주색 물씬물씬 질탕하였다
절간의 여승들
관비로 만들었다

그 여승 중에서
아리따운
여승 묘전(妙典)을 잡아다
풀밭에 눕혔다

그동안 과인의 성은 입은 년들
짐짓 기백이건만
그중에 까까머리 여승은 없었노라
네년의 이름이 묘전이라 하였더냐

그동안 네년이 실컷
석가를 연모했으니
오늘은 나를 연모해보거라

그 옆에 녹수가 서서 웃어대며 지껄였다
마마
소첩도 오늘밤
머리 깎을까 하옵니다 호호

우는 보살

옛날 옛적 한 보살이 계셨더래요
밤낮으로 지혜 얻으려고 공부하건만
밤낮으로 그놈의 지혜 얻지 못하여
하도 슬퍼
하도 슬퍼
지혜 얻으려는 마음 복받쳐
밤낮으로 울기만 하는 보살이 계셨더래요
그 절절한 보살이 안쓰러운 나머지
다른 보살이 이름 하나 지어드리니
슬피 우는 보살이라
상제보살(常啼菩薩)이라
오늘도
오늘밤도 저 상제보살 울음 그칠 줄 모르누나 하고
그 보살마저 함께 울어주셨더래요
어느덧
상제보살은 하나에서 둘이 되셨더래요
어느덧
셋 넷 여섯
아니 끝내는 8만 4천 상제보살로 늘어나
내일도
내일밤도 울어주셨더래요

지리산 은적암 위 울음바위도 울어주셨더래요
그 은적암 노장 휴암(休庵) 화상께서도

아침저녁 법당에 들어가
아미타불 앞에
무턱대고 엉엉 울어드렸더래요

8만 4천 상제보살에 한 보살이 더하여 울어주셨더래요

박순근

의병 3백명 이끌고
한양 동대문 밖 30리 지경까지
진격하니

병력 3백명
이것이 조선왕조 마지막 힘이었나니

일진일퇴라

끝내 못내 왜적 총포에 못 당하고 물러나자마자
하필 의병대장 부친 부음이라

충보다
효가 더 시급이라
아이고 아이고 아이고
의병 통수권 허위 어르신께 넘기고
향리로 여막살이하러 가시더라

이런 시절
경기땅 양주골
상도 지두리
그 두메마을에서
박순근이 의병을 모으니
우선 30여명

창검술
얼추 익혀
의병 3백명에 끼어든 다음
맨 앞장에서
쓰러지고
쓰러진 뒤
겨우 다섯 명 살아남았더라

대장 어르신 떠나시는 것 보며
울부짖기를
왜적 앞에서 효자라
망국 앞에서 오로지 효자라

팽나무 세 그루 마을
그 마을 뒷산에서

생쌀 한줌으로 주린 배 채우고 나서
쳐다볼 하늘 없구나
발디딜 땅 없구나
엉엉 우는 박순근과 다섯 병사 돌아갈 데 없더라

인동이

배고프구나

배부르면
하루 2백리도 가지
늦은 아침나절에 길 나서서
점심때 벌써 30리도 가지
배만 부르면
하루 3백리도 가지

그놈 인동이
호랑이 다리를 삶아먹었나
도깨비 외약다리를 구워먹었나

볏섬 두 개 양손에 번쩍 들어올려
십릿길 단번에 가지

그러다가 얼었다 녹은 호박이 되는지
쉰밥이 술이 되는지
시름시름
하룻길도 사흘길 되고 말았지
가래톳에
허리와
어깻죽지 쑤시고 결리지

이제 서울길 싫어
과천
관악산 보면
벌써 목구멍 단내가 진동하지
서울 남대문 안
엽전 냄새
계집 냄새
주먹 냄새
달걀 썩는 냄새

이제 태어난 곳 무주 구천동 밑
벌초 뒤 풀냄새 그리워
저녁 냉갈 냄새
두엄 냄새 풋보리 냄새
비릿비릿 개울물 냄새
땀 냄새
나락 냄새
할아버지 할머니 뒷간 냄새 그리워

지난날의 호랑이 뒷다리 인동이란 녀석
제 고향 남덕유산 한번 올라갔다 내려온 뒤로
싱겁디싱겁게 눈감았다
평토장으로 묻혀 무덤도 없다

그 스승과 그 제자

도봉산 망월사의 인연이 다하였다
일곱 수좌들이
그들이 앉던 방석 두고
어디로 가야 하였다

그들 가운데
스승 인공선사와
상좌 희천 수좌도
서로 헤어져야 하였다

하나는 태백산 각화사 토굴로 가고
하나는 덕숭산으로 가게 되었다
그 전날 밤
둥근 달이 떠
밤 중천이 끝 간 데 모르고 열렸다
내일이면
하나는 동으로
하나는 남으로 가게 되었다

고개 들어 입이 열렸다
잘하겠지
고개 숙여 입이 열렸다
네 스님

십년 후 기약없이
남녘 돌산 포구에서 만났다
둘이 함께 배를 탔다
그동안 잘 놀았겠지
네 스님

그렇지 공부도 공부놀이이지
멈출 줄 모르는 아이들 놀이이구말구

처영

아침에 바라보지요
팔짱 끼고 있다가
팔짱 풀고
아침바람 속에서 바라보지요
모악산
모악산 밑
미륵전
서 있는 미륵불
다시 팔짱 끼고 바라보지요
박새와 할미새가
미륵전 뒤
배추밭 위를 건너가지요
그때 상좌 인오가 달려왔지요
얼마 전 왜적이
조선땅에 쳐들어왔다 합니다
노스님께서
격문을 보내오셨습니다

처영(處英)의 빈 마음에 불이 났지요
바로 금산사 대중공사를 부쳐
승병을 모았지요
백양사
화엄사
대흥사

송광사 선암사로 내달려

닷새 만에 호남 승려 1천3백
그 상투 없는 승병을 모았지요
전라도 순변사 권율의 관군과 함께
금산 전투에 나아갔지요
난전에 승승장구였지요
수원 독산성 싸움에 나아갔지요

이윽고 행주산성 7백 승병으로
왜적 3만과 싸우고
왜적 2만 4천 사상자 내는
임진왜란 최대 승전을 이끌었지요

왕은 벼슬만 붙였지요
정삼품 절충장군 헛이름이었지요

제자 해안도
영남으로 가서
영남 승병장으로
경헌
인오
법견
태능

소암
홍정
성정
인준
두인 등
승장 34명이
다 함께했지요
남의 대흥사 표충사 북의 보현사
서산 사명 처영
이 한 스승과 두 제자 세 진영이 마침내 한 진영이었지요

평양 싸움
개성 싸움
남원 교룡산성 싸움으로
나아갔지요

다시 한번 정유재란
승병장으로 나아갔지요

저승 가서도
팔짱 끼고 서 있을 테지요
저승새 푸드덕 날아오르고
팔짱 풀고 서 있을 테지요

탕평채

차린 것은 그닥 없습니다만
많이 드시오
자 어서 드시오

여기 하얀 녹두묵에
검은 김 구어
잘게 부수어 버무렸구려
여기 가늘게 다진
소고기 볶음
푸른 미나리
붉은 당근채 버무렸구려

여기 흰자위 노른자위 부쳐
가늘게 썰어
붉은 실고추 곁들였구려

또 여기
단 조청을 치고
짠 소금으로 간을 맞추고
신 초와
구수한 참기름
깨소금
푸른 파와
흰 마늘을 다져넣었구려

이토록 검은색
흰색
붉은색
파란색
노란색 등
갖가지 채소와 고기
소금과 조청 섞어
이야말로
갖가지 모여
하나를 이루었으니
어서 드시구려

저 3백년 당쟁에 지친 나라
3백년 당쟁
아직도 그칠 줄 모르는 나라
왕이 즉위하자마자
삼정승
육판서
그밖의 여러 신하 청하여
갖가지 모여
하나를 이루었으니
어서 드시구려

이 음식에는
여러 색깔이 하나를 이루었으니
어서 드시구려
어서 들고
서로
서로
색깔 원수 노릇 파하고
하나로 된 색깔 없는 나라 이끌어가시구려

이 탕평채
한양 부근
경기도 개성쯤
수원쯤
거기까지 있다가 말아버렸다

상께서 친히 이런 왕을 비웃었다
탕평채 차려냈건만
그것 먹고 다 설사해버렸다
탕평비 세우고
탕평책 폈으나
이런 늙다리 왕을 비웃었다
여름 부채
탕평선
몸에는

탕평의
머리에는
탕평관
허리에는 탕평대라
하고 노론이 비웃었다

오호라 밤에도 낮에도 어린 비빈 어르는 탕평왕이라
하고
노론이 비웃었다

저 아랫녘
왕실 조상의 터 전주에서는
오래전부터 비빔밥이 있어왔으니
적 황 청 백 녹
오색
칠색 비빔밥이 있어왔으니
그것으로
하나를 끝내 이루지 못하였으니

영조의 꿈 딱하셔라

기향(棄香)

서라벌 사내들
진골
성골 사내들
아니 육두품 사내들
두루 향낭을 차고 다녔다
절에 가 재 지낼 때
산에 가 굳게굳게 형제를 맺을 때
아니 내외가
그윽이 이불 속 들어 단꿈 꿀 때
향낭의 향을 살랐다

영육일치
넋의 향기 살의 향기가 하나였다

서라벌 진지왕께서
궁 밖 도화녀와
일곱 날 일곱 밤을 지내실 때
그 운우의 방 가득히 향내 진동하였다

서라벌 천한 종놈들이야
그런 향낭 대신
콩깍지 삶은 물
창포 우려낸 물
쌀겨 재운 것으로

퀴퀴한 몸냄새를 탕감하였다

어찌 서라벌뿐이던가
백제뿐이던가
후백제뿐이던가

조선 현종
만기친람(萬機親覽)에 납실 때
승지가 대전에 듭실 때
반드시 향낭을 차야 했다

아니 퇴청하여
사랑채에서 손님을 맞을 때
손님 맞아
시를 지을 때
차 마실 때
술 마실 때
보채는 향로에 흠흠 향을 살랐다

어느날 밤
현종조의 정경부인 이씨가
우의정 지아비가 차고 다닐 향낭이란 향낭
다 뒷간에 던져버렸다
이놈의 향낭 때문에 진짜배기 사람냄새 다 없어졌노라 퉤 퉤 퉤

말복날

오늘도 길 팍팍하다
갑오년 이듬해
을미년
을미년 말복
오늘도 솥뚜껑 뜨겁다

부안 관아 종놈 독바우
백릿길 심부름
두 다리샅에
불 투가리 매달고 달린다

이런 사또
이런 종놈의 시절
사또의 지엄한 심부름
어쩌다
걸음 멈추면
불 투가리에
불알 익고 샅이 익어버린다

한번 길 나서면
쉬지 못한다
달리는 듯 걷고
걷는 듯 달린다

그런 종놈 독바우의 심부름으로
사또 나리의 이자놀이가
곱으로
세 곱으로 늘어난다

오늘도 길 꽉꽉하다
오늘도
내 불알이
내 살이 아궁이 달고 뜨겁다

벽암의 행서

벽암 천수환이
글씨 쓰다가 지쳐
잠들었다
꿈속
백발 노장 현신
나타나
마구 때렸다

이놈아
어디 이게 글씨냐
삭은 버들가지
삭은 지푸라기
늦가을 뱀허물이 아니냐

마구 때렸다

한번 다섯 손가락 꽉 쥔 붓으로
하늘에 자국 내고
땅에 자국 내어보아라

마구 때렸다
마구 맞다가 꿈 깨었다

벽암 천수환의 글씨

새로 썼다

썼다
썼다
글씨 한획 한획
살속 후벼
뼛속 긁어

지리산 기슭에 처박혀
벽암 천수환
다섯 손가락 글씨
그 오지서(五指書)가
이윽고 세상에 나아갔다

추사
그리고
검여 말고는
누가 뭐라 한들
지리산 은적암
벽암이라고
세상의 꼬린내 사랑방 입방아

그 벽암에게 넌지시 숨은 여인 있으니
여승 혜주(慧珠)

그 혜주에게 넌지시 숨은 딸 있으니
어린 여승 성뢰(性雷)

어린 성뢰의 글씨 한번 놀라워라 이 세상 뭇 흐림수들아 가거라

뱃삯 5전

법명 성각 속명은 잊어버렸다
나이는 마흔인가 마흔넷인가

어림없었다
어림없었다
두 번 장가들었다 두 번 홀아비였다
세 번 다시 장가가지 않았다
지나가는 대사 따라 절에 가 머리 깎았다

저 식민지시대
남쪽 가야산 해인사에서
북녘 묘향산 보현사 상원사 가는 길
어찌어찌
경성 지나
임진강 나루에 이르렀다

삯전 10전인데
달랑 속주머니에 5전
그것으로 통사정해도
어림없었다

어림없었다
강물 물살은 빠르게 회돌고
된서리 내린

아침바람이 시렸다
벌써 손이 곱고
입은 옷은 홑옷

어림없었다
어림없었다

그때 옆에 있던
아기 업은 젊은 아낙
선뜻 5전을 보태주었다

임진강을 건넜다
아낙은
수안길로 가고
그는 개성길로 갔다

엿새 만에 묘향산 상원사에 이르렀다 현생이 전생 같았다

임진나루
그 아기 업은 아낙 위해
그 아기와
아기 엄마와
아기 아빠 위해
그 아낙 친정과 시댁 위해

칠일기도를 했다 그 전생이 금생 같았다

나 혼자 사는 일
어림없었다
어림없었다

조선 후기의 먹돼지

노론은 빈대
밤중에
슬금슬금 기어나와
피를 빨았다

소론은 모기
앵앵 소리내며 날아와
피를 빨았다

윗마을 아랫마을
노론 소론
서로 오고 가지 않았다
어쩌다 길에서 만나면
진지 잡수셨습니껴
인사도 있을 턱 없다

한 문중
한 종친이라도
당색이 다르면 시월상달 시제도 함께 모시지 않았다
노론 옷깃 길다
소론 옷깃 짧다

노론 며느리는
시아버지를

영감마님
마님으로 불렀다
소론 며느리는
시아버지를 아버님이라 불렀다

제사 지내는 제수도 과일 홍동백서(紅東白西)도 달랐다

걸음걸이
말소리
헛기침소리
옷차림새 서로 달랐다

먹돼지도 다 알았다
저 양반께서는 노론의 사위님이시네
저 양반 나리께서는
소론의 사돈의 팔촌이시네
꿀꿀꿀

놋대야 놋요강

시집올 때 함께 온
놋대야
놋요강 바늘에 실로 실에 바늘로 더덜이 없이 요긴하여라
산후조리 때
놋대야 요긴하여라

아들 셋 낳아
둘 죽고
딸 둘 낳아
하나 죽었다

그때마다
산후조리 때
한번도 으끄러진 적 없는
놋대야 요긴하여라

장사 지낼 때
죽은 아기한테는
울음도 없다
에미도 입 다물고
아비도 입 다물고
윗목
놋요강도
툇마루

놋대야도 입 다물고

아이 송장 묻은 뒤
사흘이고
나흘이고
아무 말 없다

빈 놋대야나 건드려보아라
땡그랑
땡그랑
빈 놋요강 때려보아라
땡그랑
땡그랑

노승 인각

내금강산 마하연 일대는
높아
높아
단풍이 일찍 와
해 진 뒤에도 빨긋빨긋하다

어느날 스무살 도인이 나타나셨다 한다

저 남도 모악산 금산사에서
열살 도인이 나타나셨다 한다

오대산 중대에서
서른세살 도인이 나타나셨다 한다

이런 도인들의 산중에서
그런 혁혁한 도인과는 아무런 상관 없이
오로지
묵묵무답 공부하던
명청 수좌 인각당(印覺堂)이
여든살 먹고
오늘 눈감았다
눈감기 전 눈빛이
천장을 향했다
천장 구멍

거기로
밤하늘 별빛이 내려왔다
두 빛이 딱 만났다

인각당 눈감았다

멍텅구리 공덕이

세 번씩이나 종정에 추대된 고암 대종사
아무런 위엄도
아무런 존엄도 없으시기를

종정 하나마나
조실 하나마나
그래서 세 번씩이나
이 파 저 파에 무난
고암 대종사를 종정에 추대되시기를

그런 고암에게
순 먹통인
순 밥통인 상좌 한 놈 있어
그놈 공덕(空德)이를 내쫓지 않고 십년 내내 감싸고 있어
누가 보내버릴까
누가 쫓아버릴까
늘 챙겨서 감싸고 있어
아나 이것 먹어라
하고 벽장 안 곶감 꺼내주시기를

그 공덕이가 일을 기어이 저질러
산신각 옆에서
추운 몸 녹인다고 불을 놓아
그 불로

산신각이 다 타버렸어

그날밤 대중공사에서
주지의 큰 소리
그 공덕이를 쫓아내자 하였어
대중이 다
주지의 편이었어

그런데 고암 종정이
조용조용
그 공덕이에게
천일기도를 시켜
산신각을 다시 짓게 하자 하시기를

3년 뒤 기도 회향 뒤
산신각 자리에 만귀잠잠 산신각이 섰어

내 친구 현중희의 소원

죽은 친구 현중희
이제 나무가 되었을까

저 1천 6백년의 은행나무가
내 조상
저 6백년 소나무가
내 은사
저 3백년 감나무가
내 형
저 백년 상수리나무가
내 동무이니

여기 다 같이 한마을 이루고 살아가노니

저녁연기 자우룩할 제
내 소원 있노니

나 또한
누구의 아우이고
누구의 아들이고
누구의 께복쟁이 동무일 것
누구의 원수보다
누구의 빚쟁이보다
누구의 수접은 동무일 것

1939년 1월 쌀 한 가마당 7원 85전일 때
8원을 둘로 나눠
쌀 반가마 친구일 것
한 대에 쌀 네 가마 값 34원 나가는
유성기 한 대뿐이라
그 유성기로
듣는
백년설의 노래
함께 듣는 친구일 것

죽어서 그런 나무일 것
남녘 동백나무일 것
북녘 들쭉나무일 것

내 소원 있노니 내 동무 소원 있노니

견훤

뒤는 패장이었으나
앞은 흥왕이었다

스물다섯에 비장이 되어
쩌렁쩌렁
긴 칼 차고
말을 탔다

우렁찬 몸
우렁찬 뜻

뜻을 세워 여왕의 나라 거역하여
한 달 만에
군사 5천 규합
두 달 만에
군사 2만 규합

마침내 자신이 자신을 왕으로 봉대하여
어엿이 옛 나라에
새 나라를 세워버렸다
허허
저 신라 상주 총각이
외가 무진주에 오고 가다가
완산주에 도읍을 정하여

두번째 백제가
다시 와버렸다

서라벌 서울에 쳐들어가
경애왕에게 칼 주어 자결케 하고
왕비를 옷 찢어발겨 몸태질로 겁탈해 마지않았다

돌아와
본처 아들에게
왕위를 빼앗기고 갇혔다가
고려 왕건에게 죽자사자 도망가
아들의 나라 무너지는 날
딱하디딱한 길라잡이나 되어버렸다

어허 딱하디딱한 마감이로고

상언 수좌

큰절 큰방 섬돌 위
고무신 가지런히 스물여덟
조실 마루 밑 섬돌 위
조실 스님 고무신 하나
조실 스님 고무신 하나

아침에 나오면
그 고무신들
누가 깨끗이 씻어놓았다
씻어
가지런히 놓았다

조실 만공 노장이 시자 불러 물었다
네가 씻어놓았느냐
아니올시다
선방 수좌들에게 물었다
그대들이 씻어놓았느냐
아니올시다
조실 만공이 한밤중에 가만히 나가보았다
어둠속 수곽
신발이란 신발 다 씻는 사람 있었다

말 없는 사람
희끄무레

웃을락 말락 하는 사람
머리 뒤쪽이
좀 비알진 사람
상언 수좌 그 사람

조실 만공은 모르는 척 가만히 들어갔다

마지막 인사

한말 2천만이
어느새
3천만이 되었다
굶어죽고
싸움터 끌려가 죽고
병들어 죽어도
용하디용하게 굴 조개로 풍뎅이로 나방으로 불어났다

8할 이상
9할 이하 보리윷 농투성이인데
그 농투성이
하나하나
제 고향을 모모이 떠나야 했다
혹은 무작정
혹은 야반도주

집 떠나기 전날 밤
나뭇가지에
얼굴 할퀴며
뒷산에 간다
뒷산 비석도 없는 무덤들
할아버지
할머니
아버지 어머니께 간다

막걸리 한잔 따라 뿌리고
울음 꺾어 절을 한다
아버님 언제 돌아올지 모르겠습니다
안녕히 계십시오
울음 죽여 하늘을 본다 별들이 너무 많았다

내려가
아내와 맏딸
두 아들 뒤따르고
지평옥의 한식구 밤길 사랫길 간다

각각 짐 들고 간다 건넛마을 개가 짖는다

1960년 대통령선거
야당 후보 선거벽보가 어둠속 흙벽에 붙어 잠들어 있다
배고파 못살겠다
죽기 전에 갈아치자

소남주 타령

과연 나라 망하였다고 자결해야 하는가
과연 나라 빼앗겼다고 비분강개
척양척왜 의병으로 기의(起義)해야 하는가
과연 이 나라 천추만대 그대로
영영 이어가야 하는가

과연 이 나라 벼슬아치 노는 것 보아
현감이라는 자
3년 가물에
논바닥 쩍쩍 갈라지고
아이들 부황 나 죽어가는데
그 백성 구휼은커녕

집안 화로까지
마당구석 병아리 몇마리까지
갈비뼈 앙상한
늙어빠진 검둥이까지 걷어간다
과연 이 나라 벼슬아치 노는 것 보아
현감은 현감대로
그 밑
이방 형방은 이방 형방대로
아니
그 밑으로
한동네 사는

마을 이정(里正)은 이정대로
한동네 사는
좌수어른과 함께
걷어들이고
또 걷어들여 마지않았다

저 위 궁궐 내탕금은 또 어디서 나오나
저 삼정승
저 정일품에서 종구품들은 그들대로
저 팔도 감사도
저 각 고을 목사들은 그들대로
걷어들이고
또 걷어들여 마지않았다

어찌하여 이런 나라
이런 착취로
몇천년
몇백년을 내리닫이 살아온
누대 백성의 아픈 삶이더냐

조선인구 1천만에
쌀 1천만섬 소출이면
보리에
밀에

옥수수에
기장에
조와 수수에
한해 목구멍에 거미줄 치지 않아도 되는데
어찌하여
윗길 아랫길 굶어 죽은 송장 거리거리 널브러졌더냐

이런 나라가 나라인가
이런 나라 망한다고
어떻게 개염치로 땅바닥 치며 통곡해야 하는가

나 모르겠다

전라도 고부 농투성이 소남주
도조(賭租) 논 두 마지기마저
올해는 내놓아야 한다 내놓고 새끼 세 마리 굶겨 죽여야 한다

나라가 있거나 나라가 없거나
나는 모심을 땅 그놈의 모진 격양가 부를 땅
한뼘도 없다

나 모르겠다

제산당

황학산 직지사
만화율사로부터
계율을 배워
전계율사 제산

계율의
계는 자(自)라
율은 타(他)라
그 계율 청규 어긋나면
먼저 참회하고
뒤에 불호령 질타를 받아야 함

불호령 율사 제산

그 아래서
탄응
관응
그리고 녹원 들이 받들어야 함

한 객승이 와서 물으니
한 생각 나기 전(一念未生前)
또 한 객승이 와서 물으니
네 어미 아비 있기 전(父母未生前)
또 한 객승이 물으니

한 생각 전
또 한 객승이 물으니
또 그 대답이거늘

이 두 마디가 만(萬) 대답이어야 함

비구계 250계 비구니계 348계 보살계
그 불호령 제산에게
다못 이 두 마디가 소태 먹은 만 대답이어야 함

산중 밥값
산중 옷값
산중 방값
산중 계율값 무시무시한 순 공짜여야 함

금선대

덕숭산 수덕사
수덕사 위
정혜사
정혜사 위
정업당

거기 육모정 금선대

단소소리 오두마니 청아하였다
만공월면(滿空月面)께서
금선대 걸터앉아
단소를 오두마니 부르시었다

하얀 옥양목 적삼에
팔배 조끼 입으셨다
하얀 외씨버선
영락없이 한량이셨다

단소소리 한 곡이 갔다
바람이 슬슬 일어났다
무슨 일로 왔는가

그의 앞에
고개 숙인 한 사람

음전하디음전한 대답이었다

지난해 저더러 꼭 오라 하셨습니다

누가 그랬던가
내가 그랬던가
그대 혹여 단소 불 줄 아는가

모릅니다

내년에는 불 줄 알리라 가거라 단소 배워 다시 오너라

임대수

도교에서는
천수 120세라
환갑 60세가 드문 세상
환갑 갑절 120세라

옛날 삼시충(三尸蟲)이라는 벌레가 있었단다
사람의 몸속에 있다가
60일에 한 번씩
이 삼시충이
하늘의 옥황상제한테 가
제놈이 사는 사람의 행각을
낱낱이 고해 올렸단다

그래서 60일마다
철야로 눈 부릅떠
60일마다
그놈 삼시충 못 떠나게 하였단다

죄상 따라
최하 3일
최고 3백일 수명이 단축되니
120세를 향한 꿈으로
계룡산 밑
논산 두메의 임대수 영감

60일마다 오는
경인일(庚寅日)에는
꼬빡 뜬눈으로 새우며
도덕경 읽고
남화경 읽으니

그 영감의 장남 임지환이 투덜거리기를

흠
어머님은 돌아가셨는데
당신 혼자만 오래 사실랑감 쯔쯔
차남 임지목이 투덜대기를
당신께서 오래 사시면
당신 아들딸들보다
당신 손자손녀들 고생이 어디 이만저만 아닐랑감 쯔쯔

백파 기일

호남 선장(禪匠) 백파스님께서는
완당과 막역이나
완당과 주거니 받거니
선론 논쟁이 제법 뜨거웠어
한 달도 걸리고
두 달도 걸려
주거니 받거니
선론 반박이 갈수록 뜨거웠어

그들 덕분이었어
조선말 산중 선이
두 잠
석 잠에서 깨어나
소나기 산 소나기 소리 내며
뽕잎을 먹었어
두 잠
석 잠 깨어나
새로 고치집을 지었어

백파는 문 닫는 공부
완당은 문 여는 공부를 외쳤어

그 지엄한 선 중흥의 백파에게
상좌 석전이 있었어

장차 스승은 산중 계율
제자는 세속 계율
스승은 산중 석학
제자는 세속 석학이라

이런 백파 제자
석전에게
산중 제자와 더불어
세속 제자가 늘비하였어

최남선이다가
이광수이다가
그 아래로
신석정이다가
청담 이순호이다가
그 아래로
어깃장 서정주이다가

아니 아니 도반으로는 만공보다 만해였어

백파 86세로 입적하자
완당이 비문을 지었어
춘삼월 스무사흘 꽃들의 날
백파 기일

제자 석전
늘 조실 노릇만
늘 석학 노릇만
늘 사장(師匠) 노릇만 하다가

이날만은 열여섯살 사미 시절로 돌아가
손수 마당 쓸고
문밖에 황토 깔고
목욕재계
영단에 스승 위패 모셔내어
미타(彌陀) 정근(精勤) 한 시간
나무아미타불을 지극정성 청청하게 불러왔어

개운사 대중에게
떡도 돈도
듬뿍 나눠주었어
문학청년 임조걸에게는
몰래 술 먹고 놀아보라고
술값 해웃값도
듬뿍 넣어주었어

그날밤 석전노장 내내 숫총각 같았어 더넘찬 숫색시 같았어

종달새 소녀

물방울 은방울 굴러오는 목소리
종달새 목소리
영롱한
그 목소리로
항일부대 돌아다니며
노래 불렀다

일곱살 때
아버지 따라 춘황(春荒)투쟁에 안겨간 이래
아버지 어머니
왜놈 토벌에 죽은 뒤
아동단에 참가하여 노래 불렀다

연길현 왕우구
왕청현 요영구를
걸어서
걸어서
찾아가 아픈 노래를 불렀다 은방울 물방울 굴러갔다

아홉살에 체포되었다 고문에도 끝까지 부대 이름 말하지 않고 죽었다

부설

멋진 선덕여왕 때는
멋진 사람들이 살고 있었지
그 사람들 가운데
부설거사도 있었지
속명 진광세(陳光世)

본디 불국사 학승인데
절에서 나와
머리 길러
붉은 가사를 훌렁 벗어던졌지

친구 영조 영희와 더불어
먼 길을 나섰지
선도산으로 답답
남산으로 답답
먼 길 나섰지

두륜산 대둔사에도 갔지
그 아래
땅끝 바다에도 갔지
남의 두륜 올랐으니
에라
북의 오대산에 가는 길
그만 징계맹게에 머물렀지

머물던 집 주인
구무원의 따님
묘화가
부설한테 홀라당 반해버렸지
나 죽이고 가시든지
나 살려 예서 함께 살든지
그 묘화 사랑에 푹 잠겨버렸지

영조 영희가 비아냥댔지
이보게나
부설 진광세
자네 도가 이 꼬라지였나
여색 하나에
헤어나지 못하는 이 꼬라지였나

그들 오대산으로 떠나버렸지

부설과 묘화
아들 낳고
딸 낳고
모심고 달 보며
대도무문(大道無門)을 함께 깨달았지

어느새 부설 묘화 두 부부도인의 법

동풍으로
서풍으로
세상에 퍼져나가
서라벌 절간
서라벌 유곽
부설 부설 부설 부설이라
부설 묘화
부설 묘화라

옛 친구 영조 영희 찾아와
옛일을 뉘우쳤지
뉘우치는 옛 친구한테 한마디

물병 속 물 쏟아지는가 쏟아지지 않는가

자장

신라에 태어난 것을 날이 날마다 탄식하였다
그러다가
결국 중국으로 건너갔다
큰 땅을 한껏 떠돌았다
큰 산을 실컷 오르내렸다
큰 법을 마음껏 받았다

그가 돌아와
당장 한 일
구층탑을 세우는 일

여왕의 위의를
아홉 족속에 떨치는 일

5년 유학승 안함(安含)은
진작에
아홉 족속을
일본
중화
오월(吳越)
탐라
응유(鷹遊)
말갈
단국(거란)

여적(여진)
예맥을 가리켰다

이에 대하여
몇년 유학승 자장(慈藏)은
아홉 족속을 속 좁혀
9한(韓) 9이(夷)로 나누어
고구려
백제 등
동이족 9족을 가리켰다

신라 복식을 당 복식으로
신라 지명을 당 지명으로
그리하여
당 오대산은
신라 오대산
당 강릉은
신라 강릉

신라 것이 당 것으로 다 바뀌어버렸다

신라 대국통 자장
그가 재상 벼슬 고사했건만
단 한번도

그의 도가
왕실 언저리 까마귀 돌배 동떨어진 적 없다
과연 그의 행차에는
백성들이 입 다물고 고개를 떨구었고
대안
혜공이 저잣거리에 올 때면
백성들이 입 열고 손 흔들었다

자장의 불법은 숭엄한 국법이고 삼엄한 상하 계율이었다

말년에 이르러서야
그의 눈이
백성을 보고 백성의 슬픔을 좀 엿보았다 늦었다

김제남

이분은 대한민국의 이름난 인사가 아니시다
이분은 대한민국
한 시가지나 한 군의 유지도 아니시다
이분은 대한민국
한 마을의 이장이나 반장이나
마을 유지도 아니시다

서울 용산 원효로
한강과 영등포 나룻배 사공이었다가
그 나룻배 없어지자
원효로 4가 5가 일대
고철수집원으로 나선 중늙은이

원효로 5가 대폿집
점심 저녁 굶어서 막걸리가 독했다
핑 돌아
알딸딸해지자
갑자기 입에서 나온 말
박대통령이
김일성이보다 더 무섭단 말이여

이 말을 듣고
대폿집 주인이
간첩신고를 해버렸다

간첩신고에는 현상금이 있다

즉각 용산경찰서 정보과 체포
시경 대공분실 고문
서대문형무소 구속
반공법 위반 징역 4년

하루 내내 고철 수집하는 대신 고철 한조각이 되어 갇혀버렸다
대전형무소로 이감되었다
전주형무소로 이감되었다
1979년 크리스마스이브
열렬한 반공인사가 되어 나왔다

3년 반
반년이나 앞서 나왔다
모범수 특사
원주형무소에서 나오자마자
눈 내리는 새벽
박정희 대통령 각하 만세!
만세!
만세!
멸공통일 만세! 때려잡자 김일성!을 목청 터져라 불렀다 힘찼다

원광

본디 원광은 야심찬 유학생이었다
진나라에 온
여러 나라 유학생 가운데
뛰어난 유학생이었다

그가 강남 금릉에서
갑자기
승려가 되었다

그러나 한 종파에 속하지 않았다
때로 열반경
때로 성실론
때로 사아함경
때로 반야경
때로 섭대승론
각종의 경과 논에 다 두 발을 두루 디뎠다

그의 이름이
중국 산중
중국 궁중에 뜨르르 퍼져갔다
바다 건너
고국 신라에 퍼져왔나
진평왕이 친서를 보내 그를 불러들였다

진평왕이 옷 보내고
진평왕이 약 보냈다
진평왕비가 차도 마른반찬도 친히 보냈다 돌아왔다

황룡사 대법회 법주로 모셨다
왕과 나란히 앉아
나라의 대법회를 주재
언제나 빙그레
언제나 빙그레
웃음이 퍼져갔다

때로 그 웃음 속에 칼이 있었다
신라 진평왕에게
고구려를 치소서
수나라 양제에게 서찰을 올려
고구려를 치소서

이것이 저 원광의 걸병표(乞兵表)였으니
이 사대체제의 불법 원광
이 호국체제의 불법 원광
그리하여 불교의 불살생 오계 십계도
신라의 살생 오계로 바꿨다
임금에게 충성
나라에 충성

세속오계로 바꿔버렸다

그의 장례는
왕의 장례 그대로 국장
황룡사
분황사
불국사
골굴사
남산 각 암자
전국 각 찰 각 암자
원광국사 왕생극락 분향염불 구일장도 모자랐다 끙

부자 2대

서산이 죽자
서산의 제자 편양의 청을 받아
월사 이정구가
서산 비명을 썼다

내금강 백화사
지난날 서산이 『선가귀감(禪家龜鑑)』 지은 곳에 그 비가 섰다

그뒤 편양이 죽자
이정구의 아들
백주 이명한이
편양의 비명을 써
백화사에 세웠다

불가의 2대
유가의 2대가 맺은 비명의 인연

내생에는 서산이 월사 묘지를 쓰고
편양이 백주 묘지를 쓰리라
옳거니 금생 내생의 2대 인연이 장차 누대 인연으로 속살속살 이어지
거라

고구려 도림

바야흐로 고구려가 농업국가로 되어갔다
남으로
남으로
아리수 건너
평양에 새 도읍을 세웠다
그러자니
남쪽 곡창 백제를 탐하였다

고구려 장수왕 첩자로
승려 도림(道琳)을 보냈다
도림은
망명 승려로 가장
백제의 환대를 받았다

백제 개로왕의 바둑친구가 되었다

개로왕에게
왕릉 개축공사를 벌이게 했다
그 공사 총도감이 되어
국고와 국력을 탕진
민심이 바뀌었다
이때다 하고 도림은 고구려로 돌아갔다

치소서

때에 이르렀으니
치소서

고구려의 남침
백제 개로왕
목이 데굴데굴 떨어져 굴렀고
백제 도읍
한강 기슭에서
멀리 남쪽 금강 기슭
곰나루로 내려가 주저앉았다

도림

어찌 그대가 승려이랴

거짓말꾼
두말꾼
사기꾼
그것 아니랴
어찌
고구려에서나
백제에서나
그대가 승려이랴 썩 가사 벗고 구리 갱도에 내려가거라

어느 임종

임종 두 달 전
한마디 남겼다

바보가 되어라

임종 한 달 전
한마디 남겼다

야반삼경에
대문 빗장을 만져보아라

한 비구의 생애 91세로 끝났다 10만 문상꾼이 왔다

왜 죽은 뒤에는
한마디도 남기지 못하시는가
슬프도다
이 세상에 송장의 말씀 어디에도 없으시도다

어떤 사진

가령 흑백사진 한 장
노랗게 바랜
그 사진 한 장 없이
얼마나
얼마나
무수한 생들이 사라져갔던가

여기 천만다행
바랜 사진 한 장
포로사진 한 장

저 노르망디 상륙전에서
미군에 생포된
독일군 중
놀랍게도 아시아계 병사 중
조선인 병사의 사진 한장

최
박
김 중의 한 사람
1922년생쯤
1924년생쯤의 한 사람

나라 빼앗긴 조선의 젊은이가

일본군 병사가 되어
1939년 만주 몽골 국경지대
노몬한에서
몽골군 소련군과 싸웠다
그 싸움에서
2만명 전멸의 일본군 중
살아서
소련군 포로가 된
일본군 중의 한 사람

기구하여라
기구하여라

씨베리아 거쳐
제2차 세계대전
소련과 독일 전투에서 살아났다
이번에는
소련군 아시아계 병사로
소련군 블라쏘프사단 전선에 배치
레닌그라드 근교에서
소련군
5백만 중
3백만명 전사
그 가운데서 포로로 살아남은

아시아계 조선인 병사의 한 사람

드디어 독일은
1943년 포로 활용
나찌 동방대대 795부대 편성
서부전선
대서양 방어전선에 투입
그 노르망디 전선의 한 사람

그가 아이젠하워 지휘의 상륙작전 당시
1944년 6월
노르망디 부근 오하마 해변
그 전투에서
미군에 생포된 조선인 병사의 한 사람
기구하여라
기구하여라

프랑스 임시 포로수용소에서
영국 임시 포로수용소로
영국 수용소에서
대서양 건너
미국 동부 포로수용소
그곳에서
미국 남부 플로리다 포로수용소로 이송

조선인으로 태어나
일본군
소련군
독일군
그리고 미군의 포로가 되어
지구 위의 여기저기 떠돈 한 생애
그 플로리다에서 가까스로
독일군 포로 신분에서
식민지 조선 포로 신분으로 바뀌어 석방
미국의 어디선가 낯선 땅 듬숭듬숭 살기 시작한 사람
살다가 티끌로 돌아간 사람

오래된 사진 한 장

나룻배와 사공

누군가가 나룻배와 사공을 노래했더라

섬강에 다리 없을 때
나룻배 영감
지국총 지국총 노 저어
물 건너 데려다주는
나룻배 영감

벌써 30년 넘어
물 건너 마을
건너오고
건너가는 아이들이
어른이 된 세월

어느날 그 나룻배 사공이 나타나지 않았다

강물 내려다보이는 암자 언저리에서
오래 연기가 났다
늙은 나룻배 사공 화장하는 다비 연기였다
그 나룻배 사공이
지난날 이름을 떨친
화엄사 선방 조실
무하(無何) 대선사였다

어느날 선방 뛰쳐나와
나룻배 하나 만들어
나룻배 사공이 되었던 것
그 무하 대선사였다

한오리 연기 들피 스러졌다

결의형제

해인사 전강이 나타났다
통도사 경봉이 맞아들였다
대뜸
전강이 마조 남전을 꺼냈다

마조께서
제자 남전에게
동그라미 하나 그려놓으시고

이 동그라미 안에
들어가도 칠 것이고
안 들어가도 칠 것이야
너 어쩔 터인고

남전이 동그라미 안으로 불쑥 들어가니
마조께서 남전을 후려치셨다
스님께서는
저를 치시자마자 노하셨습니다
그 말에
마조께서 주장자를 내려놓으셨다

자 여기 동그라미 하나 그렸소이다
어쩔 터이오
하고 전강이 으르자

경봉이 부채를 활짝 펴
그 동그라미에 훨훨 부쳐댔다

전강이 하하 웃었다
경봉이 하하 웃었다

새가 날아가며 한마디했다

히히히
들어가도 치고
안 들어가도 치는데
한자락 부챗바람으로 피하시다니 꼼수이시네

하하하
하하하

둘은 바로 배짱이 맞아
형제를 맺어버렸다
경봉 형님
전강 아우님
하하하
하하하

다음날 아우님은 오대산 한암 회상(會上)으로 향하였다

형님이 시 한수 지어보냈다

구름가에 발우 놓고
이 암자에 지내는데
우연히 그대 만나
험담을 털어놓았네
밤 깊어 삼경
인적이 없는데
가을문은 하늘에 달고
달은 못에 가득하네

이 화답시는
뒷날 다시 만날 때 전하리다
하하
하고 전강은 떠났다

하하
하하
경봉이 방 안으로 돌아왔다

제법들 노시네
땡감이 물항아리 속에서 폭삭 익었네

이찬갑

이 나라는
이 나라의 대장경을 이어왔다
이 나라의 실록을 이어왔다
이 나라의 족보를 이어왔다

그러나
이 나라는 무엇인가를 그냥 내버렸다
무엇인가를 잃어버렸다
무엇인가를 꿩 구워먹고 잊어버렸다

그런 이 나라의 시시한 한군데에서
이 나라의 한 사내
1941년 나이 서른여덟의 사내가
무슨 발념인지
평안도 두메
과수원 언덕배기에 몰래 무엇인가를 묻었다
가까이 가보니
기름종이에 싼 것
별것도 아닌 것
1930년부터 1940년까지의
두 신문 스크랩 일곱 권
양철통에 밀봉하여
기름종이로 싼 것

'명년에 만호(萬戶) 이민'이라는 기사에
'몰린다 쫓긴다 이 백성은 제정신만
남아 있다면야 그 아니 소망을 이룰까'라는
소감도 적어두었다

이찬갑(李贊甲)이라는 사내

이런 시대의 시시껄렁한 신문기사 알뜰살뜰 보관한 사내
그 사내의 핏줄 이어
아들 하나는 국어학 이기문
아들 하나는 국사학 이기백
석사 박사 40명 가까이 길러냈다

어럽쇼 이 나라는 무슨 유골인가를 묻어두었다가 진신사리로 파내기
도 하였다

각초

물에 솔가지 적셔
머리를 툭툭 쳐
젖은 머리
삭도를 대니
머리가 쏨벅쏨벅 깎였다

이로부터 네 머리에
무명초가 없어졌으니
해탈 이슬이 내리리라
오늘 받은 법명 각초(覺超)
이 법명이 네 목숨이니라

이렇게 시작한 중노릇
잠 오면
턱 아래 송곳 세워
성도절 앞둔 선방
용맹정진 몇밤을 뜬눈 참선으로 새운다

그렇게 중노릇 잘하므로
스승 만화께서
상좌 각초의 옷 빨아주신다
각초의 신발 닦아주신다
먹물 들여
각초의 하안거 내내 입을 새옷 지어주신다

6년 뒤 각초 갑자기 죽었다
새벽 세시
예불에 나가지 않고
그대로 누워 있었다
죽어 있었다

스승 만화께서 통으로 이레를 굶으셨다

자화장(自火葬)

살 만큼 살았다 하자
닦을 만큼 닦아
더 닦을 것 남겨두었다 하자

차곡차곡 나뭇단 쌓아올리고
그 안에 들어가
부싯돌 그어
불지르니
앗 뜨거워
앗 뜨거워
그대는 불에 타버린 사람

추금

어디서 태어났는지 알아 뭘해
금강 기슭
충청도 공주골
한 두메에서 태어났다 하자
언제 태어났는지 알아 뭘해
괜히 나라 망하는 세월에 태어나
괜히 나라 없는 산하 떠돌았으나
남의 나라 민적에 올린 이름
알아 뭘해

추금

그 스님이
나이 쉰쯤 예순쯤으로
한평생 마치니
한줄기 연기 뒤
다비장
뼈 부스러기 몇개 남겼다 하자

마침 비가 오니 다 누졌다 하자

한글창제의 첫일

처음 한글은 조심스러웠다
나라 안의 중신들 유신들
한글
이 새 글자를 능멸할 터
나라 밖의 명나라 황제가
이 새 글자를
불충불온으로 여길 터
근심스러웠다

그러나 이 새 글자로
무엇인가를 해야 하였다
아버지 세종은
『월인천강지곡』을 이 글자로 지었다
아들 수양은
『석보상절』을 이 글자로 지었다

등극 직후에는
불교를 배척하여
오직 양종으로 통폐합
거의 절도 없애고
노비와 토지 몰수하고
승려도 내쫓아버렸다

그러다가

나중에는
궐내에 내불당을 지었다

그런 왕이
월인천강지곡을 지어 펴내고
아들 수양이
석가일대기를 지어 펴내니
이로써
나라글자 한글은 불교의 서사세계에 외오 발걸음을 내디뎠다
아니 효령은 숫제 승려가 되어
한강 수륙재를 주재하였다

시내가 가람 되고
가람이 바다 되어
새 글자는 조심스러이 흘러갔다 흘러 흘러 듬쑥 퍼져갔다

뗏목다리 밑

노신 이르기를
예교걸인(禮敎乞人)이라

겉 뻔지르르
헛된 예절
헛된 꾸밈

이 헛짓거리가 나라의 힘 탕진한다고
노여워했거늘

이와 달리
조선 경성부 서대문 안 순화정
순화천 뗏목다리 밑
거기 왕거지와 새끼거지 일곱 녀석
얻어온 밥 먹기 전
반드시
그 밥에 고개 숙여
이 밥의 은혜 가이 없도다
연이(然而)
평생 구걸
평생 남루
평생 노숙이
고대광실 귀공자 부럽잖고 떳떳하니
위로 임금이건

아래로 백관(百官)이건
도적 아닌 적 없는 천추만대 연월(烟月)에
평생 무욕 이 아닌 성현인가

어디서 지어온 문자인지 모르나
술술술 외운 다음

자 먹자
꼭꼭 씹어먹자

한 노승의 그림

해진 옷 한벌에 여윈 지팡이 하나
하늘 아래 그 어드메 걸릴 데 있나
내 무엇을 얻고 무엇을 잃었더냐
본디 내 공부란 빈궁 공부 아니던가

위의 나옹 노래에서
첫머리
두 줄 빼고는
마른똥에 앉았다 떠날
똥파리 날갯짓 아니온지요
아예
두 줄도 다 버릴
똥파리 날갯짓 아니온지요

에라 만수 노승무욕도(老僧無慾圖)라는 그림 여기 있도다

요세

송광사
조계종 지눌 산중에 앉다
그 지눌과 쌍벽이신
요세(了世)
남으로 내려가
겨울 배추밭 두렁에 섰다

지눌이 무신 권세에 닿아 있고
요세는 백성에게
갈까마귀에게 바짝 닿아 있다

지눌이 높게
수선결사(修禪結社)를 일으켰으매
요세는 낮게
백련결사(白蓮結社)를 일으켰다

참회할지어니
서방정토
간곡히 발원할지어니
보조국사 지눌이라 산이라
원묘국사 요세라 들녘이라

요세 7년 사이
백련결사 80여칸

제자 38만이시라

만일기도 만일 철야기도 뜨거운 숨결들 이어
그뒤로
천인
원환
천책으로 이어
상대에서
하대 고려말까지
그 고려말
왜구 침노 분탕질에 이르기까지 이어

그 맥이
조선 세종 연간 행호(行乎)로 이어
효령대군
행호산성 쌓아
백련사 다시 일으켰으니
그 백성 기도도량 길이 이어 이어
모란꽃 피어났으니
모란꽃 속 설움 한밤중에 이울더라 땅 위보다 땅 밑이더라

괴괴한 집

대통령 박정희가 보낸
새마을 모범농민 표창장이
방 안에 떡하니 걸려 있다 괴괴하다

아이 일곱이면
일곱 아이 떠드는 것이 아니라
일곱 아이 자승(自乘)
마흔아홉 아이가 떠는 것일터

그러나
그 집 박증서 댁은 늘상 괴괴하다
아빠도 엄마도
아이 일곱 자매도 괴괴하다
밤에 쥐가 천장을 건너는 소리
낮에 낙숫물 떨어지는 소리

그 집 박증서 댁 골목도 늘상 괴괴하다
어쩌다 두부장수가
두부 목판 메고 왔다가
잘못 들어왔나 하고
방울 흔들고 가버린다
어쩌다 엿장수가 왔다가
무쇠가위 소리 뚝 그치고 가버린다

강남 갔던 제비 돌아와도
왜 그런지
그 집으로 들어오려다
다른 집으로 가버린다
참새들도 그 집에 오지 않는다

아무래도 그 집 제삿날 밤에도
황천의 할아버지 귀신께서도
할머니 귀신께서도 오지 않는 듯

이웃마을에 사는
박증서 형제들이 와도 마찬가지로 괴괴하다
그 집 마당 홍시가 다닥다닥 달려 괴괴하다

하도 하도 그 괴괴 딱하게 여겨선지
건넛마을
세칸집 송옥섭 댁에서
거의 날마다
싸낙배기 어멈의 질탕한 욕지거리
얻어맞는 울음소리
떼쓰는 딸년
머리끄덩이 휘어잡은
술주정뱅이 아범 욕지거리가 거기까지 두말 세말 들려온다

벽암각성

말 타면 그대로 천하 장수렷다
말 내리면 그대로 지상 장군이렷다
항마군(降魔軍) 의승군(義僧軍) 도대장(都大將)
벽암각성
저쪽에 거드름피우던 관군들
이 장수가 나서면 슬금슬금 고개 돌리고
머리를 조아렸다

후금이 침노할 때
왜적이 침노할 때
연일 관군이 패퇴할 때
거기 나서는
벽암각성의 의승군
화살받이
총알받이로 죽어갔다
어디 전투만인가
성벽 쌓았다
군량 져왔다

평양성 무너진 곳 다시 쌓았다
밀리고 밀려
한양성 내어주고
남한산으로 물러나
부랴사랴 남한산성도 쌓았다

의승군 팔도도총섭 벽암각성

도총섭 2대 응준
3대 처능
4대 서봉으로 제자들 이어가며
남한산성을 방어한 나머지
임금의 항복
피울음을 울었다

본디 임진 정유 그때
서산 휴정파와 대응하는
부휴파 부휴의 상좌 벽암각성

10세 삭발
14세 수계
산중의 걸승이렷다

사명이 부휴를 청하자
스승 대신
그가 나서 의승 전열(戰列)에 나섰다
임진왜란
병자호란
두 국란 중에도

끄떡없이 살아남아
세수 86세 법랍 72세
왕이 내린 시호
원조국일도대선사(圓照國一都大禪師)라
승병 4천 이끌어
척불(斥佛)의 날
숭유(崇儒)의 날
산중에서 일어난
구국의 으뜸이렷다

숨질 때
한번 껄껄 웃었다
웃다가
벌린 입 그대로 세상 끝

진감 태몽

저 신라말 금마에서
전주 금마에서
아기 하나가 잉태되었습니다
금마 아낙의 꿈속
난데없는 서천축 범승(梵僧)이 나타나더니
당신의 자식이 되겠습니다라고 사뢰오며
유리병 하나를 바쳤습니다

꿈 깨어나 가슴이 울렁거렸습니다
다시 꿈속
잠기고 싶었습니다

그뒤 배가 불러오기 시작하였습니다
열한 달 만에 태어났습니다
아직 젖 떼지 않았는데
아기 엄마 세상 떠났습니다
아기 아빠 세상 떠났습니다

혼자 바람 먹고 자라났습니다 혼자 비 맞고 달빛 맞았습니다

전생의 인도승이
금생의 신라승이 되었습니다

서른살에 기어이 당나라에 건너가

834

당나라 선승이 되었습니다
숭산 소림사 달마 선풍 익히는 동안
신라 유학승 도의와도
함께 발우 펴 수수밥 먹었습니다
도의는 먼저 신라로 돌아와
국내 교단 피하여
저 동해안 첩첩산중에 숨으니
그곳이 해동 선종의 시작이었습니다

그뒤 진감(眞鑑)이 돌아와
지리산 옥천사를 지으니
거기 어지간히 살다가 세상 떠나니
정강왕이 나서서
최치원에게 진감국사비 비문을 쓰게 하였습니다

상기 진감국사 비문의 글자 몇개
도무지 읽지 못하게 문드러져 있습니다
허나 어느날 그 비석 뒤에서 인도승 유리병 하나
응애응애 튀어나왔습니다
누가 그것을 얼른 주머니에 담았습니다

날씨가 찌뿌드드합니다
화계곡 개울물 소리가 어디로
잠시 가버렸습니다

어린것들

단종 12세
성종 13세
명종 12세

순조 11세
고종 12세

이보다 좀 나은 것이

선조 16세
숙종 14세
현종 19세

이 젖비린내 어린것들에 의해서
이 어린것들 에워싼 것들에 의해서
아슬아슬하게도
나라의 꼬라지 이어졌으니
촛불 하나에
바람 자욱하고
나비 하나에
소나기 자욱하더라
어디 나라일 따름이리오

경기도 이천땅

심구호 죽자
덜렁 남겨진 아기 도련님 심인태 9세

장호원
소당욱 죽자
덜렁 남겨진
아기 도련님 형제
소병준 11세
소병희 8세

강 건너
김달복 죽자
그의 마누라 뱃속 유복자
다음해에 태어나니
아비 없는 후레자식
김현섭

무럭무럭 자라더니
세살에
글 읽고
다섯살에
글 짓더라
일곱살에
활 쏘더라

장차 의병장 김현섭 장군이라

이 어린것들에 의해서
아슬아슬하게
겨레의 꼬라지가 이어졌으니
세상의 늙다리들이여
이 어린것들에게
삼가 오체투지 삼사배 올릴지어다

허응보우

어허
삼국 이차돈 이래
고려시대
조선시대 이래
여기에 천년 산중
허응보우 없었으면 어쩔 뻔하였던가

나라가 불법을 내세울 때에야
원효도 있고
의천도 있었을 터이지
역적으로 하천(下賤)으로
나라가 불법을 내쳐버렸을 때
그것을 살려낸
허응보우 없었으면 어쩔 뻔하였던가

떨어진 가사 걸치고
한평생 가는 길이라
짧은 지팡이로
천릿길 어정거림이 좋아라

이렇게 살던 사람 불러낼 때마다
도망치자니
귀를 씻고
못 들은 척하자니 그럴 수 없어

쓴 입으로 나아가
승과를 세워
산중 인재를 길러낸 뒤
서산에 물려주고 물러나서도
서산이 악승 등쌀에 못 견디면
다시 돌아와 막아섰다
끝끝내
갖은 권문의 모함
갖은 산중의 모함으로
제주도 귀양살이
그곳에서 맞아죽었으니
요승(妖僧) 보우를 벌하라는 상소문
적잖이 4백 50건
공자 주자 앞에
석가 달마 죽이라는 상소문
그제야 뚝 그쳤다

그 피범벅 주검의 무덤으로부터
다시 불법이 이어졌으니
허응보우 없었으면 어쩔 뻔하였던가

그 죽음을 일러
이제야 모든 백성이
구름 헤치고 밝은 해를 봄이라 하던

조선 성리학의 험한 혓바닥밖에는
어떤 애도도
어떤 추념도
할 수 없는 긴 세월 뒤에야

허깨비가 허깨비 고을에 와
50년 넘게 장난쳤도다
이 허깨비 몸 벗고
푸른 하늘로 오르리라

서산휴정의 말씀

눈에는 색에 집착하지 않는 공부 있고
귀에는 소리에 집착하지 않는 공부 있으셨도다
그러므로 그이는
늘 말과 행과 모습이 한결같으셨도다

사명유정의 말씀

동방의 외진 곳 좁은 곳에 태어나
백세 동안 전해지지 못한 도의 실마리를
애면글면 열어놓으시고
천고에 홀로 오셨다가 홀로 가셨도다

그 탁발 노승

반야심경
백번도 더 읽어
하루 한나절
반나절
백팔십번도 더 읽어

한 홉
두 홉 얻은 쌀짐
바랑이 제법이구나

마침 빈 소바리 지나가며
쌀짐 실으라 해서
이십릿길
삼십릿길 가는데
그 7월 염천 불볕더위
소가 쓰러져
거품침 흘리는데

그때 탁발 노승
쓰러진 소 달래어 일으켜세우고
그 소에 큰절을 올렸다
소승이 크게 잘못되었소
소승이 크게 잘못되었소

금생의 소
내생의 소
그렇게 만났다 헤어졌다

탁발 노승 법명 법호 알 것 없어라

한 소년대장

1894년 5월
갑오농민전쟁 당시
동학교도로 된
특공대 사생대(死生隊)
이 사생대는
죽어야 산다라고
이미 목숨을
내놓은 청장년 77인으로 이루어졌다

놀라워라

이 동학 사생대 대장
열네살의 어린이였다

천문 지리에 통달하여
사람들로 하여금
신으로 추앙받는 어린이였다

전라감사 초토사의 상계(上啓)에는
동학대장 이소년(李少年)이라 하였다

남도 장성 외곽
관군 왜군 연합토벌 전투에서
이윽고

소년대장이 쓰러졌다
누군가가 그 시신을 업고 시부저기 사라졌다

윤석구

1884년
강원도 삼척군 소달면 신리에서 태어나시다
어머니 뱃속
연년생
십남매를 낳았으나
다 백일 지나
돌 지나 죽었다
열한번째 아기 석구가 자라났다
금자동아
은자동아
잘 자라났다

자라나 장난꾸러기가 되었다
심술꾸러기가 되었다
모심은 논에
돌 던지기
아낙네 물동이에
흙 한줌 넣어
흙탕물 만들기
도마뱀 잡아죽여
누구네 이불 밑에 넣어두기
이런 장난 끄트머리

열한살에

열여섯살 처자를 아내로 맞아들이니
허허
1년 뒤 아들을 낳았더라

달아
달아
밝은 달
계수나무 밝은 달아
너랑 나랑
얼싸안고
천년만년 살고지고

이렇게 살아가다가
스물한살 그 봄밤에
느닷없이
집을 나가
하루 걷고
하루 걷고
하루 걷고
또 하루 걸어
이윽고 금강산 비로봉에 올랐더라

내 어머니가
언제까지 내 어머니인가

내 마누라가
언제까지 내 마누라인가
내 자식이
언제까지 내 자식인가
창해의 일만 물결아
비로봉 아래
일천 구름아
내가 언제까지 나인가
그대들이 아는가 모르는가

그로부터
외금강
내금강 거지 되어

물로 배 채우며
사흘에 한술
이틀에 한술
식은밥 거지로
밤이슬 거지로
몇해를 보냈더라

그런 뒤 늦깎이 중 삭발승 성암(省巖)이더라

중바위절

전주
전주천 건너
중바위 밑
중바위절

늙으신 중 우묵당(牛默堂)

하루에
염주 한 알 넘기기로
승랍(僧臘) 81년
세수(世壽) 88년이시라

어휴 바람소리 실컷 들으셨겄다

김순례의 회고

오라버니 김윤식은 뚱보이다
14세가 되어
두 살 위인
김은하와 결혼하다
검사의 딸이다
김은하가 독감에 걸려
결혼 2년 만에 세상 떠나
오라버니 김윤식은
시를 끄적이며
죽은 아내를 슬퍼하다
2년 뒤 18세가 되어
이화여전 졸업생
마재경과 열애하다
헤어져
일본으로 건너가
청산학원에 다니다
관동대지진 뒤 귀국
22세의 젊은이로
서울 오르내리다
정지용 박용철과 벗하다
박용철과
금강산 유람길에 나서다
금강산 영랑봉에서
필명 영랑을 따오다

박용철은
구룡연 구룡폭포
필명 용아를 따오다
최승일과도 벗하며
누이 최승희와 열애하다
그런 경성 여자
우리 가문에 필요없다
그런 남도 신랑 안된다
양가의 반대로 갈라서다
오라버니 김윤식은
고향 강진에 돌아와
동백나무 가지에 목을 매다
머슴이 보고
누이가 보고 살려내다
1년 뒤
교사 김귀연과 결혼하다
비로소 마음이 제자리 잡다
해거리 7남 3녀를 두다
끝내 창씨개명 거부
해방을 맞이하다
정치에 뜻을 두다
전쟁 복판
1950년 9월말
경인가도에서 유탄을 맞다

돌아보건대
오라버니의 사랑이란
10년이 아닌
1년
2년 뒤에는
새로운 사랑으로 이어지다

허나 사랑을 영원한 것이라고 세상이 시쁘디시쁘게 말하여오다

진표

변산
내변산
깎아질러
한번 헛디디면
그 벼랑 밑 저승이더라

그 벼랑 끝 암굴
아슬아슬하더라

불사의방장(不思議方丈)

거기 진표(眞表) 혼자
찐쌀 한 주먹으로 하루를 살며
미륵보살
지장보살 수기(授記)를 발원하더라

아니되었다
아니되었다
보살은커녕 허깨비도 오지 않았다
차라리
벼랑 밑으로 몸 던져버렸다
그러나 죽지 않았다
떨어져
몸 바수어지지 않았다

떨어지다가
누가 받쳐주었다
받쳐다
다시 올려놓았다

새로 발원
밤으로
낮으로
오체투지를 이어갔다

2천일인가
3천일인가
그런 세월 오랜 투지를 이어왔다

어느날 밤
누군가의 자취
미륵보살 189개의 간자(簡子)를 받았다
어느날 밤
누군가의 자취
지장보살 『점찰경』을 받았다

이 소식이
서로 바다 건너 갔다
동으로 궁중에 갔다

경덕왕이 불렀다
경덕왕이
수기 받은 고행승 진표한테
보살계를 받았다

경덕왕이 땅을 주었다 다 나눠주었다

그런 뒤로 모악산 금산사에 그의 세계 퍼져가고 있었다

속리산 법주사로
금강산 발연사로
용화세계 가고 있었다
동서남북 가을 들판에 누런 용화세계 오고 있었다

아직도 오는 중인고

연심(戀心)

서라벌 육부(六部) 무신(巫神) 판이라
몰래 온 불교
국법으로 금하였다
이때 제 몸 바쳐
그 불교를 내세운
젊은이 이차돈

이목구비 수려한 이차돈
서라벌 처녀들이 저마다
고이 가슴에 품은
이차돈

그가 걸어가면
풀 뜯던 암소도 바라보았다
그가 걸어오면
우물 속 물도 낭창낭창 차올랐다
그런 이차돈이
제 몸 바쳐
불교를 열었다

마침내 목 잘리는 형을 받았다

목에서 붉은 피 아닌
흰 피가 나왔다

육부 원로들이
조정 신하들이 입 다물었다
마침내 왕이 국법을 풀었다

죽어
그의 불교를 살려낸
서라벌 사나이
그 사나이를 몰래 사모하던
법흥왕 딸
평양공주는
이차돈을 추모하며
혼자 늙어갔다

장차 서라벌에는 세 여왕이 나왔건만
그런 여왕에도 끼이지 못한 채
한 여승으로
한 독신 공주로
늙어갔다

아득하여라 뭇 사내 도나 깨나
오로지 한 사나이에의 마음
한 생애 다하더라

무업 수좌

젊은 날 무업(無業) 수좌

숲속 헤매는 짓
딱 멈추고
방 안에 틀어박혀
바느질을 익혔다
이 누더기
저 누더기
바느질로 기웠다

산 너머 절 고봉(高峰)노사가 알았다
눈 쌓인 날

어허 그놈의 눈
어허 그놈의 눈
시방삼세를 잘도 덮으셨구나

고봉노사가 산 넘어왔다

오늘도 바느질이구나
영락없이
오늘도 바느질이구나

고봉노사가 와 물었다

바느질을 어떻게 하는고
무업 수좌가
고봉노사 다리를
바늘로 꼭 찔렀다
아야
다시 찔렀다
고봉노사 껄껄 웃으며 한마디 두었다

그 녀석 바느질 잘도 하누나

다음날부터 무업 수좌
바느질 그만두었다

다시 숲속 헤매기 시작하였다
숲속 다람쥐하고 놀았다
숲속 나뭇가지
소경 부엉이하고 놀았다

박달나무 잎새들이 한마디하였다
이 바람난 중 죽을 줄 모르고 살 줄만 아누나

세 을나

한반도 너울진 남쪽 바다 건너가면
거기 제주도 떴다
멀구슬나무
동백나무
협죽도 나무 두른
돌담의 제주도 떴다
4월 유채꽃밭 6월 문주란의 제주도 떴다

한반도 북에 백두산
한반도 남에 제주도 한라산

그 한라산 밑 삼성혈에
세 을나(乙那)
땅속에서 불쑥 솟아나
태어난 세 구멍 있다

과연 세 사나이 세 을나
여기에서 태어났다
아니면
태곳적 화산 폭발로
다 죽고
살아남은 사나이 세 을나 아닐까
그것도 아니라면
아예 중국에서 건너왔나

류우뀨우(琉球)나
왜국 큐우슈우(九州)에서 건너왔나

아니로다

저 황해 건너
그곳 발해 바닷가
그곳 고구려 어디에서
뗏목 타고 떠난 사나이들 아닐까
어떤 사연으로
고국을 등진 사나이들 아닐까

고을나
양을나
부을나

이 을나라는 것
고구려 말로 존자일진대
이밖에도
제주도 북방풍습
난데없이
난데없이
하나둘이 아닐진대

그리하여
제주 고씨
제주 양씨
제주 부씨
고구려의 후예 아닐까

30년 전까지만 해도
제주도 세 을나
세 성씨끼리는 혼인하지 않았다
그러다가 이제
서로 남남으로
한림 양복환과
삼양 고인희가 떳떳이 결혼하더라
결혼 반년 만에
첫아들 쑥 낳더라
병원 가서
제왕절개하지 않고
고래고래 소리질러 낳더라
아기 힘차게 울더라

두 이레 지난 뒤
엄마가
그 아기를
햇빛 아래 번쩍 들어올리니

들어올린 엄마의
커다란 젖통도
담 너머 눈부시게 드러나버려
아기 이름 제주도 옛 이름이더라

양탐라

일도 수좌

이 세상 한바탕 봄꿈이라지
괜히
이 세상 왔다
이 세상 간다

일도(一渡) 수좌

누구 상좌인지
언제 머리 깎았는지

언제 어디서 태어났는지 아무도 몰라

벼랑 끝
아스라이
이름 하나 달려

일도 수좌라
한번 건너간다는 뜻

어제 그 수좌가 한 마흔쯤으로 눈감았다
쉰쯤인가
예순쯤인가

하필 3백년 묵은 나반존자 탱화밖에 없는

독성각 안에서 눈감았다

오늘에야 개미들 바삐 기어다니는 그 주검 웃는 얼굴
누가 보았다

미련 곰 노장

정읍 내장산 서래봉 밑
일납방(一衲房)
방 한칸 암자
거기서
봄꽃 보고
첫여름 연두 오르는 것 보고
가을 단풍
내려가는 것 보고 살아오는 동안

만덕(萬德) 선사로부터
늘 알밤을 먹어왔다

이 미련한 곰 좀 보았나
이 미련한 곰 보았나
이런 미련 미련으로
서래봉 밑
일납방
한곳에서만 60년을 살아왔다

만덕선사 떠나신 뒤로는
저 소나무도
저 단풍나무도
저 가래나무도
저 상수리나무도 박달나무들도

이 미련한 곰 보았나
이 미련한 곰 좀 보았나
하고
심심풀이로 꾸짖어왔다

어느덧 세월 쑤욱쑤욱 빠져나가
나이
여든 둘인가 셋인가

1966년 음력 11월 초닷샛날
한번도 본 적이 없는 시꺼먼 곰이
일납방 옆에 나타났다
아가리를 벌려
하품하더니
이내 사라졌다
여든 몇살 미련 노장
벌떡 일어나더니
스승님?
스승님!
만덕 스승님!
하고 그 곰 있던 쪽에 대고
고개 숙였다

새 금오

시방세계를 투철하고 나니
없고 없다는 것 또한 없구나
낱낱이 모두 그러하매
아무리 뿌리 찾아도
역시 없고 없을 뿐이구나

이 소리 내보냈더니
스승 보월이
윗니 아랫니 웃음 열어

허허 기특하구나

그러자마자
스승 보월 고개 꺾고
열반에 들었다

스승 잃은 태전 발걸음 허둥하구나

없고 없다는 것 또한 없고
그 없음도 없고
없고

떠났다
떠났다

오대산 상원사에 닿았다

어느날 그곳으로 심부름꾼이 왔다
저 남녘
덕숭산 수덕사 만공의 심부름
한번 왔다 갈지어니

길 나섰다
만공의 수덕사에 닿았다

만공 벌떡 일어서서
자네가
보월의 상좌 태전이냐
들어보거라

덕숭산 아래 무늬 없는 인(印)을
지금 전하니
보월은 계수나무에서 내려오고
금오(金烏)는 하늘 끝까지 날아오르네

그리하여
태전이란 이름
금오로 바꿔버렸다
아뿔싸

아뿔싸
아뿔싸
태전의 피가
금오의 낯짝에 범벅이구나

누가 공중에서 소리 있기를
산도 비벼서 없애버리고
물도 비벼서 없애버리고
나무도 비벼서
바람도 비벼서 없애버리고
온갖 생각 다 비벼서 없애버리고
싹 비벼서 없애버리고
방금 돌아선 금오도 없애버려라

아이고 저 아래 일주문이 벌렁 누워버렸다

무덤 이야기

무덤을 파냈다 조심스러웠다
8백50여년 전
한 아낙의 묘지석이 나왔다
고려
염경애(廉瓊愛)
47세로 세상 마쳤다

지아비 최누백(崔婁伯)의 간절한 조문이 새겨져 있다
4남 2녀
그 애틋한 이름들도 새겨져 있다

조문은 다음과 같다

믿음으로 맹세하노니 그대를 감히 잊지 못하리다 무덤에 함께 묻히지
못하는 것 애통하고 또 애통하도다 아들과 딸이 있어 나는 기러기떼와
같으니 부귀가 세세로 창성할 것이로다…

이렇듯이 애통해하며 살아갔다
그 남편 최누백은
몇해 뒤 다시 아내 얻어
3남 1녀를 더 두었으니

옛 마누라 제삿날에는
큰 제사상 차려놓고

새 마누라와 더불어 제사를 지냈다

전 4남 2녀
후 3남 1녀들
우르르 방 안을 채워
어머니 영전에 절하였다
큰어머니 영전에 절하였다

믿음으로 맹세하노니
아들과 딸이 있어
나는 기러기떼와 같으니
부귀가 세세로 창성할 것이로다

세 번 시집간 아낙의 어느날

여보
여보 큰일났어요
당신 아이하고
내 아이하고
대판 싸우고 있어요

그 싸움을
우리 아이가 말리다가 다쳤어요

여보 여보
어서 나와
아이들 싸움 말려요

여보 여보
당신 아이가 코피 흘려요
내 아이 얼굴이 멍들었어요

여보
여보
어서 나와요
우리 아이가 넘어졌어요

이를 어째 이를 어째
어서 나와요

대유

지리산 쌍계사 있다가
지리산 연곡사 있다가
어디 있다가
어디 숨어 있다가 나타나는
대유(大有)

술사(術師) 송하(宋賀)와 더불어
산적 5천을 모아
태백산
덕유산
변산의 명화적과 연합
이인좌 일당과 연합
세상을 주름잡았다

지리산 화개 칠불암을 거점으로
비밀결사 당취(黨聚)를 이루었으니
남해진인 정씨의 세상이 온다는 것
용화세계가 열린다는 것

우선 하동 백성들 궐기하였다
그 복판에
대유의 당취
그 영기(令旗)를 휘날렸다
하동 다음

진주가 궐기하였다

홀연히 대유 자취 없다

지리산 벽송사 위에서 보았다던가
백무동 암굴에서 보았다던가
그 명화적
그 당취 우두머리 도무지 자취 없다

사미 오충이

일흔셋 노승 서산에게
왕의 밀지가 내려왔구나

첩첩산중
밤에 눕고
낮에 앉은 서산에게
왕의 다급한 청이 내려왔구나

호국 승병을 일으켜달라

하루 아침나절에
조선팔도 16종(宗)
선교(禪敎) 도총섭이 되었구나
묘향산에서
금강산으로 건너가니
제자 사명이 도대장으로
승병 2천 5백을 모았구나
제자 의엄은
군기(軍器)와 군량을 맡았구나
왜적에 빼앗긴 평양성을 찾는
싸움에
일흔셋 서산이
백마를 타고 나섰구나

그 서산의 시자 오충(悟蟲)이마저
열두살 오충이마저

제 공부 내생으로 미루겠나이다
여기서 마치겠나이다
이 말 남기고
화약통 지고 달려가
대동문 왼쪽 언덕배기
왜장 호리구찌(堀口) 부대 포진으로 달려가
화약통에 불 댕겨버렸으니

그 폭발로 길이 열려
승병 돌격대가 성벽을 넘었구나

허나 열두살 사미 오충이는 어디에도 있을 리 없다

혼길

경기도 개풍군
지금은 황해남도 개풍군 거기
봉명산 아늑자늑
봉명산 앞
왼쪽 현릉은 공민왕릉
오른쪽 정릉은 공민왕후 노국공주릉이라

왕은 왕후의 능을 만들었다
나라의 일 팽개치고
그 능에만 가 있었다
그 정릉 옆에 자신의 능도 만들었다

자신의 능과
정릉 사이에 땅속 길을 만들었다
저승에서
오고 가는 혼길

곧 나도 오겠소 기다리시오
말 그대로 곧 왕도 승하
현릉에 묻혔다

혼길 서로 오고 가며 이승의 금실을 저승으로 이어갔다
이승의 나라 기우는지 마는지 알 까닭이 없이
저승 금실 잘도 이어갔다

금산사 밑

왕이
조 7만 7천석
비단 5백장
금 50냥을 내리시었다

받아서
다 나눠주셨다

『송고승전(宋高僧傳)』 가로되

그 빈손의 도인 지나가시면
남녀가
머리 풀어
진창길 덮고
옷 벗어 진창 메워드렸다 한다

그 광경을 본 만경 영감
아니
저 사람
벽곡 들녘
정진내말의 아들 아니더라고?
우물 파던 조상
정(井)씨 자손
진내말의 둘째아들 아니더라고?

그 활 잘 쏘던 아이 아니더라고?
나허고 활솜씨 견주어서 이긴
삼세번 다 이긴 그 아이 아니더라고?

어쩌자고 만경 영감 여기까지 떠돌아와서
도인 진표의 옛날 옛적이나 심술난 포졸 어투로 들추어내노?

문순득

한반도 서남단
둥
둥
떠 있는 섬들
그 섬들 가운데 우이도

그 우이도 고기장수 문순득이
1801년 12월
흑산도 남쪽
난바다 외딴섬 태도에
홍어 사러 갔다가
홍어 사서 돌아오다가
태풍 만나 물머리에 들려 떠내려갔다
어디가 어디인지 모르게 떠내려갔다

제주 앞바다 거쳐
류우뀨우국(琉球國) 오끼나와 오오시마에 이르렀다
그곳에서 1년 가까이 머물다가
돌아오는 길

이번에도 어디론가 떠내려갔다
물귀신을 면하여
필리핀 루손에 이르렀다

1803년 9월 루손 떠나
어찌어찌
마카오 거쳐 황해 거쳐 천진에 갔다
북경에서 육로로
의주
한양에 이르렀다
육로와
해로로
고향 우이도에 돌아왔다
1805년 1월이었다

돌아온 문순득 달라졌다
류우뀨우인
왜인
중국인
필리핀인
베트남인
자바인
화란인
포르투갈인 들
수많은 나라가 서로 오고 가는 것 보았다

그는 조선국이 삼면 바다의 문 닫아걸어
나갈 수 없고

들어올 수 없는 숨막힌 세상임을 탄식하였다

귀양살이 정약전에게
이 사연을 말하고
이 사연이
귀양살이 아우 정약용에게 전해졌으니
그 사연도 먼바다 하염없는 떠돌이였다

한 석공의 꿈

외금강 구룡연
구룡폭포 벼랑에는
해강(海岡) 김규진(金圭鎭)의 다랍게 비싼 글씨
'彌勒佛'이 길게 새겨져 있다

이 무슨 패악이런가

천고 암벽 그대로면
그것이 화엄이고
그것이 용화 아니런가

이 무슨 탐진치(貪瞋癡) 삼독이런가
나 일초
일초의 은사 효봉
효봉의 은사 석두
그 석두께서

어느날 발원이신지 망발이신지
구룡연 암벽에
금강산 미륵도량 선포하리라
미륵불 세 글자 새겨
아홉 마리 용 휘감겨
창해 미륵 대양(大洋) 선포하리라

돈 걷고
쌀 걷어
금비녀 걷어
원산의 일본 석공(石工)
스즈끼 긴지로오를 청하였다
한 달
두 달
사다리 걸고
암벽을 파내니

저 아래 온정리 백성들 달래어
석달 가뭄 달래어
비 오시니

지화자
지화자
미륵불 감로수로다
비 흠뻑 적시니

석공 스즈끼
그날밤 꿈속
백의의 미륵불 나타나
나 거기 가지 않으련다
네가 파놓은 글씨

거기 가지 않으련다
다음날 스즈끼 시름시름 앓아누웠다

60년 뒤
석두도 가고
스즈끼도 간 뒤
저 아래 너럭에도
주체사상 만세가 새겨졌으니

누가 누구의 꿈속에서
나 거기 가지 않으련다
다음날 누가 시름시름 앓아누웠다

일생

하동 화개 밖 강기슭 대망리 들녘 마을
그 들녘의 임자이신
지주 성일조 어른네
왕마름으로 온 임종만 씨
어쩌자고 서른넷 노총각인고
다음날부터
이 노총각께서 마고자 바람으로 거동하시기를
소작인 실사(實査)
가가호호
들녘 기슭
들녘 복판 오막살이들
샅샅이 드나들었다

며칠 만에 소작인 겉사정 속사정 다 알아버렸다
닭 몇마리
돼지 몇마리
소 몇마리까지 알아버렸다

여름 호밀밭
가을 콩밭 수수밭
겨울 물레방앗간
봄밤 제석산 암자가
임종만의 밤낮 임시처소 밤처소인지라
대망리 아래뜸 처녀 용녀

대망리 중뜸 처녀 지덕이
사계리 과부 변씨
용당리 누구
지평리 누구
대망리 아래뜸 옥봉이
대망리 위뜸 춘향이 순례

심지어 서방 있는 아낙
할멈과
앞 못 보는 열네살 계집아이 할 것 없이
꼬시고
어르고
공갈협박하고
갖가지 딱한 사정과 곤기에 맞춰 끌고 가
강간
반강간
화간
갖은 재주 부려 정을 통하고 마니

일이년 뒤 일곱 마을에서 열여섯이나 씨 보았나니

죽이지 말고 길러라
다 저 먹을 것
저 입을 것 타고났느니라

잘 길러라
후일 큰일에 쓰일 것들이니라

끝내 지주 성영감의 소박맞은 딸
그 생과부를 상관하여
아들을 낳으니
어엿한 지주의 사위로
야금야금
지주의 논마지기 밭뙈기 하나하나
제 앞으로 등기 이전
마름으로 부임한 지
9년 만에
마름이 지주로 바뀌었나니

늙어
자리보전한 옛 지주 성영감 탄식하기를
내가 강도를 불러들여
내 신세가 이렇게 되었구나

새 지주 임종만께서
제 씨를 길러낸 소작 여편네들 각위
소작료 절반 탕감의 은택
정월 초하룻날
본댁 씨 세배 받고

정월 초사흗날과 초나흗날 초닷샛날
여러 마을 씨 세배 받으며
하루 내내 동동주에 취하여
일본에는 천황 있고
경성에는 총독 있고
여기 대망리에는 나 임종만이 있도다
하고 크게 웃었나니

다음해
독립운동자금 걷으러 온
독립군의 청을 거절하다가
칼 맞아
세상 마쳤나니
그 장례행렬 삼베두건 십릿길 배다른 아들딸들 장엄하였나니

혜봉 영전

저 마곡사 밑
구암리
감나무 한 그루 멋없이 서 있는 집
따라서 멋없는 집
그 집에
멋없이
머무는 사람
중도 아닌 속도 아닌 사람

혜봉(慧峰)이라

어느날 한 젊은이가 팽팽한 가슴팍으로 찾아갔다

영감님 혜봉 영감님
영감땡감님
혜봉 땡감님
내 깨달음을 보시오
내 다 마쳐버린 화두의 끝 보시우
으스댔다
혜봉 팔짱 끼고 서 있다가
문 닫고 방으로 들어가버렸다

그뒤 혜봉 입적
감은 열리고 또 열렸다

세월 적적
어느날 옛 젊은이가
늙수그레 찾아왔다
그 집 위
마곡사 법당
혜봉 위패 모신 영단에 가
엎드렸다
엎드려
뉘우쳤다

제 아상(我相) 제 중생상(衆生相)을
뉘우칩니다
제 망상 뉘우치옵니다
지난날의 제 증상만(增上慢)
이제야 뉘우치옵니다

그런 참회인사 올린 뒤
제 손가락을
촛불에 지져댔다
지글
지글
지글
지글

그 뜨거움으로 뉘우쳤다

검지손가락 한 마디가 지글지글 탔다 짓뭉개졌다

마침 그 절 노승
역한 살 타는 냄새 맡고
법당 안에 들어서더니
눈살 찌푸려 게송 2절 읊어내었다
그 노승 쉰 목소리
지난날 세상 떠난 혜봉노장 꼭 닮았구나

학에게 오리의 다리라
오리에게 학의 다리라
이게 네 전생이로다

허허 시집가서
물 뜨러 나왔다가
신랑 방으로 가지 않고
다른 방으로 들어가다니 원
이게 네 내생이로다

의주

조선 국경 성읍 의주 여기까지
한양 대궐에서
벽제
평양 거쳐
압록강 기슭
의주성에까지 도망쳐왔다

왕의 도망이므로
도망이 아니라
몽진(蒙塵)

임진왜란의 왕 선조
이곳에서
압록강을 건너려 하였다

과인의 목숨
차라리 천자의 손에 죽고 싶다
왜적의 손에 죽고 싶지 않다
강을 건너야겠다
어서 서둘러라

이때 호종하는 세 정승이
왕을 만류하였다

상감마마 강을 건너시면
상감마마의 나라와 인민을 내버리는 행실
필부의 행실이 되고 맙니다

선조
의주 체류의 하루하루가 조급하였다

끝나야 할 운명이 아직 끝나지 않는 운명으로
이 오도 가도 못할 난국에 처하였으니
그런 왕으로도 끝나지 않는
모진 목숨의 기나긴 세월 내내 조급하기만 조급하기만 하여 마지않
았다

불필

제가 낳은 딸년이라고
어찌 함부로
내치리오
어찌 함부로
내칠 이름이리오

오호라 필요없는 것이 태어났도다
그리하여 필요없는 년이라는 이름
불필(不必)이라는 이름으로
어영부영 자라나
그 이름값 다하느라
청량산 기슭 옴팡절
그 불필암 이승(尼僧)이 되어

불필 경(經)
불필 주(呪)
불필 선(禪)으로 지내다가

필요없는 삶이었으니
필요없는 죽음이었던가
사흘 앓아눕더니
다 잠든 먹밤
벌떡 일어나
어디로 갔다

남겨둔 것이라고는
그동안 간직했던 것들 몇가지
백팔염주
돋보기
그리고 단돈 2만 5천원
자르마기 두 벌
고무신 한 켤레

오호라 어미아비 필요없는 딸년 솔바람소리 실컷 들었겠도다

이상춘

이런 사람이 있었느니
흙담 모퉁이
배롱꽃 피어나고
지붕 한쪽
박꽃이 피어나고
이런 아름다운 사람 있었느니

조선 개성
송도고보 조선어 교사 이상춘
낮에는 가르치고
밤에는 하나하나
조선의 낱말 모아들이니
어언 11년째
어언 낱말 7만개에 이르렀느니

때마침 조선어편찬회 소식 듣고
경성으로 달려가
조선어사전 원고 공책 한짐을 넘겼으니
넘기며 한마디
어찌 이것이 나의 것입니까
조선의 것입니다

그날로 개성으로 돌아가
오로지 송도고보 조선어 교사일 따름이었느니

그 이름
이상춘
그 이름
한글 조선어사전의 첫 바탕
이상춘

하얀 강아지

해제다
지난 석 달 동안거 정진을 마쳤다
해제 다음날
만공노장이 전하였다

이제부터 너는
오대산 한암을 친견하거라

본공(本空)은
대현(大賢) 선경(善慶)과 함께
충청도 덕숭산을 떠났다
걸어서 걸어서
대관령을 넘었다

눈이 왔다

길을 잃었다
월정사에서 나오는 길
월정사로 들어가는 길도 없어졌다

오도 가도 못하고
세 비구니 서성거렸다

날이 일찍 저물었다

그때 흰 강아지 하나가 나타나
아웅 꼬리 쳤다
그 강아지 뒤따라
눈 속을 허벅허벅 걸었다

날이 저물었다
지붕이 나타났다
상원사였다
하얀 강아지 온데간데없다
상원사
저녁에는 종소리가 들렸다
한암이
세 비구니의 절을 받았다

하얀 강아지를 물었다
한암이 웃었다
너희들 눈구덩이에 묻히지 말라고
누가 보낸 모양이로구나 허허

다음날
이제 너희들은 객승이 아니다
저쪽 남대 지장암으로 가
어디 너희들 회상을 오른쪽 왼쪽 다 차려보아라

홍월초

호방한 노장이셨다
자상하고
자상한 노장이셨다
그토록 자상하시다가
청천벽력으로
지엄하셨다

에헴! 하면
앞산이 머리 숙여 고즈넉하고
아가!
아가! 하면
나이 지긋한 손자 상좌 용하가
어린아이로 젖내나며 둔갑한다

손자 상좌 공부하라고
공부값 두둑이 주시고
먼 길 나서면
노자 두둑이 주셨다

어느날 백성들 노역 동원하는 조선총독부가 괘씸하여
찾아온 왜순사더러 외치셨다
에헴!
그대 우두머리
조선총독부 총독이

내 수양아들인 것
그대 알고나 있는고?

그 소문이
기어이 총독 미나미(南次郞) 귀에까지
이르렀구나

미나미 쓴웃음 짓고
창밖에 대고
중얼거리기를

조선 승려가 나를 아들로 삼았으니
나는 이제 돌아갈 수 없구나
돌아가
니쥬우바시(二重橋)에
엎드릴 수 없구나

그 월초(月初)노장께서
양주 들녘 건너가시면
그 월초노장께서
불암
수락 오르시면

조선 백성들 힘을 내어 모처럼 함박웃음 터뜨렸다

바로 저분이
총독 양아버지시여
바로 총독이
저분의 양아들놈이여

77세 입적

중얼중얼

조선 숙종 연간의 어느날
소백산
지리산이 아니라도
서해 바닷가
사방풍 마구 불었다
동풍인지 서풍인지 서남풍인지 모르는
그 바람
앞과 뒤 좌우에서 마구 불었다 불어댔다

난바다야 오죽하랴

그 난바다에 배 한 척
표류하였다
표류한 나머지
서해 바닷가 뻘밭까지 밀려왔다

하필 그 배에 실린 것이
대장경
명나라 평림섭(平林葉) 교감(校監)으로 간행한
대장경 80권

천만다행으로
80권 중
어느 한권도 물에 젖지 않았다

그 대장경을 학승 백암(栢庵)이 받들어
15년 걸려
판각 간행하여
몇군데 절에 애지중지 소장하였다

백암은 이 경전으로
한달 열흘이나
장엄한 화엄법회를 베풀었다

그 화엄법회를 마친 다음날
적막하여라
적막하여라
백암 숨 거두었다
대장경 80권 다 그만두고
한마디 남겼다

중얼중얼중얼

벽암동일

한 청년이
동산(東山)을 찾아갔다
동산이 없어
동산 대신
적음(寂音)을 만나
적음의 상좌가 되었다

적음은 침술 신통
앉은뱅이가 왔다가
벌떡 일어나 걸어나갔다

또 적음은
김범부 최범술 등과 통하므로
경기도 경찰부 요시찰 조선인이었다

희로애락이 없는 얼굴
누가 욕 퍼부어도
욕먹어도
아무런 내색 없는 얼굴

싱겁디싱거운 적음
그 스승에
그 상좌 동일(東日)이
싱겁디싱거운

동일

참선중 꾸벅꾸벅
잠들고
잠자며
화두를 놓쳤다가 놓지 않았다

선방 하안거
싱거운 처마 끝
낙숫물 소리
선방 동안거
싱거운 처마 끝 고드름

벽암 채동일

다신전(茶神傳)

자하 신위(申緯)께서 언명하시기를

해남 대둔사 일지암
초의 의순(意恂)스님을 일러
우리나라 승려 가운데
시인이 많았다가
도중에 끊기더니
초의의순께서 시를 얻으셨도다

무명씨께서 언명하기를

해남 일지암
초의 의순스님을 일러
예로부터 내려온 차(茶)의 도리가
난세의 산중
난세의 시중(市中)에서
뚝 끊어
종적 없더니
초의의순께서
곡우 앞
곡우 뒤
천고의 다신(茶神)을 청하여
그 묘경(妙境)을 열어놓으셨나니

고대 중화의 육우이시여
근세 조선의 초의시여

새 혓바닥과
내 혓바닥에
차 한모금의 자국 지워지나니

허나 초의의순
그이는
뭣보다
뭣보다
다정다감하셨나니

제주도 대정읍
귀양 사는 동갑내기
추사를 찾아가
마음껏 놀아주셨나니

아니 해남읍내 홍보살의
술상머리
그 촛불 다정다감하셨나니

일지암

나무 한 가지의 오두막이라
제법이군
초의 의순스님
여기서 42년간이나 살았다

영산강 기슭 갈대밭에서 놀다가
강물에 휩쓸려 송장으로 떠내려가는데
지나가던 다보사 중이 건져냈다
다보사에서
운홍사 가는 길이
너를 살리는 길이었구나

살려서
남평 운홍사 벽봉화상 상좌를 만들었다
쌍봉사 토굴
대둔산 도량
그곳에서 초의라는 법호를 받았다
풀옷으로 살아왔다
묘향산 언기 문중 스승 연담이 좋았다
스승 연담보다
벗이 좋았다
벗 추사
벗 다산
벗 자하

벗 홍석주

벗 백파
벗 추사
그리고 초의
이 셋으로 선담론을 겨루어

조사선
여래선
의리선
이따위 차별 안된다고 고뿔 들려 소리쳤다

저 당송의 선맥(禪脈)을 너무 존경하는
백파 안된다고 소리쳤다

차 한잔으로 하루를 열고
차 한잔으로 하루를 다하였다

벗 추사가 죽자
몇해 뒤
그도 죽었다
임금보다 아비보다 스승보다 벗이 좋았다

이런 초의

다시 한번 오시라
차 대신
물로
술 대신
물로
추사 대신
무지렁이 벗으로 오시라

꽤 공평

아버님
원(元)자 수(秀)자
이원수 마님께서 영면하셨나니
혼령이
휘영청 지붕 위로 오르셨나니

오일장 뒤
여막살이 앞두고
아들딸이 한자리에 모였나니
상복
노랑 삼베옷 서걱이며
한자리에 오붓 모였나니

1566년 5월 20일
아버님이 남기신 논밭
아버님이 거느리신 노비 나누는 자리 모였나니

우선 제사 지낼 논밭
8두락
노비 27필
묘전 15두락
묘지기 5필

장남 이선 15두락 1일 갈이 16

장녀
조대용의 처 10두락 16
차남 이번 8두락 10반(半)경 갈이
차녀
윤섭의 처 8두락 15
삼남 이이 8두락
삼녀
홍천우의 처 12두락(과부 배당) 15
사남 이위 12두락 15
서모 권씨 12두락 3

남녀차별 그다지 없는 상속이언만
노비들이야
장남 것이냐
사남 것이냐
인색하기 짝이 없는
차녀
차녀 사위 윤섭의 것으로 하느냐 마느냐

다음날 아침
노비 27필 가운데
억보
달보
억보 마누라 개금이

달보 마누라 쑥넌이
억보 새끼 종 말똥이
억보 새끼 종년 방개
달보 새끼 종년 복실이
무려 일곱 연놈이
야반도주한 것이 밝혀졌다
어디로 갔을까 남한산성 쪽일까 수락산 쪽일까

미륵세상

임진 정유 왜란 지나고 보니
조선땅은 흉흉했다
병자호란 지나고 보니
조선땅은 한번 더 흉흉했다

온갖 부정
온갖 착취

잇단 흉흉
잇단 괴질에 죽어갔다
전란으로 죽어간 뒤
다시
기아로
병으로 죽어갔다

이런 흉흉한 땅에
살아남은 사람들에게 미륵이 왔다
미륵이야말로
새 세상을 가져온다
무당집 최영 장군이야말로
칠성이야말로
용왕이야말로
다 미륵의 화신
무당노래 창해가도 바리데기도

미륵님 미륵님 창화(唱和)하였다

조선 숙종대
석가는 다하고 미륵이 온다
미륵이 오면
다른 세상이 온다
이씨의 때가 가고
정씨의 때가 온다
나아가 이씨 세상 하나 아니라
세계 열두 나라를 다 함락시키리라

미륵교의 우두머리 승려 여환(呂還)
그의 아내 무당 원향(元香)
그 내외 휘하에
풍수 황회 무당 계화 아전 정원태를 두고
한양 입성의 날을 꾀하니
황해도
강원도
경기도 미륵도 10여만으로
한양성 칠 날을 꾀하니
나라 풍신인즉

어찌 이를 모르고 그냥 내버려두고 있으랴

여환 원향 부부
그밖의 백명 잡아들여
저승의 미륵세상으로 보내어버렸다

아직 이승에는 미륵세상 오지 않았다

운허용하

속 깊다
속 넓다
속 멀다

나에게 선재동자 서사시 쓰라 하였다

밖으로 순하였다
안으로 엄하였다

한평생 허언 하나 없었다
한평생 허풍 하나 없었다

말이 침묵
침묵이 말

한평생 선이 아니라 한갓 교였으니
뭇 선객들아 부끄러워하라

1892년 2월 25일 평북 정주에서 태어났다
1910년 평양 대성중학 입학
1913년 서간도 환인현 동창학교 교사
그곳에서 대동청년단 가입
1915년 신빈현 흥동학교 교사
1918년 통화현 배달학교 교사

1919년 유하현 삼원보
서로군정서 한족신보사 사장
1920년 광한단 조직
국내 잠입 투쟁중 피신
강원도 철원 암자에서 삭발
처음에는 위장 출가
뒤에는 귀의 출가
1921년 금강산 유점사 정진
1926년 전국 불교학인대회
학인동맹 조직
다시 만주로 건너가
정의부
신민부 통합의 국민부
조선혁명당 간부
통화현 보성학교 교장
조선혁명당 군사부
조선혁명군 간부로 무장투쟁
1932년 양세봉 휘하
신빈전투 참가
1933년 도창대전투 참가
1936년 양주 봉선사에 돌아와
봉선 강백
1946년 광동중학 이사장
동국역경원 원장

해인사 강백
통도사 강백
1980년 89세 입적

위를 보지 않는다
옆을 보지 않는다

절에 자주 오는 사람
절에 자주 오지 마라
집도 절이니
집에 있어라
하고 말하다 만다

말의 바다 이쪽도
말의 시냇물 저쪽에도 말의 행적 자취 없다
교와 선 하나이고 말았다

하산

두간두간 초가집들이 나온다
띄엄띄엄 초가집들이 나온다
이제 살았구나

맨드라미 닭벼슬 반갑구나

옥잠화 이울었구나
지리산 노고단 골짝
아홉 달 만에
내려온 빨치산 여맹(女盟) 임진자

구례 마서 다락마을
다 빈터 되고 말았는데
여기 외가 동네 수동리
용하디용하게
초가집 둘이 남아 있다

외숙모 계실까
외사촌 오빠 무길이
옻나무 근처만 가도
옻오르던
외사촌 동생 무숙이 살아 있을까

너 임진자 마음 놓았구나 내일 잡히겠구나

남매

신라 성덕왕의 막내 선혜공주가
부왕께서
화랑 중에
빼어난 총각을 부마로 점찍어놓자
공주는 제 얼굴을 칼로 그어버렸다

과감한 말이 공주에게서 나왔다

소녀는 임금의 딸이 아니라 범의 딸이옵니다
소녀는 한 사내의 꽃이 아니라
삼천대천세계의 꽃이옵니다

그리하여 궁궐을 나와 산으로 들어갔다
1천의 성인도 전하지 못한
언어 이전의 한 구〔一句〕를 알고 싶사옵니다
오라비 무상(無相)도
궁궐을 나와 산으로 들어갔다가 바다 건너
당나라로 들어갔다
남양 혜충이 숙종황제의 질문을 전했다
대장부의 뜻이 무엇인가
무상의 대답
비로자나불의 머리를 밟고 지나가야
그제야 알겠나이다
부처나 보살 조사에 매달리다보면

924

천년이 지나도 그들을 뛰어넘을 수 없사옵니다

누이는 신라에서 풀뿌리 나무껍질로 살아가고
오라비 무상은
당나라 풀잎 먹고 오로지 삼매에 들었다
사냥꾼이 산짐승으로 잘못 보고
활을 쏠 때도 있었다
먹을 것이 없으면 흙 한줌을 먹었다
산짐승도 그를 만나면
보자마자
어흥! 하고 물러난다

누이 선혜 비구니의 꿈속
오라비 무상이
석양머리 붉은 하늘 속을 날아갔다
오라비 무상의 먼동 무렵 꿈속
누이 선혜가 한번 뒤돌아다본 뒤
아침바다 위를 성큼성큼 걸어가고 있었다 한날한시 눈감았다

투문놀이

어느 봄날 화창하렷다
태조 이성계
개경 수창궁
송헌정자에서 무학과 마주 앉았다

왕이 승려에게
허물없이 놉시다 심심파적합시다
하고
서로 상대방을 욕하는
투문놀이를 청하였다

무학이
마마께오서 먼저
말씀을 거시오소서

왕이
마마는 무슨 마마
서로 친구 짱구로 놀자니까
욕 좀 하자니까

그렇다면 먼저 말을 거시구려
하고
무학이 숨통을 텄다
왕의 입에서 험담이 불쑥 나왔다

내가 대사를 보니
대사가
꼭 흑두타(黑頭陀)같이
생겼습니다
(흑두타라 돼지라)

소승의 눈으로 보아
대왕은 부처님 같습니다

왕이 물었다
어찌하여 욕이 나오지 않소

무학이 곧 입을 열었다
돼지의 눈으로 보면
부처도 돼지요
부처님 눈으로 보면 모두 부처님이오

둘은 크게 웃었다

왕은 한수 읊었다

아름답도다
고기와 물의 만남이여

이 아니
하늘이 맺어준 인연 아니뇨

둘은 서로 껴안았다
승지가 말렸다
마마께서 신하나 백성과
이렇게 하시면 아니되시옵니다

아따 자네도
오늘은 승지 아니라
백면서생일 따름이네
나도
무학도
친구 짱구일 따름이라네
일찍이
전조(前朝) 고려 태조는
승려 도선을 스승으로 삼아
개국 종묘 5백년간이나 섬겼고
금조(今朝) 조선 태조는
이 친구 짱구 무학을
종묘 천세를 섬길 터이니
누가 선가(禪家)를 좌도(左道)라 하였는가

뒷날 주자(朱子) 사색(四色)이

종묘에서
무악 영가(靈駕)를 없애버리기까지

그들 이성계와 무학
나라의 왕실 묘당 안에서
친구 짱구로 그윽이 거닐었더라

변설호

가야산 큰 학승이었다
80화엄
어느 글자 하나 빠지지 않고 써내려갔다
전등 염송
어느 글자 하나 놓치지 않고
끼워넣었다

이목구비 수려한 학승이었다

애석하여라 그런데 이회광을 잇는
친일승 변설호였다

저주스러워라
1942년 합천경찰서 다께우라와 짜고
해인사 홍제암
사명대사비를 깨고
사명대사 영정을 떼어냈다

주지 임환경
이고경
김범부 등 17명을 구속시켰다

이고경이 옥사
임환경의 손상좌 장남아 옥사

해방 뒤
이고경의 상좌 민동선이
변설호를 찔렀다
찔렀으나 살아났다

1960년 4월혁명 뒤
대처승 변설호 일당
비구승 고일초를 끌고 가
강제로
해인사 인수서를 쓰라고 협박하였다 어림없었다

그뒤 가야산에서 영영 사라졌다

애석하여라
그 경학(經學)
그 강론(講論)

그 엄마

지옥분
곱디고운 미소 머금었다
곱디고운 목소리
옥이 굴렀다
노랑 꾀꼴새 옆이었다

스물여섯살 귀밑머리 떨었다

그네 첫아이 들어
문밖 나서지 않고
울 너머
다른 아낙과 노닥이지 않았다

임신 8개월
둥근 배 쓰다듬었다
뱃속 아이와
비 오는 날 오래 속삭였다
임신 9개월 차

우지끈! 옆구리가 아프더니
하혈이었다

병원에 실려갔다 끝내 사산

한 달 뒤
집으로 돌아왔다
울었다
울었다
울음 멈추고 일어섰다
시가에서
친정으로 옮겨가

죽은 아기 천도재 3년
하루도 거르지 않고
1천 1백일
오전은 지장보살
오후는 아미타불
1일 4분 정진으로 보냈다

스물아홉살 벌써 호호백발이 왔다

어느 좌탈입망

1959년 사봉산 상국사에서
세수 75세
법랍 65세의 청구당 대선사께서
상국사 동쪽
외나무다리 밑 개울가에서
양치질하다가
그대로 물에 처박혀 세상을 마쳤다

한참 지난 뒤에야
그 시신을 본 상좌들이
시신을 들어다
방에 눕혔다

그러자 둘째상좌 희도 수좌가
우리 스님께서
이렇게 돌아가시면 안된다 하여
이미 굳은 시신의 뼈마디를
삐걱삐걱 굽혀
어거지 결가부좌로 앉혀놓았다

등이 자꾸 앞으로 기울어지자
목에 가는 철사를 감아
벽에 고정시켰다
그러고 보니

영락없는 좌탈입망

저 오대산 상원사 한암 교정의 열반과 다를 바 없다
저 밀양 표충사 효봉 종정의 열반과 다를 바 없다

일주문 밖 사진사 데려오너라
어서 사진 찍어놓아라

그때 만상좌 희만이 다른 절에서 뒤늦게 왔다
이 거짓 좌탈입망을 알고
대성일갈
이 무슨 짓들이냐
우리 스님을 이렇게 욕되게 하느냐
이 무슨 지옥 갈 짓들이냐
하고 울부짖었다

둘째상좌 희도는 사진 다 찍은 사진사를 내보냈다
한마디
여기가 지옥인데 따로 갈 지옥이 어디 있겠수

개안(開眼)

시중(時中)이라
공자 한마디
시중이라

때 안에 있음이라
때에 응하여 있음이라

시절인연(時節因緣)이라
절집 한마디
시절인연이라

이세상
저세상
때만한 인연 그 무엇이리오
과연
열네살 때 먼 두 눈이

때 안과
때 밖 다하고
때 인연 다하고 났던가

마흔일곱살 중양절
두 눈을 떠
33년 전의 가을 단풍을 보게 되었습니다

때의 사내 오준헌 두 눈을 떠
무엇보다 무엇보다
여자의 얼굴
바라보는 기쁨이여

다시 고암

오늘은 당숙모 같은
재당숙모 같은 스님
어제는 증조모 같은
재증조모 같은 스님
멀지도 가깝지도 않은 서분한 일가붙이 스님
윤고암

선방에서 사자후는커녕 사사로운 방(棒)!을 할(喝)!을 한번도 외친
적 없다
있는 듯
없는 듯
또한 이름 내건 적도 없다
싱겁다
조용조용 걷는다
그렇게 걷노라면
어느새 보살들이 구구구 모여들어
오래된 도량 이룬다

1967년 종정 추대
1972년 종정 추대
1978년 종정 추대

그의 말은 두 마디
복 지으시오

정진하시오
벽장 속
몇년째 곶감 굳고
방 안은 춥다가
불 넣어 아랫목 미적지근

마을 당산나무 그늘 같은
마을 서낭재
쌓인 돌무더기 같은
고향사람
윤고암

임종 때
제자 효경 대원에게
누운 채 발 들어 보이고
누운 채 팔 들어 주먹 보였다 실수 아닐까
말없이 눈감았다

오직 그때만 딱 한번 선객 노릇이었다 실수 아닐까

먹뱅이

저 두만강 언저리
러일전쟁
거러지 같은
러시아 극동부대 졸병 가가린
그 곱슬머리 사내의 씨로
경원 밖
백호나루 간난이 딸로 태어나니
먹뱅이라
먹뱅이라는 얄궂은 이름
제 이름으로 달고 자라나니

그네 아라사 튀기
먹뱅이
오다가다 만난
뱃놈 찜보 마누라가 되었구나 풍엇배 돌아오는구나

그럭저럭 저럭그럭
찜보와
찜보마누라 튀기마누라 잘도 살아가는구나
밤 이슥히 갈자리 방바닥 서너 번 방아질도 에지간하구나

건봉사 만일회

신라 법흥왕 7년 520년
아도스님이 세운 절
원각사
이 절간 이름을
고려말 공민왕 7년 1358년
나옹스님이
건봉사로 이름을 바꿨다

총 3천183칸 거찰
조선 후기에 이르러
불타버린 뒤
다시 세워
642칸과 124칸

이 절에서 천년간 염불 만일회(萬日會)가 이어왔다
신라 첫 동참 2천
조선 말 동참까지 5회째 이어왔다
만일 1회 30년
30년 내내
아미타불 염송이 이어와
다음회로 넘어간다

5회째 만일회 동참자 중
강원도 강릉 고기잡이

지홍도
두 해 동안 난바다 표류하다
살아온 뒤
건봉사 만일회에 동참
9년을 염불하고 나서
세상 떠났다
아들 지창덕이 이어받아
18년을 염불하고 나서
세상 떠났다

손자 지호동이
할아버지의 고기잡이
아버지의 고기잡이 그만두고
설악 심마니로 살아가다가
할아버지
아버지의
만일염불 3년을 이어 마쳤다

만일염불 회향의 밤 꿈속
할아버지와 할머니 아버지 어머니가
집에 와서 바삐바삐 마당을 파헤치시니
거기 금빛 아미타불상이 쑥 나왔다

다음날

942

꿈대로
지호동이 마당을 파헤치니
거기 금빛 아미타불상이
쑥 나왔다

건봉사 미타전에 봉안하였다

개구멍

밥상에 웬 부추무침이신가
부추 먹은 영감
밤에 활발하시다

개성에서는 부추
군산에서는 솔
마산에서는 정구지

그 고장 밤에도
사내들 활발하시다

솔 먹고
정구지 먹고 활발하시다

밥상에 웬 상추무침이신가
상추 먹은 영감
밤에 곯아떨어지신다
코 고는 소리 한참 들은 뒤
마누라가
개구멍으로 나가

이웃집
부추 먹고 기다리는
홀아비 방문 연다

닭 두 해 운 뒤
축 늘어져 돌아온다
돌아와
찬물 두 그릇
벌떡 마신다
코 고는 소리 옆에서
코 고는 소리 내기 시작한다

포옹

이미 껴안아버린 두 마음
껴안았다 아니 껴안겼다
껴안았다 아니 껴안겼다

천년의 희열

왜 살고 싶음이 죽고 싶음인가

천년의 어리석음 빛나거라

인공 시절 어느 칠흑 그믐밤
숨은 구자묵과
주먹밥 들고 찾아온 두일순의 등짝 모기 물리며
죽어도 좋아
죽어도 좋아

어느 구도(求道)

이런 아이가 있다

열두살이었다

삭은
울바자
그 안에서
여섯 식구 일곱 식구 몸밑천으로 사는 것이 싫었다
늦여름 쓰르라미 소리가 싫었다
겨울 갈까마귀떼
몰려다니는 것이 싫었다

아흔아홉 가호 백 가호 마을
그 마을
그 마을의 이웃마을에 이어지는
각시풀 띠풀 덮여
늘 젖어 있는 길이 싫었다
살모사
독사가 싫었다

열두살에
도(道)라는 말을 들었다

엿장수한테 들은 말

백두산 가면
백두산 도인이
도를 닦는다는 말을 들었다

열세살이 되었다
정월 대보름
끙끙 앓아누었다
온몸 불덩어리
헛소리 질렀다
삼칠일 21일을 앓고 일어났다

백두산 도인이 떠올랐다

열세살의 밤길을 떠났다

한양 천리
북관 천리
밥 찌끄러기
얻어먹으며

누더기 얻어입으며
거지 거지
상거지로
어린 상거지로 갔다

기어이
백두산 밑 도인의 처소에 갔다
삼지연 지나
어느 벼랑 밑 통나무집

도인은 없고 사냥꾼이 있었다
도인을 찾으니
얼마 전 금강산으로 내려갔다는 것
어린 상거지는
그곳에서 고기 한 덩어리 얻어먹고
금강산으로 갔다

금강산 이 절 저 절 찾았다
내금강 마하연
그 높은 곳에서
더 높은 곳
만회암

거기에 백두산 도인이 있었다
묵언중
고개 끄덕이며
있으라 했다

열세살 어린 도인의 하루하루

어언 15년이 흘러갔다
하루 걸러
양식 지고 왔다
새벽예불 뺀 적 없다
얼음 깨어
누더기 빨았다

누군가가 그 도인 성이 신씨라 했다
신도인이라 했다
속명이 무엇인지
법명이 무엇인지
아무도 몰랐다

그 도인의 오랜 묵언이 깨졌다

애야
하고 스물여덟살의 제자를 불렀다

애야
내일 조선이 해방된다 이제 도는 남쪽에 있다

1945년 양력 8월 14일 낮

그날이 지났다

1945년 8월 15일 밤
저 아래 마하연
그 산중까지
해방의 소식이 와 있었다

1945년 8월 20일
만회암에는
신도인도
신도인의 제자도 자취 없었다 남쪽으로 갔나 안 갔나

삼인분

옥렬이 누나
옥선이는
세살 때부터 당찼다 하더라
세살 때
염소뿔을 잡고
달려든 염소를 밀쳐냈다 하더라

그 옥선이가
새로 생긴 예배당에 가서
구호물자 밀가루 한 되를 탔다 하더라
나는 신자는 아니지만
차차 신자가 될 것이니
나에게도 밀가루를 주시오 하고
당차게 타갔다 하더라

한 달 뒤 예배당에서
또 밀가루 준다는 말을 듣고
이번에는
저 혼자만 아니라
동생 옥렬이 업고
검둥이 개 한 마리까지 데리고 가서

나와
내 동생

그리고 우리집 개
이렇게 삼인분 주시오 하고
몇번이나 떼썼더니
목사 부인 옆에 서 있던
미국 여인
파란 눈의 그 여인이 빙그레 웃으며
삼인분 밀가루를 덥석 안겨주었다더라

그 옥렬이 누나 옥선이
손가락으로 바위에 구멍 뚫을 년이라고
참나무에 눈깔 박을 년이라고
동네 남정네들이 혓바닥 내둘러 징그러워했다 하더라
옛날이야기 그대로 잘 먹고 잘살았다 하더라

임수길

일본 왕실은 실상 명색일 뿐
옛적
백제계 통치 이래
언제나 왕은
하늘과
역대 왕의 제사를 맡았을 뿐
가을 단풍 구경에 나선
저 거둥 보아라
일산(日傘)조차 접었구나
봄꽃 구경 나선
저 거둥 보아라
뒤따르는
긴 머리 궁녀가 키를 줄여
고개 숙였구나

제104대 고까시와바라(後柏原) 왕
무슨 내탕금이 있겠는가
왕위 즉위식도 베풀지 못하고
그저
궁녀가
폐하 폐하라 부르면
오냐 오냐 하다가
등극 21년 만에야
어찌어찌

볏섬이나 생기고
생색낸 물화가 들어와
그제야
즉위식의 풍악을 울렸더라

아예 토요또미 칸바꾸(關白)께서야
이따위 왕을 내쳐버리고
스스로 왕이었다 하더라

그러다가 명치왕에 이르러
처음으로
왕을 신으로 받들었다가
명치의 손자
소화에 이르러
신으로부터 인간으로 내려왔다 하더라

소화 16년
일제 식민지 조선
전라북도 고창군 바닷가
거기 해일 잦은
갈밭말에 사는 임수길
하필이면
임진왜란 토요또미의 이름 수길
목숨 수자 아닌

빼어날 수자 수에다가
길할 길자 그대로 수길
그대로인 임수길

고창경찰서 사찰계에 잡혀온 사유인즉
자칭
일본 제1대 진무왕의 후신이며
일본 대판(大阪)
관백 풍신수길(豊臣秀吉)의 후신이노라
하니
갯가 어부 여편네 몇사람이
조석으로
쌀 한홉 두홉 바치고
비바람 치는 날은
얼결에
몸 바치고
이러기를
무려 3년 반이나 되어서야
순사 귀에 들어가
천황폐하 모독죄에다
칸바꾸 모독죄에다
부녀자 강간죄 씌웠으니

그 임수길 폐하의 사건이

만주 독립운동 군영에까지 알려졌으니
민족유일당 발기인 대회에서
모처럼
웃음거리가 되었은즉
이로부터
오등(吾等)이 척살할 자는
일동(日東) 소화(昭和)인가
조선 고창 임수길인가

가가(呵呵)

탐색과 성과—『만인보』의 세계

김용직

1

그 생리에 있어서 시인은 화전민과 동류항으로 묶일 수 있다. 화전민은 타고난 습속에 따라 숲속을 찾아헤맨다. 어느 겨를에 그들은 경작이 가능한 터전을 발견한다. 몇가지 연모 곧 도끼나 괭이, 호미로 나무를 베어내고 땅을 일구어 씨를 뿌린다. 거기서 얻어내는 다소간의 식량으로 삶을 엮어가는 것이 화전민이다.

그 행동 양태로 보아 시인들도 화전민과 같다. 그들은 밝은 눈으로 남들이 미처 발견하지 못한 소재들을 찾아낸다. 그것들을 잽싼 솜씨로 다듬어서 작품들을 만들어낸다. 시인과 화전민 사이에 차이가 있다면 한쪽이 물리적 공간인 땅을 손의 연장 형태인 도구로 일구어내는 데 반해 다른 한쪽이 머릿속 공간을 찾아내고 언어를 통해 그것을 일구어내는 것뿐이다. 이와 아울러 화전민과 시인은 또다른 점으로도 공통 특질을 가진다. 화전민들은 한 차례 수확이 끝나면 그가 파헤친 땅을 등지고 떠나버린다. 시인도 그와 같다. 그들은 일단 그들의 창작활동, 그 결실인 시가 완성되면 곧 그 자리를 버리고 떠난다. 그것을 그들은 탈각작용이라고 한다. 그를 통한 변신이 아닌 안주(安住)를 그들은 금기로 한다. 그들에게 안주는 곧 타락과 파멸을 뜻한다. 끝없이 새 터전을 찾아헤매며 그를 통해서 새로운 시야를 타개하고 새 차원을 구축해나가는 일이야 말로 시인이 끊임없이 추구하는 생명 보존행위다.

2

시인 고은에게도 위와 같은 논리는 그대로 통용가치를 가진다. 연보를 보면 이 시인이 문단에 등장한 것은 1958년, 그의 나이 25세 때였다. 이해에 그는 『현대시』에 조지훈의 추천으로 「폐결핵」이, 또한 『현대문학』에 「봄밤의 말씀」 「천은사운(泉隱寺韻)」 등이 서정주의 추천을 받아 우리 시단의 일원이 되었다. 이 단계의 그의 시는 원시불교에 원천을 가진 영성의 세계에 바탕을 두고 있었다. 그것으로 한국 서정시의 표정으로 짐작되는 한을 빚어낸 것이다.

1970년대 중반기에 나온 『문의(文意) 마을에 가서』(1974)에 이르자 고은 시의 이런 경향은 뚜렷하게 모양을 달리하고 나타났다. 이 무렵부터 고은의 시는 그때까지의 예술 지향·탈현실의 테두리를 벗어났다. 이때부터 두드러지게 민족적 현실, 역사의 현장에 눈길을 돌리기 시작했다.

> 북한여인(北韓女人)아 내가 콜레라로
> 그대의 살 속에 들어가
> 그대와 함께 죽어서
> 무덤 하나로 우리나라의 흙을 이루리라
>
> ──「휴전선 언저리에서」 전문

물리적인 차원으로 보면 흙이란 자연의 일부일 뿐이다. 그러나 여기서 흙은 정신화되어 있다. 정신화된 흙에 "우리나라의"라는 수식어가 붙으면 그것은 국토의 다른 말이 된다. 이 경우의 국토는 민족의 공간 형태다. 이 작품에서 '나'는 분단된 나라의 남쪽을 대표한다. '북한여인'은 말할 것도 없이 북쪽을 대표하는 상징적 인간이다. 분단된 조국에서 그런 '나'와 '여인'은 현실적으로 하나가 되지 못한다. 이 불가능을 가능으로 만들기 위해 고은은 '콜레라'를 이용했다. 그가 그것에 걸려 여인을 감염시키기만 하면 둘은 함께 죽는다. 그것으로 둘은 하나가 될 수 있다. 여기서 읽을 수 있는 것은 아주 치열하다고 말할 수밖에 없는 민족통일의 의지다.

3

『만인보』는 고은이 순수시·서정시 단계를 극복한 다음에 나온 시집이다. 이 시집에서 고은 시의 물굽이는 크게 그 방향이 바뀐다. 이 연작시집의 첫째 권이 나온 것이 1986년의 일이었다. 이후 1990년대를 거쳐 오늘에 이르기까지 이 시집은 그 권수가 스물여섯을 헤아리게 되었다. 각 권에 수록된 작품의 수는 130여편 안팎이다. 줄잡아도 이 연작시집에 수록된 작품수가 3천4백여편에 이르는 셈이다. 실로 한국문학사를 통틀어보아도 최대 연작시가 나오기 시작한 것이다.

그 분량에 정비례한다고 할 정도로 『만인보』가 수용하고 있는 인물의 성격도 다양하다. 이 연작시집에서 고은은 고대부터 현대에 이르기까지의 우리 사회 전 구성원들을 다뤄갔다. 몇몇 작품에서는 등장인물이 복수로 나타난다. 그러니까 이 시집에서 노래된 사람의 숫자는 4천명에 육박하는 셈이다.

이 단계에서 고은의 시가 보인 형태해석이나 기법 역시 매우 독특하다. 『만인보』를 통해 나타나는 고은의 시각은 크게 나누어 두 가지다. 그 하나는 최치원이나 마의태자, 그의 스승인 효봉 등으로 대표되는 긍정적 인간들이다. 이들에 대해 고은은 따뜻한 눈길을 보내며 그들이 남긴 발자취에 대해 정겨운 생각을 담은 말들을 썼다.

다른 유형의 인간들이 송병준, 조중응과 이회광, 김좌근의 소실 등이
다. 참고로 밝히면 송병준, 조중응은 친일 매국노이며 이회광은 한국 불
교를 들어 '천황폐하'에게 복속시키고자 한 파계승이다. 김좌근의 소실
은 세도재상의 측실로 들어가 힘없는 사람들을 괴롭힌 여자다. 이들을
고은은 가차없이 풍자하고 '도깨비'라든가 '구미호'의 호칭도 서슴지 않
았다.

조선 순조의 처남 김좌근
일러 장동 김씨
장동 김문(壯洞金門)
대궐은 겉궁(宮)이요
장동 김문은 속궁이라
천하의 벼슬은 다 쥐어버린 김좌근
천하의 재물은 다 모아들인 김좌근
이 김좌근 대감에게는
혼을 다 빼는
나주 기생 양씨 소실이 계시나니
왕 위에
좌근
좌근 위에
양씨라
(…)

영의정
좌의정
우의정 삼정승도 좌우하고
지방수령 자리
궁중 내명부 자리 좌우하는

소실 양씨

조선 명산의 산삼과 호피 다 모여들고
조선의 금은보화 다 모여드나니

한걸음 나아가
새로 지은 소실 거처가
떨거둥이 본부인댁보다 곱절이 컸다
그 마당마다
그 곳간마다
으리으리한 부담롱들 채우나니

——「구미호」 부분(『만인보』 25권)

　　이런 보기들로 나타나는바 고은에게 있어서 긍정적 인물을 노래한 경
우나 부정적 인간을 다룬 경우에 나타나는 기법상의 차이는 없다. 더욱
지나쳐버릴 수 없는 것이 이들 작품에 나타나는 시의 산문화이다. 그가
다루는 인물의 수가 불어난 것과 정비례로 고은은 그의 작품에서 시적 의
장을 제거해나갔다. 전하고자 하는 내용을 거의 직설적 형태로 노래한 시
도 『만인보』에는 적지 않게 포함되어 있다. 뿐만 아니라 명백하게 현대에
산 사람을 다룬 어떤 작품에서 고은은 '—도다'라는 어미를 의도적으로
되풀이해서 썼다. '—도다'나 '—지고' '—어라' 등의 어미는 두루 알려진
바와 같이 고어투 표현이다. 이런 어미는 고풍스러운 분위기나 맛을 내는
자리에 쓰는 것이 제격이다. 그럼에도 현대인의 모습과 행동을 그리는 자
리에서 고은은 그것을 되풀이해서 썼다. 이것은 분명하게 시에서 예술적
의장을 벗겨버린 태도로 시의 자체 부정이며 해체 현상이다.
　　『만인보』의 여러 작품에 나타나는 시적 의장의 배제 현상에 대해서는
한 가지 의문이 있을 수 있다. 혹 이것이 이 단계에 나타나는 고은 시의
기법상 후퇴 현상이 아닐까 하는 것이 그것이다. 제기된 의문에 해답을

마련하기 위해 전문이 3행으로 된 시 하나를 인용해야겠다.

올라갈 때 못 보았네
내려올 때 본

그 꽃

──「그 꽃」 전문

여기서 작품의 주제격에 해당되는 것은 '그 꽃'이다. 시인은 그것을 하산길에 발견했다. 산에 오를 때 못 본 꽃을 하산길에 본 일은 단순한 일상사이지 그것이 곧 시는 아니다. 이 일상사를 시로 만들기 위해 고은은 "올라갈 때 못 보았네"라는 한 줄을 선행시켰다. 이것으로 "내려올 때 본" 꽃이 비로소 발견이 된다. 여기서 "그 꽃"이 마지막에 놓이고 한 행이면서 연으로 처리된 점도 주목할 필요가 있다. 이 행의 어미가 종결형 평서문 어미 '─다'로 끝나지 않고 '─네'로 된 점도 지나쳐버릴 일이 아니다. 이것으로 이 작품은 우리가 말하는 시적 의장을 제대로 갖춘 서정시가 되었다. 여기서 우리가 가질 수 있는 결론 하나도 명백해진다. 그것이 『만인보』에 나타나는 말의 해사적(解辭的) 경향이 고은의 기법상 후퇴를 의미하지 않을 것이라는 점이다.

4

기능적으로 『만인보』의 구조를 파악하려면 이 작품을 고은의 또다른 장편시 『백두산』(1987~94)과 대비시켜 볼 필요가 있다. 『백두산』의 1·2권이 나온 것은 『만인보』의 1·2·3권이 동시 출간된 바로 다음해인 1987년이다. 연보를 보면 고은은 1970년대 초부터 삼선개헌운동에 관계하고, 민주화 문인들의 조직체인 자유실천문인협의회를 창립하였다. 이때부터 그는 이른바 민주회복운동에 적극적으로 참여한다. 이후 그는 민권투쟁과 노동문제에 관심을 갖게 되며 한국인권위원회의 부회장이 되었다. 이것으로 그는 한국문단에 이른바 정치지향의 바람을 일으키는 데 선도역할을 했다. 1979년에는 국민연합을 주도하였으며 카터 미국 대통령의 방한을 반대하는 시위에도 주동자로 참여했다. 이 사건으로 고은은 서울구치소에 수감되었다가 10·26 사태로 보석이 되어 출옥했다. 이어 그는 반체제운동에 연루된 나머지 군법회의에서 내란음모 혐의로 20년형을 선고받았다. 고은은 이 사건으로 대구교도소에 이감되었다가 1982년에 사면, 석방되었다. 『백두산』을 자유실천문인협회의 기관지인 『실천문학』에 연재한 것이 이 무렵이다.

고은이 민주화투쟁에 가담하면서 그와 동시진행 형태로 전개해나간 것이 민중, 곧 서민대중의 편에 선 현실과 역사 읽기였다. 이 무렵에 이르자 그는 심미적 성향을 띤 서정시 쓰기에 일단 종지부를 찍었다. 그와 함께 민중의 현실에 입각한 문학을 지향하기 시작했고 그 표현형태로 나타난 것이 산문집 『역사와 더불어 비애와 더불어』(1977) 『지평선으로 가는 고행』(1979), 소설집 『산 넘어 산 넘어 벅찬 아픔이거라』(1980) 등이었다. 이들 책에는 사이사이에 은유형태를 취했으나 체제비판을 내용으로 한 작품들이 들어 있었다.

한동안 고은이 산문으로 반체제의식을 담은 작품들을 썼다는 것은 상당히 중요한 의미를 갖는다. 한때 그는 분명히 순수 서정시에 역점을 둔 작품을 썼다. 이른바 민주화투쟁 과정에서 고은은 그것이 상아탑식 고고를 탐하는 부질없는 행위임을 절감한 것 같다. 일단 이런 쪽으로 생각이 쏠리자 고은은 아름다운 가락을 주조로 하는 서정시 쓰기를 중지한 것이다. 그러나 한 차례 산문집들을 낸 다음 그에게는 또다른 의미의 기갈현상이 일어났다.

고은은 생리적으로 자신의 감정을 제 가락에 실어 펴지 않고는 못 견디는 시인이다. 그런 그가 한때의 외재적 상황에 의해 현실비판과 고발을 내용으로 한 산문을 쓴 것이다. 그러나 그에게 산문의 근본 속성인 감정

제어하기와 제재의 객관화, 관찰자로서의 묘사는 아무래도 몸에 맞지 않는 외투와 같았다. 이 단계에 이르자 고은은 어이할 수 없이 다시 가락이 있는 운문을 쓰지 않을 수가 없었다. 그러면서 그가 감금 상태에서 또는 도피와 잠행을 통해서 기울게 된 현실지향벽도 어느새 그의 또다른 생리가 되어 있었다. 한동안 그는 양자택일의 갈림길에서 상당한 고민에 빠졌을 것이다. 그다음 고은이 뼈아프게 느낀 것은 예술과 현실, 역사 그 어느 것도 버릴 수 없다는 그 나름의 감정이었다. 이 과정에서 겪은 그의 방황과 갈등은 별로 오래가지 않았다. 하루아침 고은은 시와 역사가 모순, 대립하는 개념이 아니라 슬기롭게 문맥화되기만 하면 상승작용을 할 수 있는 구조의 개념일 수 있음을 깨쳤다. 그것을 형태화하려는 의도의 결과로 나온 것이 장편서사시 『백두산』이다.

『백두산』이 어느정도 진행되자 고은은 또 하나의 시도를 벌이지 않을 수 없었다. 『백두산』과 같은 서사시는 그 강한 속성으로 촛점이 중심인물에 맞추어진다. 한 차례 민중활동을 통해 고은이 품게 된 것은 민족은 곧 민중이라는 생각이었다. 그에게는 홍범도나 김좌진만이 반제 투쟁의 영웅이 아니었다. 독립군의 식량을 나른 떡쇠, 주먹밥을 만들다가 총에 맞아죽은 언년이도 민족의 밤하늘을 밝힌 별이었다. 이런 쪽으로 생각이 기울자 고은은 『백두산』과 동시진행 형태로 『만인보』를 만들지 않을 수 없었다. 『만인보』에 담긴 고은의 의식성향은 「자장」 「원광」 계의 작품과 「우길도 사당」이나 「큰언니 상희」 「늙은 마부」(26권) 등의 작품을 대비시켜 보면 곧 그 윤곽이 드러난다. 자장이나 원광 등은 고은이 한때 받든 사문(沙門)의 선지식이며 대덕(大德)이었다. 그러나 『만인보』에서 고은은 그들을 숭배할 대상으로 노래하지 않았다. 「자장」의 첫 연에서 고은은 자장을 "큰 땅을 한껏 떠돌았다／큰 산을 실컷 오르내렸다／큰 법을 마음껏 받았다"라고 그 경력을 인정했다. 그러나 그가 신라에 돌아와 한 일은 모국의 당나라화였다고 다음과 같이 노래했다.

　　신라 복식을 당 복식으로

신라 지명을 당 지명으로

이것으로 고은은 그에게 선(善)인 민족의 자주를 팔아넘긴 자로 자장을 몰아붙인 셈이다. 「원광」에서 고은은 원광 또한 대자대비의 불법을 어긴 속류로 규정했다. 당나라에서 원광이 이름을 떨친 것을 고은은 사실대로 썼다. 원광은 한 종파에 속하지 않았다. 열반종, 성실론을 아우르고 반야경, 섭대승론, 사아함경을 두루 읽어 도통의 경지에 올랐다. 그 여세를 몰아 신라로 돌아왔다. 그런 그에게 진평왕이 옷을 보내고 약을 하사했다. 진평왕비가 차와 마른반찬을 선물했다. 그러나 원광은 그것을 받지 않고 돌려보냈다. 그 큰 품격에 감동되어 왕실에서는 그를 국사로 모셨다. 마침내 그는 왕과 나란히 앉게 되고 나라의 대법회를 주재하는 법주의 자리에 올랐다. "언제나 빙그레/언제나 빙그레/웃음이 퍼져갔다." 그런 그가 신라를 위해 집단적 살생행위인 전쟁을 부추겼다.

　　때로 그 웃음 속에 칼이 있었다
　　신라 진평왕에게
　　고구려를 치소서
　　수나라 양제에게 서찰을 올려
　　고구려를 치소서

　　이것이 저 원광의 걸병표(乞兵表)였으니
　　이 사대체제의 불법 원광
　　이 호국체제의 불법 원광
　　그리하여 불교의 불살생 오계 십계도
　　신라의 살생 오계로 바꿨다
　　임금에게 충성
　　나라에 충성
　　세속 오계로 바꿔버렸다

966

명백하게 「자장」이나 「원광」의 바닥에 깔린 것은 지도계층에 대한 고은 나름의 감점(減點) 의식이다. 이런 고은의 시는 민초와 서민대중 쪽으로 화제가 바뀌는 경우 그 표정이 180도 달라진다. 「큰언니 상희」의 주인공인 상희는 작품의 화자인 말희의 큰언니다. 그는 딸만 넷을 둔 가난한 집의 맏딸로 태어났다. 큰언니였으므로 그는 동생인 말희를 업어서 키웠다. 한번 시집을 갔으나 이혼을 당하고 다시 집으로 돌아왔다. 고은은 말희의 입을 통해 그를 다음과 같이 노래했다.

큰언니 상희는 제 고향이었어요
어머니보다
더 어머니여요
큰언니가 길러낸 저
큰언니의 동생이 아니어요 딸이어요
(…)

저 아득한 창천(蒼天) 구만리도 이 세상 기른 정으로밖에 갈 수 없어요

고은은 「자장」이나 「원광」 등의 작품에서 명백하게 보살행을 어긴 세속승을 그렸다. 그의 심상은 그리하여 보살행 이전의 것이 된다. 그에 대비되는 말희의 큰언니는 여기서 '푸른 하늘 구만리'에 비할 정도로 한량없는 사랑을 가진 사람으로 심상화되어 있다. 이것은 상당히 에누리해보아도 『만인보』의 주조를 이룬 것이 서민 중심 의식이었음을 뜻한다.

민중사관에 따르면 민족은 서민대중이다. 그런 서민들을 작품에 수용하여 긍정적 인간으로 제시해낸 점으로 보아 『만인보』의 단계에서 고은이 지니게 된 행동철학이 명백해진다. 이 단계에서 고은은 다시 한번 그의 작품세계를 넓혔다. 역사와 현실을 반지배계층 서민대중의 편에 서서

묘파하고 노래하기 시작했다.

　이제 우리는 고은의 『만인보』가 이루어진 경위를 어느정도 파악하게 되었다. 한마디로 『만인보』는 70년대 중반기경부터 고은이 익힌 민중사관의 집약형태로 제작되어온 작품들을 모은 것이다. 『백두산』이 서사시의 골격을 가진 것임에 반해 이 시집의 작품들은 통시적이며, 문자 그대로 우리 민족의 모든 인간상을 두루 포함시키려는 시도의 소산이다. 여기서 우리는 한 가지 사실을 지적해둘 필요를 느낀다. 일찍부터 시의 뼈대가 되어온 것에는 사상, 이념, 행동철학이 있다. 이와 아울러 좋은 시, 좋은 예술이란 형태 기법에 대한 인식도 치열하게 가져야 한다. 『만인보』가 이에 대한 배려도 충분히 가질 때 고은의 이 시집은 우리 문학사에 펼쳐지는 공전의 대장관이 될 것이다. 앞으로 전개될 고은의 노력에 우리의 기대를 건다.

金容稷 | 서울대 명예교수

인 명 찾 아 보 기

* ○ 안 숫자는 권 표시

ㄱ

가섭 ㉕ _ 402

각성 ㉖ _ 832

각엄 ㉕ _ 322

각운 ㉕ _ 322, 323

각초 ㉖ _ 818

각현 ㉔ _ 255

간디 ㉔ _ 67

강대련 ㉕ _ 579, 580

강신창 ㉕ _ 579

강창규 ㉔ _ 108

강희맹 ㉔ _ 55

개로왕 ㉖ _ 804, 805

검여 ㉖ _ 758

견훤 ㉔ _ 155, ㉕ _ 359, ㉖ _ 773

겸익 ㉔ _ 76, ㉕ _ 323

경당 ㉔ _ 141

경덕왕 ㉔ _ 99, ㉖ _ 855

경문왕 ㉕ _ 391

경봉 ㉔ _ 132, ㉖ _ 813~15

경산 ㉔ _ 223, ㉖ _ 709, 710

경순왕 ㉕ _ 365

경애왕 ㉖ _ 774

경운 ㉔ _ 223

경허 ㉔ _ 44~46, 278, ㉕ _ 356, 458

경허당 ㉖ _ 673

경헌 ㉖ _ 747

계선 ㉖ _ 722

계화 ㉖ _ 918

고경명 ㉕ _ 491

고까시와바라 ㉖ _ 954

고달권 ㉔ _ 117

고봉 ㉔ _ 41, 212, 258, 259, 261, ㉕
_ 530~32, ㉖ _ 858, 859

고암 ㉔ _ 64, ㉖ _ 769, 770, 938, 939

고용보 ㉔ _ 104

고은 ㉕ _ 423, 424

고은태 ㉕ _ 328

고을나 ㉖ _ 861

고인희 ㉖ _ 862

고종 ㉖ _ 836

고한규 ㉖ _ 696

고한수 ㉕ _ 482

공덕이 ㉖ _ 769, 770

공민왕 ㉖ _ 878

공옥순 ㉔ _ 243

곽법경 ㉔ _ 95, 97

관웅 ㉖ _ 782

관혜 ㉔ _ 155, 156

구곡각운 ㉕ _ 322, 323

구무원 ㉖ _ 793

구산 ㉔ _ 213, 224, 225, ㉕ _ 545

구산수련 ㉔ _ 213

구상우 ㉔ _ 227

구양순 ㉕ _ 359

구자묵 ㉖ _ 946

구자수 ㉔ _ 116

구족달 ㉕ _ 359

구하 ㉔ _ 206, ㉕ _ 575

궁예 ㉕ _ 392

권상로 ㉕ _ 370

권율 ㉖ _ 747

권채 ㉔ _ 179, 180, 182

귀산 ㉕ _ 568, 569

규기 ㉕ _ 660

균여 ㉔ _ 156

금봉 ㉕ _ 531

금오 ㉕ _ 525~28, 623, ㉖ _ 731,
  868~70

금오태전 ㉖ _ 731

금우 ㉕ _ 348

금화 ㉕ _ 617

긍엽 ㉔ _ 106

기영숙 ㉔ _ 300

기자오 ㉔ _ 113, 114, 175

기화득통 ㉔ _ 221

기황후 ㉔ _ 113, 115, 175

김가진 ㉕ _ 421

김개남 ㉔ _ 236

김계룡 ㉕ _ 474

김계월 ㉕ _ 474

김광균 ㉕ _ 444

김구 ㉔ _ 258

김귀연 ㉖ _ 851

김규진 ㉖ _ 884

김달복 ㉖ _ 837

김대성 ㉔ _ 98

김대우 ㉕ _ 385

김덕명 ㉔ _ 236

김도택 ㉖ _ 698, 702

김득신 ㉔ _ 130, 131

김백일 ㉔ _ 293

김범부 ㉕ _ 480, ㉖ _ 907, 930

김부 ㉕ _ 365

김상덕 ㉕ _ 399, 400

김상준 ㉔ _ 139

김상호 ㉕ _ 579

김서옥 ㉔ _ 18

김수성 ㉖ _ 718

김수온 ㉔ _ 55, 718

김숙문 ㉕ _ 655

김순녀 ㉔ _ 226

김순례 ㉖ _ 850

김시광 ㉕ _ 537

김시습 ㉕ _ 609

김시종 ㉕ _ 474

김심 ㉔ _ 174

김연일 ㉔ _ 108, 111

김영환 ㉔ _ 39

김옥균 ㉕ _ 342

김원종 ㉔ _ 275

김윤식 ㉖ _ 850, 851

김은하 ㉖ _ 850

김인혁 ㉔ _ 135

김일 ㉕ _ 365, 367

김일구 ㉔ _ 116, 117

김일성 ㉔ _ 24~26

김제남 ㉖ _ 798

김종서 ㉕ _ 413

김좌근 ㉕ _ 372

김처순 ㉔ _ 116

김철주 ㉕ _ 603, 604

김춘추 ㉔ _ 203~05

김탁 ㉔ _ 45

김학철 ㉕ _ 537, ㉖ _ 734

김현기 ㉔ _ 294

김현봉 ㉖ _ 715, 716

김현섭 ㉖ _ 837, 838

김홍집 ㉕ _ 343

김훈 ㉖ _ 718

깐수 ㉕ _ 494

ㄴ

나옹 ㉔ _ 221, ㉕ _ 645, 646, ㉖ _ 826, 941

나옹혜근 ㉕ _ 646

남모 ㉕ _ 558, 559

남악 ㉕ _ 416

남전 ㉔ _ 119, 305, ㉖ _ 813

남전보원 ㉔ _ 119

낭원 ㉕ _ 359

노국공주 ㉖ _ 878

노류 ㉕ _ 534

노산군 ㉕ _ 497

녹원 ㉖ _ 782

능허당 ㉕ _ 584, 585

니시까따 야에몬 ㉕ _ 340

ㄷ

다산 ㉕ _ 464, ㉖ _ 911

단종 ㉖ _ 836

달고 ㉔ _ 256, 257

달마 ㉔ _ 73, 167, 229, ㉕ _ 617, ㉖ _ 835

달마실리 ㉔ _ 174

당태종 ㉔ _ 203

대성법주 ㉔ _ 153
대안 ㉕ _ 323, 547, 548, ㉖ _ 797, 939
대월 ㉖ _ 709, 710
대유 ㉖ _ 874, 875
대현 ㉖ _ 900
대혜 ㉕ _ 505, 506
덕금 ㉔ _ 179~81
덕산 ㉔ _ 246
덕주공주 ㉕ _ 367
도강 ㉔ _ 153
도광 ㉕ _ 600, 601
도림 ㉖ _ 804, 805
도상두 ㉕ _ 418
도선 ㉕ _ 344, 505~07, ㉖ _ 928
도신 ㉔ _ 167, 229, 230
도안 ㉔ _ 76
도의 ㉔ _ 119~21, ㉕ _ 322, 329, 330, ㉖ _ 835
도일 ㉕ _ 329, 416
도천 ㉕ _ 600, 601
도헌 ㉔ _ 167
도화녀 ㉖ _ 753
돌고 ㉔ _ 257
동산 ㉔ _ 30, 31, ㉕ _ 467, ㉖ _ 731, 907
동산혜일 ㉖ _ 731
동일 ㉖ _ 907, 908
동조 ㉕ _ 421
두인 ㉖ _ 748
두일순 ㉖ _ 946
득통 ㉔ _ 221, 222
등은봉 ㉕ _ 635

ㅁ

마벽초 ㉖ _ 711, 712
마쓰이 히데오 ㉖ _ 669~71
마의태자 ㉕ _ 365, 367
마재경 ㉖ _ 850
마조 ㉔ _ 119, 121, ㉕ _ 329, 416, ㉖ _ 813
마조도일 ㉕ _ 329, 416
만공 ㉔ _ 245~47, 265, 273, ㉕ _ 364, 368~71, 389, 458, 530~32, 619, ㉖ _ 678, 775, 784, 789, 869, 900
만덕 ㉖ _ 866, 867
만암 ㉔ _ 173, ㉕ _ 545, 635
만해 ㉖ _ 789
만호 ㉖ _ 686
만화 ㉖ _ 782, 818, 819
먹뱅이 ㉖ _ 940
명관 ㉕ _ 568
명성 ㉔ _ 59
명조 ㉕ _ 589

명종 ㉖ _ 836

묘각 ㉖ _ 730

묘전 ㉖ _ 736

묘정 ㉔ _ 153, 397

묘화 ㉖ _ 793, 794

무각 ㉕ _ 405, 600

무공 ㉕ _ 350

무루 ㉔ _ 62

무명 ㉕ _ 318, 405

무변 ㉔ _ 153

무불 ㉕ _ 604

무상 ㉕ _ 415, 416, ㉖ _ 924, 925

무업 ㉖ _ 858, 859

무제 ㉕ _ 324

무하 ㉖ _ 811, 812

무학 ㉔ _ 76, ㉖ _ 926~29

무학자초 ㉔ _ 76

묵암 ㉕ _ 604

문세영 ㉕ _ 327, 328

문수 ㉕ _ 402

문순득 ㉖ _ 881, 882

문왕 ㉔ _ 199

미나미 ㉖ _ 903

미쯔오까 ㉕ _ 383

미천왕 ㉔ _ 256, 257

민동선 ㉖ _ 931

민영익 ㉕ _ 343

ㅂ

박건모 ㉕ _ 358

박규철 ㉔ _ 53

박난주 ㉔ _ 46

박순근 ㉖ _ 740, 741

박용래 ㉕ _ 423, 424

박용철 ㉔ _ 53, ㉖ _ 850, 851

박우희 ㉕ _ 362

박정걸 ㉕ _ 632, 633

박정희 ㉔ _ 24~26, ㉖ _ 829

박제가 ㉕ _ 361

박증서 ㉖ _ 829, 830

박추담 ㉕ _ 634

박춘담 ㉔ _ 251, 252

박팽년 ㉔ _ 165, 166

박한영 ㉕ _ 384, 467

박홍식 ㉕ _ 400

방거사 ㉔ _ 62

방동화 ㉔ _ 108, 111

방요섭 ㉔ _ 227

방중원 ㉕ _ 447

방한암 ㉖ _ 673, 674

백구국 ㉕ _ 421, 422

백기만 ㉕ _ 467

백낙규 ㉕ _ 421

백낙우 ㉔ _ 116

백년설 ㉖ _ 772

백성욱 ㉔ _ 280, 282

백암 ㉕ _ 435, 436, ㉖ _ 906

백용성 ㉔ _ 29~31, ㉕ _ 454, 455

백인화 ㉔ _ 111

백장회해 ㉔ _ 119, 121, ㉕ _ 329

백주 ㉖ _ 803

백초월 ㉕ _ 421

백파 ㉔ _ 172, 173, ㉖ _ 788, 789,
　912

백학명 ㉔ _ 132

범룡 ㉔ _ 223

범일 ㉕ _ 322

범준 ㉕ _ 515

범행 ㉔ _ 268, ㉖ _ 730

범향 ㉖ _ 709

법견 ㉖ _ 747

법경 ㉕ _ 359

법랑 ㉔ _ 167

법장 ㉕ _ 553, 554

법흥왕 ㉖ _ 857

베멜레트 리 ㉔ _ 23, 24

벽계정심 ㉕ _ 322

벽봉 ㉖ _ 911

벽송 ㉕ _ 322, 515, 516

벽송지엄 ㉕ _ 322

벽암 ㉖ _ 757, 758, 831, 832, 907,
　908

벽암각성 ㉖ _ 831, 832

벽암동일 ㉖ _ 907, 908

벽초 ㉕ _ 364, ㉖ _ 711, 712

변설호 ㉖ _ 930, 931

변희강 ㉕ _ 397

보영당 ㉕ _ 589

보우 ㉔ _ 76, ㉕ _ 321, 322, ㉖ _
　839, 840

보원 ㉔ _ 119

보월 ㉕ _ 425, ㉖ _ 868, 869

보조 ㉔ _ 76, 213, ㉕ _ 321, 591,
　635

보조지눌 ㉔ _ 213, ㉕ _ 321, 591

보현 ㉕ _ 402

본공 ㉔ _ 58, 59, ㉖ _ 900

봉갈호 ㉔ _ 218, 219

봉령 ㉔ _ 177, 299

봉옥주 ㉔ _ 217~19

부설 ㉖ _ 792~94

부용영관 ㉕ _ 322

부을나 ㉖ _ 861

부휴 ㉔ _ 254, ㉕ _ 322, ㉖ _ 832

부휴선수 ㉕ _ 322

불필 ㉖ _ 896

불하 ㉔ _ 183, 184

ㅅ

사도세자 ㉕ _ 412

사명 ㉔ _ 60, 77, ㉕ _ 323, 429, 430, 491, 512, 589, 605, 606, 625, ㉖ _ 748, 832, 841, 876

사명유정 ㉕ _ 323, ㉖ _ 841

살다라 ㉖ _ 703, 704

삼의당 ㉔ _ 135

삼적 ㉖ _ 730

상언 ㉖ _ 775, 776

상원 ㉔ _ 291

상허 ㉔ _ 278

새일 ㉔ _ 63

서거정 ㉔ _ 55

서당지장 ㉔ _ 119, 120, ㉕ _ 329

서봉 ㉖ _ 832

서산 ㉔ _ 62, 76, 77, ㉕ _ 512, 516, 605~07, 656, 656, ㉖ _ 748, 803, 832, 840, 841, 876

서산휴정 ㉕ _ 516, ㉖ _ 841

서암 ㉔ _ 201

서옹 ㉕ _ 545

서장옥 ㉔ _ 235~37, 238

서재필 ㉕ _ 342

서정주 ㉖ _ 670, 671, 789

서태운 ㉕ _ 358

석두 ㉔ _ 21, 194, 306, ㉕ _ 425, 655, ㉖ _ 884, 886

석보 ㉔ _ 301

석옥청공 ㉕ _ 322

석우 ㉔ _ 58, ㉕ _ 350, 353, 531, 620

석전 ㉖ _ 788~90

선경 ㉖ _ 900

선묘 ㉖ _ 687, 688

선수 ㉕ _ 322

선조 ㉖ _ 836, 894, 895

선진구 ㉔ _ 116

선행 ㉔ _ 59

선혜 ㉖ _ 925

선혜공주 ㉖ _ 924

선화 ㉕ _ 547, 548

설봉 ㉔ _ 212

설사 ㉕ _ 593, 596

설석우 ㉕ _ 353

설옥자 ㉔ _ 226

설정 ㉖ _ 730

설중업 ㉕ _ 594

설총 ㉕ _ 353, 593, 594

설태영 ㉕ _ 353

설파 ㉔ _ 172

성각 ㉖ _ 760

성덕왕 ㉕ _ 415, ㉖ _ 924

성뢰 ㉖ _ 759

성삼문 ㉔ _ 165, 254

성수 ㉔ _ 223

성암 ㉕ _ 619, 621, ㉖ _ 848
성우 ㉔ _ 42
성월 ㉔ _ 273
성일조 ㉖ _ 887
성전 ㉕ _ 530
성정 ㉖ _ 748
성종 ㉖ _ 836
성종고 ㉔ _ 254
성철 ㉕ _ 628
성총 ㉔ _ 255, ㉕ _ 435, 436
성훈 ㉕ _ 313
세조 ㉔ _ 55, 295, ㉕ _ 496
세종 ㉔ _ 55
소남주 ㉖ _ 779, 781
소당욱 ㉖ _ 837
소병준 ㉖ _ 837
소병희 ㉖ _ 837
소봉옥 ㉔ _ 78
소암 ㉖ _ 748
소요 ㉔ _ 62, 63, ㉕ _ 605, 606, 656, 657
소요태능 ㉔ _ 62, 63
소호봉 ㉔ _ 79
손병희 ㉔ _ 31
손화문 ㉖ _ 698, 702
손화중 ㉔ _ 236, ㉖ _ 698
송두옥 ㉔ _ 278
송몽호 ㉕ _ 476, 477
송시열 ㉔ _ 101
송옥섭 ㉖ _ 830
송익필 ㉔ _ 101
송하 ㉖ _ 874
쇠귀할멈 ㉔ _ 162~64
수련 ㉔ _ 213
수미 ㉕ _ 496, ㉖ _ 718
수선 ㉔ _ 198
수양 ㉕ _ 413
수연 ㉔ _ 106
수월 ㉔ _ 21, 22, ㉕ _ 458, 620, 621, 629
수진 ㉕ _ 556
수허 ㉕ _ 556
숙종 ㉖ _ 836
순제 ㉔ _ 175
순조 ㉖ _ 836
숭산 ㉔ _ 260, 261
스즈끼 긴지로 ㉖ _ 885, 886
승랑 ㉔ _ 146, 147
승조 ㉔ _ 160
승찬 ㉔ _ 229, 230
시종 ㉖ _ 721, 722
신도희 ㉔ _ 177, 298
신문왕 ㉕ _ 659
신미 ㉕ _ 496, 497, ㉖ _ 718~20

신석정 ㉖ _ 789

신수 ㉔ _ 73, 183, 229

신위 ㉖ _ 909

신유생 ㉕ _ 510

신임 ㉕ _ 515

신필우 ㉔ _ 295, 296

신회 ㉔ _ 73

심구호 ㉖ _ 837

심옥희 ㉔ _ 275

심인태 ㉖ _ 837

ㅇ

아난 ㉔ _ 148, ㉕ _ 402, ㉖ _ 941

아사노 토오진 ㉕ _ 342

아원 ㉖ _ 730

아육왕 ㉔ _ 146

안진호 ㉕ _ 370

안평 ㉕ _ 413

안함 ㉔ _ 287, ㉖ _ 795

암두 ㉔ _ 246

암제 ㉕ _ 472, 473

야여문 ㉕ _ 340

양만춘 ㉔ _ 203

양무제 ㉔ _ 146

양복환 ㉖ _ 862

양세봉 ㉖ _ 921

양원 ㉔ _ 291

양을나 ㉖ _ 861

양익 ㉕ _ 419, 420, 544, 545

양재홍 ㉕ _ 579

양탐라 ㉖ _ 863

언기 ㉔ _ 77, ㉕ _ 323, 605, 607, ㉖ _ 803, 911

엄바우 ㉕ _ 543

여태후 ㉔ _ 182

여환 ㉖ _ 918, 919

연기 ㉔ _ 155

연담 ㉔ _ 172, 173, ㉖ _ 911

연산군 ㉕ _ 533

연옥순 ㉔ _ 263

연온 ㉕ _ 323

염거 ㉕ _ 330

염경애 ㉖ _ 871

영관 ㉕ _ 322

영규 ㉕ _ 489

영암 ㉔ _ 41, 43

영조 ㉔ _ 143, 144, ㉖ _ 752, 792, 793, 794

영지 ㉕ _ 515

영희 ㉖ _ 792~94

오경석 ㉕ _ 342

오꾸무라 ㉕ _ 603

오박렬 ㉔ _ 116

오상순 ㉕ _ 467

오성월 ㉕ _ 384

오세창 ㉕_455
오승윤 ㉔_202
오연총 ㉕_316
오우미 미후네 ㉕_594
오준헌 ㉖_937
오지성 ㉔_304
오충 ㉖_876, 877
오택숙 ㉔_214
옥기숙 ㉕_462
옥륜 ㉕_515
옥여 ㉔_153, ㉕_397
옥타 ㉔_148~50
온군해 ㉔_204
와하 ㉔_231
완당 ㉖_788, 789
완췌후두 ㉔_113
왕건 ㉔_155, ㉕_359, ㉖_774
왕융 ㉕_506, 507
왕조 ㉔_152, ㉕_396
요세 ㉖_827
용담 ㉔_190, 191
용병구 ㉕_427
용성 ㉔_29~31, 273, ㉕_454, 455
용수 ㉕_595
용음 ㉕_370, 371
용하 ㉖_902, 920
우마 ㉔_57
우묵당 ㉖_849
우엽 ㉔_106
우전 ㉕_502
우진수 ㉔_91, 92
운봉 ㉕_531, 620
운부 ㉔_152, 154, ㉕_396~98
운송 ㉕_456
운허용하 ㉖_920
원광 ㉕_568, ㉖_800, 801
원기훈 ㉔_242
원담 ㉕_364, 368, ㉖_678, 679
원명 ㉔_21, 22
원방곤 ㉔_242
원지식 ㉔_242
원창현 ㉔_240, 241
원측 ㉕_658, 659, 660
원향 ㉖_918, 919
원환 ㉖_828
원효 ㉔_76, 88, 89, 90, 94, ㉕_323, 353, 547, 548, 593~96, 637~39, ㉖_839
월계 ㉖_721, 722
월국 ㉖_730
월나 ㉖_730
월난 ㉖_730
월대 ㉖_730
월두 ㉖_730

월람 ㉖ _ 730
월만 ㉖ _ 730
월사 ㉖ _ 803
월산 ㉔ _ 223, ㉕ _ 623, 624, ㉖ _ 730
월산당 ㉕ _ 556
월서 ㉖ _ 730
월선 ㉖ _ 730
월성 ㉖ _ 730
월응 ㉖ _ 730
월조 ㉖ _ 730
월천 ㉖ _ 730
월초 ㉖ _ 902, 903
월탄 ㉖ _ 730
월태 ㉖ _ 730
유대치 ㉕ _ 342
유말녀 ㉕ _ 534
유상도 ㉔ _ 116, 117
유엽 ㉕ _ 467
유정 ㉔ _ 203, ㉕ _ 323, ㉖ _ 841
유천수 ㉔ _ 186
육명국 ㉔ _ 248
육우 ㉖ _ 910
윤고암 ㉖ _ 938, 939
윤관 ㉕ _ 316
윤달봉 ㉕ _ 581
윤비 ㉖ _ 679
윤석구 ㉕ _ 621, ㉖ _ 846
윤섭 ㉖ _ 915
윤종삼 ㉕ _ 464
윤종진 ㉕ _ 464
윤효중 ㉕ _ 381
은봉 ㉔ _ 62
응준 ㉖ _ 832
의상 ㉔ _ 100, 155, 291, 76, 98, ㉕ _ 597, 598, 599, 637~39, ㉖ _ 687, 688
의수 ㉕ _ 421
의순 ㉖ _ 909, 911
의엄 ㉖ _ 876
의천 ㉕ _ 435, 595, ㉖ _ 839
이강 ㉕ _ 421
이고경 ㉖ _ 930, 931
이광수 ㉕ _ 361, 400, 467, ㉖ _ 713, 789
이기문 ㉖ _ 817
이기백 ㉖ _ 817
이달 ㉕ _ 491
이대의 ㉕ _ 386, 387
이동인 ㉕ _ 342, 604
이두 ㉖ _ 730
이명한 ㉖ _ 803
이방원 ㉔ _ 163
이백 ㉕ _ 423

이번 ㉖ _ 915

이상춘 ㉖ _ 898, 899

이상화 ㉕ _ 467

이선 ㉖ _ 914

이성계 ㉔ _ 162, 163, ㉖ _ 926, 929

이소년 ㉖ _ 844

이소사 ㉔ _ 129

이수만 ㉖ _ 701

이순신 ㉔ _ 61

이순호 ㉖ _ 789

이승만 ㉕ _ 400

이옥 ㉕ _ 489

이원명 ㉕ _ 488

이원수 ㉖ _ 914

이위 ㉖ _ 915

이윤재 ㉕ _ 327, 328

이이 ㉔ _ 101, ㉕ _ 337, ㉖ _ 915

이인좌 ㉖ _ 874

이정구 ㉖ _ 803

이차돈 ㉕ _ 568, ㉖ _ 839, 856, 857

이찬갑 ㉖ _ 816, 817

이청자 ㉔ _ 23, 24

이춘문 ㉕ _ 589

이학해 ㉔ _ 157, 158

이현상 ㉔ _ 38, 39

이홍광 ㉔ _ 157

이회광 ㉔ _ 95, 97, ㉕ _ 384, 385,

604, 930

이희국 ㉕ _ 589

인각당 ㉖ _ 767, 768

인곡당 ㉕ _ 556

인공 ㉖ _ 744

인묵 ㉕ _ 479

인방섭 ㉕ _ 394

인상 ㉕ _ 421

인영 ㉕ _ 421

인오 ㉕ _ 555~57, ㉖ _ 746, 747

인원 ㉔ _ 106

인재웅 ㉖ _ 671

인전 ㉕ _ 604

인정 ㉖ _ 703

인종 ㉔ _ 174

인준 ㉖ _ 748

일각 ㉔ _ 278

일곡당 ㉔ _ 34

일도 ㉖ _ 864

일신 ㉔ _ 177

일안 ㉔ _ 153

일여 ㉔ _ 153, ㉕ _ 397

일연 ㉔ _ 62, 161

일오 ㉕ _ 405

일찬당 ㉕ _ 442, 443

일초 ㉕ _ 643, ㉖ _ 709, 884, 931

일해 ㉔ _ 237

일현 ㉖ _ 728

임대수 ㉖ _ 786

임수길 ㉖ _ 954~57, 959

임수돈 ㉔ _ 268

임순례 ㉕ _ 462, 463

임오생 ㉔ _ 108

임자동 ㉕ _ 376, 377

임제 ㉔ _ 74, ㉕ _ 320~24, 491, 645

임조걸 ㉖ _ 790

임종만 ㉖ _ 887~90

임지목 ㉖ _ 787

임지환 ㉖ _ 787

임진자 ㉖ _ 923

임환경 ㉔ _ 60, ㉖ _ 930

입산 ㉔ _ 231

ㅈ

자운 ㉔ _ 298

자운당 ㉕ _ 556

자장 ㉔ _ 93, 94, ㉕ _ 323, ㉖ _ 795~97

자초 ㉔ _ 76

자하 ㉖ _ 911

장국명 ㉔ _ 268

장길산 ㉔ _ 163, ㉕ _ 397, 402

장남아 ㉖ _ 930

장보고 ㉔ _ 123~125

장원심 ㉕ _ 521, 522

장이두 ㉕ _ 525

장하인 ㉕ _ 517, 518

재웅 ㉖ _ 703, 704

적멸 ㉔ _ 284

적음 ㉖ _ 907

전강 ㉕ _ 467, 468, 531, ㉖ _ 813~15

전달보 ㉖ _ 681~83

전두환 ㉕ _ 508

전봉준 ㉔ _ 236

정강왕 ㉕ _ 392, ㉖ _ 835

정관 ㉕ _ 605, 606

정맹일 ㉕ _ 579

정몽주 ㉔ _ 162

정보남 ㉕ _ 540

정소 ㉖ _ 703

정수 ㉕ _ 653, 654

정수만 ㉕ _ 494

정수일 ㉕ _ 493, 494

정순왕후 ㉖ _ 714

정심 ㉕ _ 322, 323

정약용 ㉕ _ 412, 501, ㉖ _ 883

정약전 ㉖ _ 883

정여립 ㉔ _ 196

정원태 ㉖ _ 918

정인보 ㉕ _ 467

정일 ㉖ _ 730

정재동 ㉕ _ 427

정지용 ㉖ _ 850

정진내말 ㉕ _ 550, ㉖ _ 879

정철 ㉔ _ 101

정혜공주 ㉔ _ 199

정호수 ㉕ _ 427

정효공주 ㉔ _ 199

정휴 ㉕ _ 334~36

제산 ㉕ _ 425, ㉖ _ 782

제평우 ㉔ _ 270

조담제 ㉖ _ 701

조대용 ㉖ _ 915

조동윤 ㉔ _ 139

조주 ㉔ _ 305

조중응 ㉕ _ 383

조헌 ㉕ _ 489

주리반특 ㉕ _ 471, 472

주영춘 ㉔ _ 208

주옹 ㉔ _ 146

준정 ㉕ _ 558, 559

지공 ㉕ _ 645

지눌 ㉔ _ 213, ㉕ _ 321, 322, 591,
　㉖ _ 827

지장 ㉔ _ 119, 120, ㉕ _ 329

지대걸 ㉕ _ 543

지명 ㉕ _ 568

지암 ㉕ _ 385

지엄 ㉕ _ 322

지오달 ㉔ _ 271

지옥분 ㉖ _ 932

지월당 ㉕ _ 556

지창덕 ㉖ _ 942

지통 ㉔ _ 291

지호동 ㉖ _ 942, 943

지홍 ㉕ _ 480, 481

지홍도 ㉖ _ 942

진감 ㉖ _ 834, 835

진광세 ㉖ _ 792, 793

진내말 ㉕ _ 550, ㉖ _ 879

진달곤 ㉖ _ 724

진덕 ㉔ _ 94

진덕여왕 ㉔ _ 93

진묵 ㉕ _ 429, 430

진성여왕 ㉕ _ 392

진일 ㉕ _ 515

진정 ㉔ _ 291, ㉕ _ 597~99

진지왕 ㉖ _ 753

진진응 ㉕ _ 384

진철후 ㉔ _ 108

진파 ㉕ _ 555

진평왕 ㉖ _ 801

진표 ㉕ _ 550, ㉖ _ 853, 855, 880

진허 ㉕ _ 479

진흥왕 ㉕ _ 553, 558

징관 ㉕ _ 318

ㅊ

차근호 ㉕ _ 380
차천자 ㉕ _ 385
채동일 ㉖ _ 908
채영 ㉔ _ 76
처능 ㉖ _ 832
처영 ㉖ _ 746, 748
척부인 ㉔ _ 182
천룡 ㉖ _ 730
천수환 ㉖ _ 757, 758
천우 ㉕ _ 612, 613
천인 ㉖ _ 828
천책 ㉖ _ 828
청공 ㉕ _ 322
청구당 ㉖ _ 934
청담 ㉕ _ 467
청량징관 ㉕ _ 318
청허자 ㉕ _ 616, 656
청허휴정 ㉔ _ 76, 322, 323
청화 ㉕ _ 513
체징 ㉕ _ 330
초월 ㉕ _ 405, 421
초의 ㉕ _ 323, 502, ㉖ _ 909, 911, 912
초의의순 ㉖ _ 909
최견일 ㉔ _ 80, 83
최경창 ㉔ _ 101
최관호 ㉕ _ 325, 326
최남선 ㉕ _ 400, 467, ㉖ _ 789
최누백 ㉖ _ 871
최린 ㉕ _ 400
최범술 ㉕ _ 480, ㉖ _ 907
최순천 ㉔ _ 273
최승 ㉕ _ 421
최승우 ㉕ _ 359
최승일 ㉖ _ 851
최승희 ㉖ _ 851
최시형 ㉔ _ 235, 236, 238
최언위 ㉕ _ 359
최영 ㉖ _ 917
최제우 ㉔ _ 25, 235, 238
최치원 ㉔ _ 80, 82, 84, ㉕ _ 318, 359, ㉖ _ 835
최하옹 ㉔ _ 280
추금 ㉖ _ 820, 821
추사 ㉖ _ 758, 910~12
추항 ㉕ _ 568, 569
춘성 ㉔ _ 30, 31
춘성 ㉕ _ 438, 531
충렬왕 ㉔ _ 174, 192
취미수초 ㉔ _ 254, 255
측천무후 ㉕ _ 659
친 ㉖ _ 734, 735

칭기즈 칸 ㉔ _ 174, 175

ㅋ

쿠빌라이 ㉔ _ 174, 192

ㅌ

탄성 ㉕ _ 525, ㉖ _ 730

탄웅 ㉖ _ 782

탄허 ㉔ _ 223~25, ㉖ _ 709, 710

태고 ㉔ _ 76, ㉕ _ 322, 636

태고보우 ㉔ _ 76, ㉕ _ 321, 322

태능 ㉔ _ 62, 63, ㉖ _ 747

태인 ㉕ _ 407, 408

태전 ㉖ _ 731, 868~70

태호 ㉕ _ 456

토꾸가와 ㉕ _ 625

토요또미 ㉖ _ 955

통현 ㉖ _ 691, 692

ㅍ

편양 ㉕ _ 606, 607, ㉖ _ 803

편양언기 ㉔ _ 77, ㉕ _ 323, 605~ 07, ㉖ _ 803, 911

평림섭 ㉕ _ 435, ㉖ _ 905

평산 ㉕ _ 645

평양공주 ㉖ _ 857

표훈 ㉔ _ 98, 100, 291, ㉕ _ 598

풍신수길 ㉖ _ 956

ㅎ

하동규 ㉕ _ 455

하동산 ㉕ _ 455

하립 ㉔ _ 135, 136

하언년 ㉔ _ 35

하연 ㉔ _ 135

하영신 ㉕ _ 454

하택신회 ㉕ _ 318

학눌 ㉔ _ 212, 213

학명 ㉔ _ 132

학조 ㉕ _ 497

한암 ㉔ _ 223, 245~47, 273, 293, ㉕ _ 356, 458, 545, 620, ㉖ _ 668, 673, 674, 814, 901, 935

한용운 ㉔ _ 29~31, ㉕ _ 384, 438, 475, 480, 591

함석헌 ㉔ _ 67, ㉕ _ 332, 333

함허득통 ㉔ _ 221, 222

해담 ㉔ _ 273

해선 ㉕ _ 520

해안 ㉖ _ 747

행원 ㉔ _ 258~60

행호 ㉖ _ 828

향곡 ㉔ _ 58, ㉕ _ 627

향원 ㉕ _ 653, 654

허균 ㉕ _ 491

허백명조 ㉕ _ 589

허위 ㉖ _ 740

허웅보우 ㉖ _ 839, 840

허주 ㉕ _ 363

헌강왕 ㉔ _ 168, ㉕ _ 392

헌안왕 ㉕ _ 391

현빈 ㉕ _ 605

현성 ㉔ _ 153

현장 ㉕ _ 659, 660

현종 ㉖ _ 836

현종모 ㉖ _ 694, 695

현중희 ㉖ _ 771

혜가 ㉔ _ 73, 229

혜공 ㉔ _ 160, ㉖ _ 797

혜공왕 ㉔ _ 99

혜근 ㉕ _ 646, 650, 652

혜능 ㉔ _ 73, 120, 183, 184, 229, ㉕
    _ 318, ㉖ _ 730

혜량 ㉔ _ 149, ㉕ _ 568

혜림 ㉕ _ 627

혜민 ㉔ _ 265

혜봉 ㉕ _ 530, 546, ㉖ _ 891~93

혜성 ㉖ _ 730

혜숙 ㉔ _ 287

혜암 ㉔ _ 273, ㉕ _ 531

혜월 ㉔ _ 104, ㉕ _ 458, 459, 531,
    532, 619

혜은 ㉔ _ 167

혜인 ㉕ _ 553, 554, 584, 586

혜일 ㉖ _ 731

혜적 ㉕ _ 453

혜정 ㉖ _ 730

혜주 ㉖ _ 758, 759

혜천 ㉕ _ 313

혜철 ㉕ _ 344

혜충 ㉖ _ 924

홀도로게리미실 ㉔ _ 192

홍귀남 ㉕ _ 393~95

홍대수 ㉔ _ 197

홍랑 ㉔ _ 101, 102

홍만식 ㉔ _ 139

홍석주 ㉖ _ 912

홍순목 ㉔ _ 139

홍영식 ㉔ _ 139

홍인 ㉔ _ 73, 167, 184, 229, 405, ㉕
    _ 465, 466, 501

홍정 ㉖ _ 748

홍척 ㉕ _ 329, 330

홍천우 ㉖ _ 915

화석 ㉕ _ 513

환봉 ㉕ _ 576

환암혼수 ㉕ _ 322

환적 ㉕ _ 647

황벽 ㉔ _ 74, ㉕ _ 320

황소 ㉔ _ 84

황희 ㉖ _ 918

회광 ㉔ _ 95, 97, ㉕ _ 384, 385, 604,

930

회당 ㉔ _ 269, 270

회해 ㉔ _ 119, 121, ㉕ _ 329

효경 ㉖ _ 939

효당 ㉔ _ 38

효령 ㉕ _ 497, ㉖ _ 823, 828

효명 ㉕ _ 577

효봉 ㉔ _ 22, 38~40, 58, 212, 213,
223, 224, 306, ㉕ _ 378, 467,
545, ㉖ _ 884, 935

효천 ㉕ _ 600

후꾸자와 유끼찌 ㉕ _ 342

휴암 ㉖ _ 738

휴정 ㉔ _ 76, 322, 323, 841, ㉕ _
516

희도 ㉖ _ 934, 935

희랑 ㉔ _ 155, 156

희만 ㉔ _ 137, ㉖ _ 935

희천 ㉖ _ 744

만인보 24·25·26

초판 1쇄 발행/2007년 11월 23일
개정판 1쇄 발행/2010년 4월 15일
개정판 3쇄 발행/2014년 10월 8일

지은이/고은
펴낸이/강일우
책임편집/박신규 박문수
펴낸곳/(주)창비
등록/1986년 8월 5일 제85호
주소/413-120 경기도 파주시 회동길 184
전화/031-955-3333
팩시밀리/영업 031-955-3399 · 편집 031-955-3400
홈페이지/www.changbi.com
전자우편/lit@changbi.com

ⓒ 고은 2010
ISBN 978-89-364-2851-8 03810
       978-89-364-2895-2 (전11권)